Hans Blum

Der Kanzler von Florenz

CLASSIC PAGES

Blum, Hans

Der Kanzler von Florenz

Reihe: *classic pages*

ISBN: 978-3-86741-556-9

Auflage: 1
Erscheinungsjahr: 2010
Erscheinungsort: Bremen, Deutschland

Europäischer Literaturverlag (www.europäischer-literaturverlag.de) ist ein Imprint der Europäischer Hochschulverlag GmbH & Co KG, Fahrenheitstr. 1, 28359 Bremen. Alle Rechte beim Verlag und bei den jeweiligen Lizenzgebern.

Bei diesem Titel handelt es sich um den Nachdruck eines historischen, lange vergriffenen Buches aus dem Verlag von Gebrüder Paetel, Berlin (1891). Da elektronische Druckvorlagen für diesen Titel nicht existieren, musste auf alte Vorlagen zurückgegriffen werden. Hieraus zwangsläufig resultierende Qualitätsverluste bitten wir zu entschuldigen.

Der

Kanzler von Florenz.

———•◦•———

Von

Hans Blum.

Berlin.

Verlag von Gebrüder Paetel.

1891.

Conrad Ferdinand Meyer

in herzlicher Verehrung gewidmet.

ier, theurer Herr, tritt Ihnen in Buchform die Erzählung wieder entgegen, welche Sie auf Ihr Verlangen schon in der Handschrift kennen lernten und manchen Monat hindurch auf Ihrem Schreibtisch in Kilchberg liegen hatten. Sie lasen sie wieder und wieder, gönnten ihr in manchem Briefe, mancher Karte die Ehre Ihres bedeutenden Urtheils, und wissen, daß Ihre Winke vor dem Drucke treulich beachtet wurden. Sie nahmen auch die Widmung dieses Büchleins freundlich an, da Ihnen dasselbe noch weit mehr dankt, als die bedeutsame Anregung, welche Ihr künstlerisches Schaffen allem deutschredenden Volke gegeben hat. Denn Sie vornehmlich vermögen sich ganz in die geistige Werkstatt zu versetzen, aus welcher dieses Buch hervorgegangen ist, auch in die Leiden und Kämpfe der größten Geister Italiens in jenen

Tagen, da „die Versuchung des Pescara" sich ab=
spielte. Sie wissen, daß der geschichtliche Stoff und
die Gestalt Niccolo Machiavelli's, von denen diese
Schrift erzählt, seit Jahrhunderten bedeutende Forscher
aller Völker beschäftigt hat, und daß all' ihre Arbeit
das Räthsel ungelöst ließ, wie sich in jenem geistes=
gewaltigen Florentiner die seltsamsten Gegensätze zu
vermischen vermochten: unbeugsamer Freiheitsstolz mit
scheinbar verwerflichster Thrannendienerei, höchster und
edelster Aufschwung der Seele mit frechem Spott über
die heiligsten Dinge. Sie wissen auch, wie lange ich selbst
bescheiden diesem Räthsel nachsann. Ich suchte es schon
zu ergründen, als Camillo Cavour seinem Volke die
Losung ausgegeben hatte: Italia farà da se, und als
er starb; als die Schlacht von Königgrätz geschlagen,
der Norddeutsche Bund, das Deutsche Reich und das
einige Königreich Italien begründet wurde. Es ist
wunderbar, wie mächtig diese Einigung beider Völker
diesseits und jenseits der Alpen das Verständniß des
kühnen Propheten und Märtyrers der italienischen
Einheit gefördert hat. Menschlich klar und groß,
wenn auch beladen mit allen Sünden und Fehlern

seiner wilden Zeit, steht nun vor uns sein Bild, von welchem noch der junge Friedrich der Zweite von Preußen sich nur mit Abscheu hinwegwandte. Und die letzten Geheimnisse, welche der Forscher übrig läßt, darf freischaffende Phantasie zu enthüllen versuchen. So ward, unter Ihrem Beifall, „der Kanzler von Florenz" gezeichnet.

In treuester Gesinnung

Ihr

Hans Blum.

Leipzig=Plagwitz, Februar 1891.

I.

Im Val di Peso, eingegrenzt zwischen Wäldern, Aeckern und Wiesen, und nahe der römischen Heerstraße, welche in südlicher Richtung von Florenz nach San Casciano zieht, erhebt sich ein bescheidenes Landhaus. Es führt seit alten Tagen den Namen l'Arbergaccio und bekrönt eine mäßige Höhe. Zu seinen Füßen schmiegt sich das Oertchen Sant' Andrea in Percussina. Ein munteres Bergwasser durchfließt das Grundstück und stürzt sich dann in das Flüßchen Greve, welches aus dem Hügelland im Süden von Florenz dem trägen Arno zueilt und in dessen gelbe Farbe vorübergehend ein frisches Blau mischt. Aber ehe das klare Gebirgswasser des Arbergaccio diesem ruhmlosen Schicksal verfällt, füllt es die Hauptzierde des kleinen Landsitzes, einen unter dunklen Baumkronen leise plätschernden, alterthümlichen Steinbrunnen mit sprudelndem Naß.

Zwei alternde Männer saßen in der Frühstunde des sengenden Maimorgens behaglich im Schatten der uralten Bäume am Rande des kühlen runden

Brunnenbeckens auf der Steinbank. Die freudige
Röthe ihres Antlitzes mußte andere Ursache haben
als die Strahlen der italienischen Maisonne, welche
dieses dichte Blätterdach nicht zu durchdringen ver=
mochten.

„So halte ich denn wieder Deine liebe Hand,
Biagio Buonaccorsi," sagte der Besitzer des Arber=
gaccio nachdrücklich. „Wie lange nicht mehr, Biagio?"

„Zehn Jahre, Niccolo Machiavelli, mein theurer
Coletto," versetzte der Andere feierlich. „Denn wir
zählen nun schon das fünfzehnhundertzweiundzwanzigste
Jahr nach des Herrn Geburt. Und zehn Jahre sind
vergangen, seitdem unsere Tyrannen, die Medici, die
Republik von Florenz stürzten und uns Beide, Dich
und mich — den Kanzler und den Secretär des alten
Freistaates — verstießen und auseinanderrissen. Mich
sandten sie nach Pisa, der Stätte Deines Ruhmes,
da Du es bezwangst, nachdem Andere es fünfzehn
Jahre lang vergeblich bekriegt und belagert hatten.
Von Pisa sandten sie mich nach Rom, nach Bologna,
kurz, wohin es sie gut dünkte. Sie gaben mir das,
was unsere treffliche Stadt eine ehrenvolle Stellung
nennt. Das will sagen: ich litt nicht Noth, und
ich brauchte nur zu schreiben, was Andere gedacht
hatten — aber auch in dieser Abhängigkeit ward ich

noch scharf beargwöhnt und beobachtet — namentlich
durfte ich Dir, mein Coletto, niemals schreiben, von
Dir niemals einen Brief empfangen."

„Du lächelst, Kanzler, mit den alten, trauten,
schmalen Lippen, Du ziehst die Mailuft witternd
durch die kühngeschwungene Nase — und wirst dabei
wieder jung, wie mich dünkt. „Ein Fuchsgesicht,"
schrieben alle die hohen Potentaten meinem Freunde
Niccolo zu, wohin er immer als Gesandter der erlauchten Republik Florenz kommen mochte: zu Cesare
Borgia, zum König von Frankreich, zum deutschen
Kaiser Maximilian. Sie lächelten vornehm, wenn sie
seinen merkwürdig kleinen Kopf erblickten, aber sie
erschraken über die gespenstische Größe seiner Gedanken,
über den dunkelsprühenden Glanz seiner trauernden
Augen. Und vollends unergründlich war ihnen sein
Lächeln. So kenne ich Dich, Coletto, seit vierzig
Jahren. So standest Du lebendig vor mir im langen
Jahrzehnt meiner Verbannung, welche sie den „aus-
wärtigen Dienst" nannten. So finde ich Dich wieder!
Selbst Dein Haupthaar ist noch so dunkel und silber-
frei wie ehedem. Aber Dein den Andern unergründliches Lächeln verstand ich von jeher zu deuten, auch
jetzt. Du willst sagen: ‚Den Biagio Buonaccorsi
verwandten die Mediceer zum Dienste, weil er ihnen

minder gefährlich schien, als ich selbst?' Ist es nicht so?"

„Wenn ich so dächte, mein Biagio," versetzte Machiavelli, „so dürfte ich es Dir, Du reinste Freundesperle, gestehen, ohne Dich zu verletzen. Denn Deine lautere Kindesseele hast Du mir immer ganz erschlossen, als Jüngling und Mann, in guten und bösen Tagen. Aber ich lächelte diesmal wirklich nicht über das günstigere Schicksal, welches sie Dir gönnten, sondern über ihre Thorheit, mich für gefährlich, für ihren Widersacher zu halten."

Erstaunt rückte Buonaccorsi bei dieser Antwort etwas abseits vom Freunde, als sei bei größerem leiblichen Abstand der Sinn dieser Rede besser zu ergründen. Dann sagte er schüchtern: „Coletto, Du warst doch ganze sechzehn Jahre lang vor 1512, dem Todesjahre unserer Republik, das denkende Gehirn und der rechte Arm unseres Staatsoberhauptes, des Gonfaloniere Soderini, welchen die Mediceer alle Zeit am besten haßten. Du warst wie er Republikaner mit Leib und Seele. Die Feindschaft und der Argwohn der Tyrannen mußten Dich also um so schwerer treffen, da unser Soderini entflohen war."

„Ich war zu arm, um zu fliehen. Ich mußte Weib und Kinder ernähren," versetzte der Kanzler ruhig.

„Und unversöhnlicher Republikaner bist Du doch nach wie vor, Coletto, nicht wahr?" rief Biagio treuherzig, indem er dem Freunde wieder dicht zur Seite rückte und dessen Hand faßte.

„Ich bin inzwischen — Italiener geworden, Freund," erklärte Machiavelli bedächtig.

Nun lachte Biagio.

„Italiener seiest Du geworden, sagst Du, Coletto? Das ist hübsch. Das ist wirklich ein Name, welcher alle Parteiung in Italien auslöschen muß. Denn mit diesem Namen sind wir ja Alle schon geboren und getauft."

„Um so besser," nickte der Kanzler ernst. „Wenn wir uns nur recht verstehen."

Der einstige Secretär der Republik Florenz, welcher sich vermessen hatte, das Lächeln ihres Kanzlers von jeher richtig zu deuten, schien seiner Sache bei Weitem weniger sicher, da nun der Freund den Ernst herauskehrte. Nach einigen rathlosen Blicken bemerkte er: „Natürlich — ja ganz gewiß werden wir uns verstehen, Coletto. Du sagtest mir einmal: „Das Leben macht den Mann." Erzähle mir also, wie Du gelebt hast, seitdem wir uns nicht mehr sahen — denn nur dunkle Gerüchte erreichten mich."

„Mein Leben in diesem Jahrzehnt ist bald erzählt,

Biagio. Du vernahmst wohl, wie die neuen Macht=
haber von Florenz mich behandelten? Sie zerbrachen
die Siegel der Balia und Signoria unter meiner
Anstellungsurkunde. Sie stießen mich aus Amt und
Brot: „cassaverunt, privarunt et totaliter eum
amoverunt." Sie warfen mich in den schmutzigen
Kerker, banden mir Stricke an die Daumen und
zogen mich sechs Mal auf bis zur Decke, um von
mir das Geständniß einer Verschwörung zu erpressen,
von welcher ich nur das Eine wußte: daß jeder Floren=
tiner die Freiheit liebt."

„Herrlich gedacht und gesprochen!" fiel Biagio
begeistert ein. „Und die Rache brennt weiter in der
gemarterten Brust!"

„Als guter Christ solltest Du wissen, daß ge=
schrieben steht: ‚Die Rache ist mein, spricht der Herr.'
Aber höre weiter: Sie ließen mich dann laufen, arm
und bloß, und gönnten mir im Arbergaccio so zu
leben, wie ich mit den Meinen in dem paululo
patrimonio leben konnte.

„Hier stand ich nun Morgens mit der Sonne
auf, ging in den Wald zu den Holzfällern und half
ihnen bei ihrer Arbeit. Dann wandelte ich diesem
Brunnen zu, ein Buch in der Hand, Dante oder
Petrarca, Tibull, Ovid oder einen andern gefühl=

vollen Poeten. Dann schlug ich die Straße zum
Wirthshause ein, sprach mit Vorübergehenden, hörte
manche Neuigkeit und beobachtete meiner Art gemäß
den verschiedenen Geschmack und die Liebhabereien
der Menschen. Dann kam die liebe Essenszeit, und
ich verzehrte mit den Meinen die Gerichte, welche
meine Armuth zu beschaffen vermochte. Nach dem
Essen kehrte ich ins Wirthshaus zurück und traf dort
den Wirth, den Müller und beide Bäcker. Mit diesen
vertrieb ich mir den Tag bis zum Untergang der
Sonne. Wir spielten mit Karten Cricca oder mit
Würfeln Trictrac und stritten und schimpften dabei
um einen Heller so laut, daß man uns bis nach
San Casciano schreien hörte. In diese Gemeinheit
versunken, verwünschte ich die Tücke meines Geschicks,
war aber doch zufrieden, daß es mich so mit Füßen
trat, denn ich meinte, es werde sich bald dessen
schämen."

„Aber es schämte sich nicht, Coletto, nicht wahr?"
bemerkte Biagio aufreizend.

„Nein, es schämte sich nicht. Es ist eine finstere
Macht das alte Fatum, Biagio. Aber der Floren=
tiner besitzt die göttliche Kraft, seiner Herr zu werden.
Vielleicht wäre ich hier versauert und verkommen,
wenn ich nicht selbst aus meinem Elend mich erhoben

hätte, mit Hülfe jener erhabenen Lehren und Vor-
bilder der alten italienischen Welt und Geschichte,
welche in unseren Schulen und in unserem Studio
schon seit hundert Jahren die Brust unserer Knaben
mit den seligsten Träumen der Menschheit erfüllen.
Denn das gebe ich Dir zu, Biagio, in den Mauern
unserer Stadt erblühte der reinste und edelste
Humanismus. Seitdem Sokrates und Plato leib-
haftig ihre Jünger um sich sammelten, hat die Welt
nichts Aehnliches gesehen wie in unserer Stadt die
‚Platonische Akademie‘, in welcher Lorenzo der
Prächtige, an der Seite denkender Kaufleute und
schlichter Schulmeister, edler Patricier und zweifelnder
Mönche, in den Werken der griechischen Weisen die
letzte Lösung der Welträthsel suchte.

„Die Erinnerung an diese große Vergangenheit,
die Arbeit unserer Schulen, war mir nicht verloren.
Sie hoben mich über alles Erdenleid und weiteten
mir den Blick über Jahrhunderte, nach rückwärts
und vorwärts. Kam der Abend heran, so kehrte ich
nach Hause zurück und betrat mein Arbeitszimmer,
meinen Tempel. Auf der Schwelle zog ich den
schmutzigen bäurischen Kittel aus, welchen Du auch
jetzt an mir gewahrst, Biagio —“

„Auch ich kam in bäurischer Verkleidung hierher,

wie Du siehst. Ich schlich mich beim Frühroth aus
Florenz durch die Porta Romana unter dem Vor=
wande, Erbsenfelder, die ich nie besaß, von räuberi=
schen Spatzen zu säubern —"

„Und kleidete mich in rathsherrliche, ja königliche
Gewänder," fuhr Machiavelli fort, „und so angethan
wie sich's gebührt, betrat ich die ehrwürdigen Hallen
antiker Menschen, ward von ihnen liebreich empfangen
und nährte mich von der Speise, welche mir meine
Geburt und Erziehung in den Mauern von Florenz
bestimmt hatte. Ich redete mit ihnen wie mit Zeit=
genossen, befragte sie um die Gründe ihrer Thaten,
und sie antworteten mir mit ihrer großen antiken
Menschlichkeit. Vier Abend= oder Nachtstunden lang
vergaß ich fast täglich während dieser schweren zehn
Jahre in ihrer Gegenwart jede Sorge, fürchtete
meine Armuth nicht, erschrak nicht vor dem Tode.
Alles brachte ich den Alten zu, und Alles empfing
ich von ihnen. Und rastlos arbeitete meine Feder,
um die Eindrücke meiner Zwiesprache mit ihnen den
Zeitgenossen und Nachfahren zu überliefern."

„Ich vermochte nur eines dieser Werke im Druck
aufzutreiben, Coletto —"

„Natürlich, da nur eines gedruckt erschien —"

„Es nannte sich „Das Buch von der Kriegskunst",

und ich erkannte darin meinen theuren Freund und Kanzler wieder, wie er mit dem hellen Feuer seiner Seele und mit der trotzigen Zähigkeit seines Willens unser Florenz und Toskana mit fortriß zur Schöpfung eines Volksheeres, zur Bewaffnung und Einübung aller wehrfähigen Söhne des Landes —"

„Aber Du wirst doch bemerkt haben, mein theurer Biagio," unterbrach Machiavelli eifrig den Freund, „daß mein Buch sich nicht bloß an die Balia und Signoria von Florenz wendet, sondern an Italien, an das italienische Volk."

„Schon wieder Italien, gar das italienische Volk!" rief Biagio spöttisch. „Besinnst Du Dich nicht, Coletto, daß schon Lodovico Moro von Mailand an der Wende des vorigen Jahrhunderts sprach: ‚Ihr redet mir von jenem Italien, aber ich habe es noch nie von Angesicht zu Angesicht gesehen.' Sahst Du es etwa schon, Coletto?"

„Ich sah es noch nicht, Biagio," versetzte der Kanzler mit schwerem Seufzer. „Denn es ist verborgen unter dem Schutt von Jahrhunderten, verstümmelt und zerstückelt von Barbaren, vom Verrath der eigenen Tyrannen und Söldner —"

„Daran bleibe haften, Coletto, denn zunächst gilt es gewiß, die Tyrannen und Söldner aus dem eigenen Hause zu vertreiben. Das ist die wahre Staatsweisheit der alten republikanischen Popolaren unserer Freistädte — nicht minder die Deiner alten harten Römer — und diese Staatsweisheit redet auch aus Deinem Buche. So wird es von der begeisterten Jugend von Florenz ausgelegt: ‚Ergreift die Waffen und macht Euch frei!‘ So verstanden, wie mir erzählt ward, die edeln Jünglinge, welche Du in den Gärten der beiden Rucellai um Dich sammelst, auch Deine ihnen vorgelesenen Abhandlungen über Livius, die ich noch nicht kenne. Mit glänzenden Augen sprachen sie mir davon. Sie versicherten: ‚Abermals gibt uns hier der ehrwürdige Kanzler dieselbe Lehre: Ergreift die Waffen und macht Euch frei!‘“

„Frei — frei von wem, Biagio?“ rief Machiavelli angstvoll.

„Von dem Tyrannen, welcher Florenz beherrscht — vom Cardinal Giulio von Medici.“

„Unseliger Irrwahn! Nie sprach ich ein Wort, welches sich so deuten ließe, Biagio. Ich dachte nie an Florenz, wenn ich zu den Jünglingen von der Freiheit des Landes redete, sondern immer nur an Italien. Und als das Ziel ihrer Schwerter wies ich ihnen nie den Cardinal, sondern immer

nur Italiens Unterdrücker: die Fremden, die Bar=
baren!"

Schmerzlich enttäuscht blickte Buonaccorsi auf
den Freund. In seinen ehrlichen Glutaugen sam=
melte sich eine Thräne.

„Mir verliert das Leben in der alten Heimath
den größten Theil seines Werthes, da ich Dich anders
finde, als ich erwartete, Niccolo," sprach er tief=
bekümmert. „Du giebst also die Freiheit von Florenz
preis, um dem leeren Wahn der Freiheit Italiens
nachzujagen? Du bist undankbar gegen die hehre
Mutter aller Söhne Toskanas, gegen die Madonna
Firenze! Obwohl Du bekennst, daß ihre Lehren und
Erziehung Dich über das schwerste Leid Deines Lebens
hinaushoben. Schau hinüber: Dort ragt sie in der
Ferne und winkt mit all' ihrem Liebreiz dem Ver=
lorenen! Dort steigt der luftige Thurm des Palastes
der Signoria wie ein schlanker Mast empor — dort
Brunelleschis Wunderbau, das Kuppeldach von San
Maria del Fiore — dort der Glockenthurm Campanile,
zu dessen erhabener Gothik Giotto und Taddea Gaddi
sich verbanden. Darunter die Zinnen und Thürme
der herrlichsten Paläste, der Stadtgärten malerische
Baumkronen, welche die Mauern und Wehren der
Blumenstadt noch überragen — Alles beredte Zeug=

nisse tausendjähriger Arbeit geistvoller Menschen —
Alles unvergleichlich herrlich und anmuthig — der
reichste Edelstein im Schmucke Italiens — und
diesen Edelstein willst Du preisgeben, wegwerfen,
Niccolo!"

„Ihr Götter, wie alt doch ist die Entdeckung
des griechischen Weltweisen, daß der Mensch ein
politisches Wesen sei, und wie wenig lebt der Mensch
ihr nach!" rief Machiavelli dem Aufgeregten zu,
indem er ihn an der Schulter faßte, wie um ihn aus
einem Traume zu rütteln. „Hast Du jemals darüber
nachgedacht, Biagio, was denn eigentlich die Staats-
kunst, die Politik sei? In was der Kern ihres Wesens
bestehe? Einfach in der Erkenntniß der Nothwendigkeit, und dann in der Anwendung der nothwendigen
Mittel. Nothwendig aber ist unserem Italien die Freiheit von den Fremden, sonst verderben wir Alle. Noth-
wendiges Mittel zur Erreichung dieses Zieles ist die
Sammlung unserer ganzen Volkskraft in einer Hand.
Florenz besitzt die größte Macht, unerschöpflichen
Reichthum, hohen Sinn und Opfermuth. Ich hoffe,
es wird sich den Ruhm erwerben, dem ganzen Italien
die Freiheit zu gründen. Und all mein Sinnen,
all meine Arbeit ist darauf gerichtet, unsere Stadt
zu dieser herrlichen That zu treiben. So wenig

verdiene ich den Mutterfluch der Madonna Firenze, Biagio!"

„Florenz sagst Du, werde sich diesen Ruhm erwerben, Niccolo, und in einer Hand solle unsere Volkskraft gesammelt werden? — Ich glaube Dich zu verstehen, Unergründlicher! Und dieses Geständniß scheidet den alten, ehrlichen Popolaren von dem Staatskünstler, welcher seine Handlungen einrichtet nach dem, was er ‚nothwendig‘ nennt, anstatt nach dem, was Freiheit, Recht, Ueberzeugung und Tugend gebieten! Leb' wohl!"

Eilig stürmte der Aufgeregte von dannen. Kein Rückruf hielt ihn auf. —

Ein fröhlicher Schwarm von Kindern — vier Buben und ein Mädchen —, welcher singend und Maisbrot speisend, vom Hause hergezogen kam, stob plötzlich in eiligem Laufe dem Orangenhaine zu, als der Kinderschwarm des fremden Mannes ansichtig wurde, welcher die Arme ungestüm bewegte und zornige und drohende Worte halblaut vor sich hin murmelte.

„Horch, schon singt mein fünfstimmiger Kinder=chor wieder!" sagte nun Machiavelli lächelnd. „Ob=wohl er eben erst von dem wilden Biagio erschreckt ward. Und fast so rasch wird auch dieses große

Kind sich von seinem Grimm und Schrecken über den Abfall des Popolaren Machiavell erholen und in alter Freundschaft zu diesem zurückkehren!" —

Eine weiche Hand legte sich bei diesen Worten auf seine Schulter, und die Stimme der Gattin fragte: „Wer war der Wilde, Coletto?"

„Biagio, Marietta, Biagio Buonaccorsi, der treue alte Junge!"

„Mein Gott, Messer Buonaccorsi! Wie hat er sich verändert — an Haar, Bart, Wangen — und hier!" Vielsagend deutete sie auf die Stirn.

„Er ist nur augenblicklich aufgeregt. Rufe ihn vereint mit mir zurück, so kehrt er um."

Machiavelli erhob sich und that einige Schritte gegen das Haus.

Marietta hielt ihn zurück.

„Dein Biagio ist bereits in Sant' Andrea oder darüber hinaus, Coletto, so lief er. Und außerdem hab' ich ein Wort allein mit Dir zu reden."

„Das klingt recht feierlich, Marietta. Willst Du vielleicht Biagio's Predigt fortsetzen?" fragte er lachend, an ihrer Seite auf der Steinbank Platz nehmend.

„Biagio's Predigt — über was?"

„Nun, über meine Schriften und meine unvollkommene Tugend zum Beispiel."

„Wie käme ich dazu?"

„Wäre es das erste Mal? Wer ließ mir denn so geringe Hoffnung, in die Freuden des Paradieses einzugehen, als man mein Lustspiel ‚Die Mandragola‘ und mein Buch ‚Vom Fürsten‘ gelesen hatte? War es nicht Madonna Marietta, welche da sagte: ‚Die Kinder des Verfassers der ‚Mandragola‘ würden sich einst vor ihrem Vater schämen? Und das Buch ‚Vom Fürsten‘ sei ein Lehrbuch für jede Niedertracht. Werde es zu unserem Unglück je bekannt, so würde der Name Machiavelli von der Menschheit hinfort in einem Athem genannt werden mit dem Jünger, welcher den Heiland verrieth."

„Genau das sagte ich, Messer Niccolo, und ich bleibe dabei," versetzte sie, eifrig nickend, aber doch mit schalkhaftem Blick nach dem Gatten.

„Trotz meiner Vertheidigung, Marietta?"

„Trotz Deiner Vertheidigung, Niccoletto."

„Natürlich! Denn mit Eurem Urtheil seid Ihr Frauen schon vor der Vertheidigung fertig. Und außerdem hindert Euch das dem Gemeinwesen abgekehrte Denken an der Erkenntniß, daß die Moral des Staates eine andere sein muß, als die des Einzelnen."

„Es gibt nur eine Moral für alle Wesen und Staaten, Niccolo, die der Schrift."

„Vortrefflich, Signorina, aber auch nur in der Schrift, auf dem geduldigen Papier. Habe ich wieder etwas verbrochen? Gibt Dir meine ‚Geschichte von Florenz‘, an welcher ich seit einem halben Jahre schreibe, irgend ein Aergerniß?“

„Durchaus nicht, Coletto. Ich las im Gegentheil die fertigen Kapitel mit Stolz und Freude; und ich meine, es würde Deinem Ruhm und Ansehen förderlich sein, wenn Du nur dieses Werk und Deine Discorsi über Livius dem Buch über die Kriegskunst im Drucke folgen ließest, und nur sie auf die Nachwelt brächtest, nicht aber die Schrift vom Fürsten.“

„Weib! Was forderst Du von mir?“ rief der Kanzler, angstvoll aufspringend. „Gerade an diesem Werk, am ‚Principe‘, hängt mein ganzes Herz. Du willst doch nicht mein liebstes Kind erdrücken, Marietta?“

„Dein liebstes Kind!“ zürnte sie. „Versündige Dich nicht an den fünf lieben Seelen, welche der Himmel uns schenkte! Meinem Herzen wenigstens werden sie immer theurer sein, als das grausige Ungethüm, Dein ‚Principe‘. Und Muttersorge führt mich hierher, nur diese: die Sorge um unseren Aeltesten, um Bernardo. Er ist kein Knabe mehr, Coletto. Er ist ein frühreifer Jüngling, wie seine Schulgenossen in Florenz.

Kurz, er scheint mir in unsere blonde deutsche Schaff=
nerin Ermina verliebt, Coletto. Und wir müssen dem
Unwesen ein Ende machen."

„Aber, liebes Herz, die Ermina ist wohl drei
bis fünf Jahre älter als er!"

„Gerade das rechte Alter, Coletto, unserem Wild=
fang die Augen von den Schulbüchern hinweg nach
ihr zu drehen!"

„Doch was soll aus dem armen Mädchen, aus
unserem Pflegekinde werden, Marietta? Du weißt,
unter wie seltsamen, ja verzweifelten Umständen ich
sie einst fand und zu uns nahm."

„Nun, die Ruhe unseres Kindes stünde uns doch
näher, als Ermina. Aber das Mädchen selbst wird
gern in ein anderes Haus ziehen."

„Das heißt, sie liebt einen Anderen und mag
deshalb mit dem Knaben nicht tändeln. Aber woher
hast Du Kenntniß von dieser abenteuerlichen Liebes=
geschichte, Marietta?"

„Nun, man hat Augen und Ohren offen, während
der Herr Gemahl über seiner ‚Geschichte von Florenz‘
sitzt und daneben mit seinem Herzenskind, dem ‚Prin=
cipe‘, liebäugelt. Und dann — hörtest Du nicht die
Katze letzte Nacht?"

„Aha!" überlegte Machiavelli lächelnd. „Jetzt, da

Thatsachen von ihr verlangt werden, lichtet sie die
Anker aus dem seichten Grund und hißt die Segel.
Glückliche Fahrt, Madonna!" Und laut sagte er:
"Caspita! Ob ich die Katze hörte. Eben ließ ich die
erhabene Gestalt Cosimos von Medici zum ersten
Mal in meiner florentinischen Geschichte auftreten,
als das garstige Thier mich durch seinen Nachtgesang
störte. ‚Verdammte Katze!' schrie ich aus dem
Fenster und schleuderte ihr die Hälfte der leeren
Geranientöpfe meines Simses nach dem sangreichen
Kopf."

"Du wirst doch nicht getroffen haben?" rief
Frau Marietta ängstlich. "Ich habe zwar nichts
bemerkt."

"Ich auch nicht, Marietta. Der Kater muß den
ganz besonderen Schutz der Vorsehung genossen haben.
Sonst müßte sein Wamms so zerschlitzt gewesen sein,
wie das eines deutschen Landsknechts. Er gab mir
auch sofort die erfreulichsten Beweise seiner Un=
versehrtheit, denn zu jedem Strich, welchen ich dem
Bilde des großen Cosimo hinzufügte, hauchte er seine
Liebesklagen."

"Ei der Tausend," rief ich da, "im Februar
hast Du hier Hochzeit gehalten und im Mai willst
Du wohl schon wieder freien? Wie sagt doch der

griechische Weise: ‚Wasser ist das Beste!‘ Also Wasser
mein Verliebter, viel Wasser! Und sofort entleerten
sich alle Hohlgefäße meines Zimmers über ihm.“

„Davon hat er nun was abgekriegt,“ sprach
Marietta halb zu sich.

„Freut mich, wenn Du für diese Thatsache ein=
stehen kannst. Auch ich meinte wahrzunehmen, das
Thier fauche ein Weniges, und rette seine Liebes=
flamme an einen minder feuchten Ort. Ich hörte
seinen Sprung förmlich, und so blieb meine weitere
Liebesgabe, welche hinter ihm drein fuhr, die zweite
Hälfte der leeren Geranientöpfe, leider verschwendet.
Er sang aber wenigstens nicht mehr. Ich vermuthe,
Madonna Ermina hat ihn barmherzig eingelassen.
Denn ihr Laden öffnete sich unten, und ihre Stimme
flötete: ‚Miez, Miez, komm Miez‘, und dann hörte ich
noch einen Satz nach ihrem Fenster und einen kleinen
Angstschrei, weil ihr wahrscheinlich der schwarze Kater
des Müllers zusprang statt unserer weißen Katze, welche
sie erwartet hatte — aber mir war das gleichgültig,
Marietta, ich schloß mein Fenster und kehrte zu meinem
Cosimo de Medici zurück. — Doch wir haben unseren
‚Jüngling‘ Bernardo über dieser Katzengeschichte ganz
aus den Augen verloren, Marietta,“ schloß Machiavelli,
mit überlegenem Seitenblick nach der Gattin.

„Durchaus nicht, Coletto, Du sprachst die ganze
Zeit von ihm."

„Von ihm? Caspita! Von Müllers Kater!"

„Nein, von Bernardo. Denn er stimmte den
Gesang an, um durch dieses Ständchen das Fenster
seiner Schönen zu öffnen, da sie den Katzen holder
ist als ihm. Und mit dem Naß Deines griechischen
Weisen gesalbt, sprang er am Weinspalier zu dem
Fenster der Erschrockenen empor und raubte ihr
einen Kuß."

„Perbacco! Der Junge kann's noch weit bringen!
Woher weißt Du das?"

„Von Ermina selbst."

„Da müssen wir freilich Wandel schaffen. Aber
wohin bringen wir das Mädchen?"

Ehe Frau Marietta auf die schwierige Frage
antworten konnte, war das junge Wesen, um dessen
Zukunft die Ehegatten sich sorgten, plötzlich an ihrer
Seite und rief: „Ein vornehmer Besuch, eine Prin=
cipessa aus Florenz! Ihr Zweispänner mit Bedienung
ist am Arbergaccio vorgefahren. Ach, hier naht die
Hoheit selbst schon!"

Lichte, kostbare Gewänder rauschten durch das
Walddunkel, und eine jugendliche schöne Fremde
sprach zum Gruß: „O Signorina, o Messer Machia=

velli, verzeiht, daß ich unbekannt und ungeladen in
Euren Park trete. Ich bin Maria Salviati, die
Gattin des jungen Giovanni de Medici, des Führers
der ,Schwarzen Banden‘; selbst von mediceischem
Blute, wie Ihr vielleicht wissen werdet. Mein kleiner
dreijähriger Cosimo behauptete, sehr zu dürsten, als
wir auf unserer Ausfahrt diesem Landsitz nahten;
ich aber entsann mich, daß hier der edle Kanzler der
Republik Florenz in Verborgenheit lebe und wage
nun, ihn und seine Gattin um ein Glas Milch für
meinen Kleinen zu bitten.“

„Rasch, Ermina, die Milch soll sogleich gebracht
werden. Wollen Eure Hoheit uns begleiten?“ fragte
Frau Marietta.

„Laßt mich inzwischen auf dieser Steinbank
rasten, Signorina, da sie Kühle und einen herrlichen
Blick auf Florenz gewährt,“ bat Maria Salviati.
„Und wenn mein Kind getrunken hat, gönnt Ihr
ihm vielleicht die Lust der Gesellschaft Eurer lieben
Kinder, die schon jetzt um den Kleinen an unserem
Wagen versammelt sind.“

„Gewiß, Alles nach Wunsch, Hoheit,“ rief
Frau Marietta eifrig, und eilte Ermina nach, dem
Hause zu.

Machiavelli schickte sich an, den vornehmen Be=

such gleichfalls zu verlassen, um den bäurischen Leinen=
kittel im Hause abzustreifen. Und trotz seines scham=
vollen Erröthens über die schmutzige Aermlichkeit
seines Gewandes hatte er bereits den weltmännischen
Vorwand für sein Verschwinden gefunden, indem er
fragte: „Mit welcher Erfrischung kann mein geringes
Haus Eurer Hoheit aufwarten? Sprecht, ich gehe,
sie zu holen."

Die schlanke Tochter des Hauses Medici=Salviati
aber schüttelte das dunkle Lockenhaupt und fragte
lächelnd: „Erfahrenster Meister, ahnet Ihr noch nicht,
daß der Durst meines Principe nur Vorwand war,
um Euch allein zu sprechen?"

„Ich kann doch in diesem elenden Kittel nicht vor
der Hoheit stehen?"

„Aber neben mir sitzen, Messer Niccolo."

„Noch weniger. Entlaßt mich, damit ich Euch in
würdevollerem Gewande Rede stehe."

„Nein, Messer, bleibt, wie Ihr seid. Ich kam
wahrlich nicht hierher, um Eure Kleider zu sehen.
Die Minuten sind kostbar. In Florenz läßt mein
Onkel Giulio de Medici an jeden meiner Schritte
forschende Augen sich heften, an jedes meiner Worte
lauschende Ohren. Hier aber sind wir allein, ohne
Späher und Lauscher."

„Von Florenz kommt die Hoheit? Ich hatte keine Ahnung von Ihrer dortigen Anwesenheit?"

„Wohl aber ich von der Eurigen, so oft Ihr dort waret. Denn ich wohne im Hause der Rucellai, meiner Verwandten. Und in den Gärten dieses alten Hauses, in den berühmten Orti Oricellarii, wo Ihr ungezwungen mit den edelsten Männern und Jünglingen von Florenz verkehrt, ihnen Eure Schriften vorlest oder frei aus Eurem Haupt und Herzen zu ihnen redet — dort sind, wie Ihr wißt, Grotten, Baumgruppen, Gebüsche, Bildsäulen und überdachte Hallen genug, um ein begeistertes Weib vor Euch und Euren Zuhörern zu verbergen, wenn Ihr dort von den höchsten Aufgaben Italiens spracht."

„Könnte ich doch zu recht vielen hochsinnigen Frauen unseres Volkes so reden!" rief der Kanzler lebhaft. „Aber, mit Verlaub, was führt die Herrlichkeit nach Florenz, und gar hierher in meine Einöde?"

„Zwei große Fragen in einem Athem, Messer, aber beide sollen kurze, ehrliche Antwort finden. Kennt Ihr meinen ungestümen Herrn Giovanni?"

„Nur dem — Ruhme nach," versetzte der Kanzler bedächtig, während ein leises, sonniges Leuchten um seine Augen und Lippen schwebte.

„Ihr seid gütig, Kanzler, wenn Ihr Ruhm sagt. Seinen Waffen ist ja sicherlich Ruhm eigen. Das wissen seine und unsere Feinde am besten. Denn seine schwarzen Scharen hat er zu den tüchtigsten Streitern Italiens erzogen. Aber sein Leben ist, Gott sei's geklagt, lasterhaft und schamlos. Und da ich ihm jüngst mit neuen Beweisen seiner Treulosigkeit gewaltig zusetzte, kam es zu hartem Streit zwischen uns. Ich nahm unser Söhnlein und trennte mich von ihm."

„Ihr thatet recht daran, Madonna."

„Aber bald wird er mich wieder suchen, Messer!" rief sie sicher und glücklich.

„Um so besser für Euch, Hoheit", versetzte Machia=velli trostreich und warm, während leiser Zweifel aus seinen prüfenden Augen sprach.

„Ja, ganz gewiß, Messer. Denn Giovanni liebt mich und sein Kind über Alles. Also um den Gatten wieder reuig zu meinen Füßen zu sehen, kam ich nach Florenz. Und hier in Eurem Arber=gaccio bin ich, weil ich — Euren ‚Principe‘ gelesen habe!"

Machiavelli blickte mit Verfasserstolz, Zweifel und ängstlicher Spannung auf die Sprecherin. Dann sagte er lächelnd:

„Die Signorina beliebt zu scherzen. Die Wenigen, welche Abschriften meines ,Principe‘ besitzen, stecken das Werk unter jene Abtheilung ihrer Schriften, in welche sie kein fremdes Auge dringen lassen, am wenigsten das einer Dame. In der Apotheke würde man dieses Erzeugniß wohl in den Giftschrank stellen, Madonna.“

„Gleichwohl las ich Euren ,Principe‘, Messer, denn das Haus Rucellai besitzt eine Abschrift, welche mir zugänglich war.“

„Und weil Ihr den ,Principe‘ laset, kamt Ihr hierher, Signorina? Wahrscheinlich, um Euch das Ungeheuer zu besehen, welches wunderbarer Weise von der heiligen Inquisition und Seiner höllischen Majestät verschont, zur Zeit noch bei gesundem Leibe umherläuft, obwohl es dieses Büchlein verbrochen hat? Wenn Ihr so denkt, Madonna, so findet Ihr überall Bundesgenossen, wohin immer die Schrift gedrungen ist, auch im Bereich Eures Armes. Denn auch mein gutes Weib, Marietta, das doch seit achtzehn Jahren heldenmüthig Alles mit mir ertragen und erduldet hat, wird seinen Abscheu über meine verworfene Schrift mit dem Eurigen vereinen.“

„Das kann nicht sein, Messer Niccolo!“ rief Maria Salviati, in ungestümer, schmerzlicher Wallung

das Haupt zurückwerfend, daß die reichen Perlen=
schnüre aufblitzten. „Und wenn das möglich wäre,
stünde mir der Verfasser des Werkes um so höher!
Ehe ich Euch hörte, dachte ich: der Mann, der das
schrieb, ist arm, verstoßen und verkannt; er ist keiner
von Denen, welche in Amt und Würden die un=
erschöpflichen Quellen unseres reichen Landes in ihre
Tasche leiten. Er lebt fern von den großen Menschen
und Geschäften — und dennoch erkannte er den un=
heilvollen Zustand seines Vaterlandes und das einzige
Mittel, welches zu dessen Einheit und Größe führt,
mit bewunderungswürdiger Klarheit, mit erbarmungs=
loser Wahrheitsliebe. Schon dafür mußte ich ihm
persönlich danken. Aber daß er bei diesem Werke
nicht einmal den Beifall seines treuen Weibes und
seiner vertrauten Freunde fand, macht mir seine
That um so ehrwürdiger und heldenhafter. Denn
nun schaue ich tief hinein in seine leidende Seele!
Ich denke wahrlich groß vom Waffenruhm meines
Giovanni — aber noch weit stolzer wäre ich auf den
Gatten, wenn Er der Verfasser des ‚Buches vom
Fürsten‘ wäre!“

„Madonna!“ rief Machiavelli überwältigt. „Mit
wem rede ich? Mit einer Irdischen — oder mit einer
Göttin der Alten, der auf jenen italienischen Altären

geopfert ward, welche meine armselige Schrift wieder im ganzen Lande entflammen möchte?" In scheuer Ehrerbietung berührte dabei seine Lippe die Spitze ihrer Hand.

„Eine armselige Göttin müßte ich sein, da Ihr hörtet, daß selbst der Priester, welcher mir opfern sollte, lieber vor anderen Göttinnen kniet. Doch weiter. Ich bringe dem Verfasser des ‚Principe' meinen Dank gewiß am besten dar, indem ich meine schwache Kraft einsetze, um das Ziel erreichen zu helfen, welches er Italien stellt. Wohlan! Ihr sagtet soeben: in den Apotheken würde man einen Stoff von der Art Eures Werkes in den Giftschrank legen. Ihr mögt Recht haben. Denn häufig sind die kräftigsten Heil= mittel auch die gefährlichsten. Vielleicht pflichtet Ihr mir bei, wenn ich sage: der Zustand Italiens scheint Euch so verzweifelt, daß Ihr kühn genug waret, ihm Gift zu verschreiben."

„Das ist freilich nur ein Theil der Wahrheit, Signorina. Doch redet, redet!"

„Nun, da Ihr selbst die Macht nicht habt, Euer Mittel dem Patienten einzugeben und das Werk der Heilung in Eure Hand zu nehmen, so muß ein Mächtiger dies thun: der ‚Principe'; der die italienische Einheit erringende, vollbringende und er=

haltende Fürst, welcher mit unbarmherziger Gewalt, mit Blut und Eisen, mit Güte und Ueberredung, mit Schmeichelei und Verlockung, wenn es aber sein muß, auch mit den Mitteln aller Gewalthaber unserer wilden Zeit, mit Mord, Treubruch und Verrath, nur das Eine anstrebt und erzwingt, was uns noth thut: Italien zu einigen und die fremden Barbaren von unserem Boden zu vertreiben."

„So ist es, Madonna. So ist es!"

„Nun sieht man aus Euren Zeilen das Vorbild für den Riesen emporwachsen, welchem Ihr als Lohn seiner Lebensarbeit die Krone Italiens über dem Haupte haltet. Dieses Vorbild ist der Valentino, der blutige Cesare Borgia, etwas veredelt und ver= größert, aber im Ganzen der Natur etwa so treu nachgebildet, wie eines der göttlichen Ungeheuer Michelangelos. Daß Valentino selbst der Befreier des Vaterlandes nicht mehr werden konnte, war Euch klar, als Ihr das Werk schriebet, denn damals war er bereits in spanischer Gefangenschaft, oder gar schon todt."

„Todt, Signorina."

„Ihr meintet also, durch sein Vorbild einen anderen Arm und Geist zu der gewaltigen That hinzureißen: meinen Großonkel Lorenzo, den späteren

Papst Leo den Zehnten. Denn wenn Ihr als treuer republikanischer Popolare von Florenz auch die Mediceer hassen mochtet, so konnte der Sohn von Florenz doch sicherlich nur vom Florentiner den königlichen Adlerflug erwarten, welchen Euer Werk von Eurem ‚Principe‘ fordert. Auf ihn hofftet Ihr also, und Eure Hoffnung trog Euch.“

„Sie trog mich bitter, Principessa!“ rief Machiavelli mit leidenschaftlicher Klage. „Leo lebte im Himmel seines Rafael und Michelangelo, und hatte keinen Ducaten übrig für Italien! Aber was schlimmer war: gerade Er rief den Fremden, den Barbaren! Deutsche, Schweizer, Spanier und Franzosen waren abwechselnd seine Bundesgenossen und Feinde — immer aber unsere Bedränger!“

„Ihr aber tragt ein starkes Herz im Busen, Messer Niccolo, welches die Hoffnung auf seinen Principe erst mit dem Tode sinken lassen wird! Sprecht, auf welchen lebenden Mann setzet Ihr nun Eure Hoffnung?“

Statt einer Antwort preßte Machiavelli die schmalen Lippen fest auf einander, hielt den Athem an, um durch keinen Seufzer die Beklemmung seiner Seele zu verrathen, und schaute mit den forschenden Augen, welche die geheimsten Gedanken manches liſtigen Tyrannen ausgeſpürt hatten, auf ſeine ſchöne ehrliche Nachbarin.

„Da Ihr nicht verrathen wollt, auf wen Ihr jetzt Eure Hoffnung ſetzet, will ich's Euch ſagen!“ rief Maria. „Abermals nur auf einen Florentiner natürlich — auf meinen Onkel, den Cardinal Giulio de Medici, den gegenwärtigen Herrſcher von Florenz, der aber gleich ſeinen Vorfahren der Stadt den Schein der Freiheit läßt.“

„Madonna, wär' es zu kühn und vermeſſen, wenn ich ſo dächte?“ rief Machiavelli bewegt und ſtrahlenden Auges.

„Nein, das nicht, `Meſſer,“ lautete die ruhige Antwort. „Cardinal Giulio iſt ein guter Italiener, aber zugleich ein bedächtiger Rechner. Gelingt es, ihm ſeinen Vortheil bei dem italieniſchen Unternehmen Eures ‚Principe‘ herauszurechnen, ſo iſt er Euer Mann, Euer ‚Principe‘ ſelbſt, auch mit Herz und Kopf. Zwei ſeiner Vertrauten aber prüfen die Rechnung für und gegen uns. Nikolaus Schomberg, der Deutſche mit der ſpaniſchen Seele, welcher, ſeit er mit Savonarola Mönch war, zum Erzbiſchof von Capua aufgeſtiegen. Er iſt ſchlau, eigenmächtig, ungeſtüm, den Cardinal meiſternd und beherrſchend, beinahe von ihm gefürchtet. Der Andere, Datario

Giberti, unser Landsmann, für unsere höchsten Ziele begeistert, dem Cardinal lieb und werth, aber mehr leidenschaftlich und anregend, als verständig. Schomberg fürchtet die Feldherrngabe und die volksthümliche Kraft der Heerscharen meines Giovanni, und hat seinen Herrn immer gegen diesen besten Degen Italiens einzunehmen gewußt. Aber wenn der Cardinal Kopf und Herz der Sache Italiens weiht, muß er Arm und Schwert immer meinem Giovanni überlassen, ihm allein! Denn seit dem großen Cosimo de Medici hat die Kraft des Stammes sich immer in besondere Vorzüge des Einzelnen zersplittert, niemals wieder alle Gaben des wunderbar veranlagten Gründers in einer einzigen Fürstengestalt vereinigt. So gedenket denn meines Giovanni, Messer Niccolo, gedenket seiner kühnen, kriegerischen Thatkraft, wenn Euch der Mächtige, auf welchen Ihr Eure Hoffnung setzt, um Rath fragt."

„O, Madonna, der Cardinal wird sich lange Zeit nehmen, ehe er mich um Rath fragt!" rief Machiavelli seufzend, während sein Blick bewundernd auf der jungen Frau ruhte, welche um Fürsprache für den lasterhaften Gatten warb, der sie am Heiligsten des Frauengemüthes betrogen hatte.

„Nein, Ihr irrt Euch, Kanzler," versetzte Maria

beſtimmt. Der Cardinal wird Euch rufen und hören,
und zwar bald. Denn er trachtet offen nach der
Papſtwürde, und gleichzeitig wirbt er für ſeinen Nach=
folger in Florenz mit kluger bürgerfreundlicher Herab=
laſſung um das Wohlwollen aller Einſichtigen. Er
fordert von ihnen Rathſchläge, um dieſem Nachfolger
die Grundlage und das Anſehen geſetzlicher Herrſchaft
zu ſichern — von Freunden und Feinden des Hauſes
Medici. Deshalb wird er Euch zu ſich bitten laſſen,
Meſſer.“

„Nun, und wenn es geſchähe, ſo verlangt Eure
Herrlichkeit von mir, daß ich ihm ſage:‘ Euer Herr
Giovanni ſei, als Urenkel von Coſimo des Großen
Bruder, der einzig ehelich Geborene des mediceiſchen
Mannesſtammes und deshalb der einzige rechtmäßige
Nachfolger des Cardinals?“

„Durchaus nicht, Meſſer. Onkel Giulio hat die
Herrſchaft über Florenz zwei unebenbürtigen Knaben
aus dem Stamme Lorenzo des Prächtigen beſtimmt.
Ich gönne ſie den Jünglingen — wenn nur das
Schwert Italiens in der Hand meines lieben Herrn
Giovanni blitzt! Iſt das erreicht, ſo wird ſein Feld=
herrnglück, ſeine ſiegreiche Bahn und das ganze Volk
Italiens entſcheiden, auf weſſen Haupt dereinſt die
Krone Eures ‚Principe‘ ruhen ſoll.“

„Ich verstehe Euch, Madonna, wie Ihr mich und meinen ‚Principe‘ verstanden habt,“. sprach Machiavelli bewegt, indem er sich erhob und die Lippen auf ihre Hand preßte. „Und dort scheint auch Euer kleiner Principe Alles gefunden zu haben, was dieses geringe Haus ihm bieten konnte. Denn im Triumph trägt meine Kinderschar auf den Schultern das fröhlich lachende Knäblein dem Hause zu!“

„Fassen wir diesen Anblick als glückliche Vorbedeutung für unsere Hoffnungen!“ rief Maria, die Hand des Kanzlers ergreifend. „Denken wir uns, dieses junge Geschlecht sei um zwanzig Jahre älter. Die Kinder des besten Mannes von Italien stellen das italienische Volk dar — und dieses trüge auf den Schultern den Erben jener Krone unseres Landes, welche wir nun in heißer Arbeit schmieden wollen!“ —

„Ihr lächelt, Messer, über den kühnen Traum, mit dem harten Lächeln, das Eure Feinde eisig nennen, obwohl man es wohl richtiger als die erstarrende Lava des heißen Vulcans Eures Herzens bezeichnen könnte. Aber Ihr habt recht. Noch stehen wir am Anfang. Noch ist mein Giovanni nur der Anführer der schwarzen Banden und mein Cosimino klein und hülflos und bedarf treuer Hut und Pflege. Zu guter

Stunde erinnert Euer Lächeln mich daran. Wüßtet Ihr wohl hier auf dem Lande ein treues reines Mädchen, welches bereit und geeignet wäre, sich der Sorge um den Kleinen, meinen höchsten Schatz, zu widmen?"

„Das trifft sich günstig, Herrin," rief Machia=velli eifrig. „Unsere Ermina, das blonde Mädchen, welches Euch vorhin zu diesem Brunnen voraus lief, wird gern mit Euch ziehen. Sie ward die Unsere aus seltsamer Schicksalsfügung, die sie Euch selbst erzählen mag. In diesem Hause war sie immer mehr Tochter als Dienerin. Ihre Seele ist rein und treu wie Gold. Das beweist auch der Anlaß, welcher sie von uns hinwegtreibt. Mein toller Aeltester nämlich, obwohl noch mehr Knabe als Jüngling, hat sein verliebtes Auge auf sie gerichtet. Könnt Ihr solches fassen, Madonna, vom Sohn eines solchen Vaters?"

„Macht Euch ja nicht zu gut, Messer Niccolo!" rief Maria, den Finger warnend erhebend, während ihre weißen Zähne aufblitzten. „Denn man weiß sehr wohl, daß Ihr nicht bloß den ‚Principe' geschrieben habt — sondern auch die ‚Mandragola'".

II.

In einer der offenen Hallen, welche den ersten
der drei Höfe des Palastes der Medici in Florenz
umgeben, saß am nämlichen Maitage gegen Abend
der Cardinal Giulio in bequemem Sessel vor einem
Glase kühler Limonade.

Alle von den Vorfahren hier vereinte Herrlich=
keit der Bauwerke und ihrer Ausschmückung vermochte
heute das Auge ihres Besitzers nicht zu fesseln. Nur
an dem antiken Sarkophag, welcher links vom Eingang
in der Ecke des Hofes aufragte, haftete der Blick des
Cardinals beständiger. Aber an diesem keineswegs
in andächtiger Verehrung des Vorfahren, dessen Ge=
beine in jenem heidnischen Steinsarg ruhten. Auch
nicht in bewundernder Betrachtung der kalydonischen
Jagd, deren hochgemeißelte Gestalten den kalten Stein
belebten. Des Cardinals Blicke trafen dieses Denkmal
nicht wie ein ersehntes Ziel, sondern wie ein ärger=
liches Hinderniß weiterer Fernsicht.

Plötzlich aber leuchtete sein Auge freudig auf. Und auch im Thorweg des Schlosses leuchtete es von neuen Farben und blitzenden Hellebarden, welche sich zur schuldigen Begrüßung des eingetretenen Befehls= habers emporrichteten.

Mit leichtem Schritt durchmaß dieser, der Hauptmann der deutschen Palastwache, die wohl= bekannten Hallen, in deren Hintergrund er das Purpurgewand des Cardinals durch die Säulen schimmern sah.

In der Nähe des Gebieters hob die Rechte des jungen Kriegers den breiten, schwarzen Sammthut mit rothen Puffen und wallenden Federn vom Haupte, und die schlanke hohe Gestalt verbeugte sich stolz und frei, ehe sie vor den Mächtigen trat.

Der Cardinal blickte mit sichtlichem Wohlgefallen auf die frischen gebräunten Züge seines Hauptmanns, welche vom Sonnenbrand und einem hastigen Ritt oder Gang tiefere Färbung gewonnen hatten, und auf das üppige, lockige Goldhaar, welches, vom Hute be= freit, sich in anmuthiger Verwirrung um Stirn und Nacken des Deutschen ringelte.

„Tritt näher, Dittimario, mein Treuer," sagte Giulio mild. „Du ließest mich lang auf Dich warten."

„Der Weg war weit und heiß, Eminenz, und die Natur meines Auftrages erforderte Geduld," versetzte der Hauptmann, leicht erröthend über den leisen Tadel, und dabei strich er einige Locken von der feuchten Stirn zurück.

„Setze Dich zu mir, Dittimario, und erzähle mir: ich bin neugierig. — Domenico, einen Krug Wein für den Hauptmann," befahl er dem durch eine silberne Glocke herbeigerufenen Diener.

Dittmar nahm auf einem Schemel zu den Füßen des Cardinals Platz, that auf dessen Geheiß einen tiefen Zug aus dem stattlichen Humpen und berichtete, nachdem Domenico verschwunden war:

„Eurer Weisung gemäß, ritt ich heute um die zehnte Morgenstunde durch die Porta Romana hinaus die Straße entlang. Ich war bis zu deren Biegung gekommen, wo der Weg zu Sant' Andrea in Percussina ansteigt, als mir das Zweigespann der Rucellai entgegenkam, des starken Gefälles der Straße halber im Schritt, so daß ich dessen Insassen genau beobachten konnte. Auf dem Bock saßen der Kutscher der Rucellai und der alte Diener der Signorina Maria Salviati. Im Innern des Wagens diese selbst mit ihrem Bübchen Cosimo, welches schlafend ihr im Schoße lag — und dann noch Jemand, deren An-

blick mir verrieth, woher sie kämen und wo sie ge=
wesen seien."

„Also ein Jemand, der eine Sie war, die Du
kanntest, Dittimario; Du scheinst Deine Augen nach
allen Seiten hin offen zu haben, mein Sohn?" be=
merkte der Cardinal lächelnd.

Der junge Krieger hatte sein Antlitz in den
Humpen versenkt, in der Hoffnung, die verrätherische
Röthe seiner Wangen zu verbergen und abziehen
zu lassen, während er trank. Aber die Hoff=
nung trog.

„Ja, ich kannte das Mädchen," versetzte er frei
und treuherzig. „Es war die Hermina, welche seit
Jahren der Familie des Messer Machiavelli im
Arbergaccio den Haushalt führt. Sie ist von Ge=
burt eine Deutsche, Eminenz; von Bozen, hörte ich.
Der Kanzler hat sie als halbes Kind aus schwerer
Gefahr gerettet und die Waise aus Barmherzigkeit
bei sich aufgenommen. Sie ist mit seiner Familie
verwachsen wie eine Tochter des Hauses."

„Du weißt das sehr genau, Dittimario."

Das Roth im Antlitz des jungen Mannes wurde
noch tiefer.

„Ja, ich sah sie bisweilen hier in der Stadt,
wenn sie Einkäufe machte, Herr, und da mir ihr

deutsches Gesicht auffiel, und ich hörte, daß sie deutsch verstehe, sprach ich sie deutsch an. Es thut immer wohl, in der Fremde Jemanden aus der Heimath zu sehen und in der Muttersprache mit ihm zu reden."

„Natürlich thut das wohl, Dittimario. Ist sie schön?"

„Allerdings, Eminenz, alle Leute sagen das."

„Und Du wirst nicht gegen den Strom schwimmen wollen, mein Guter. Wenn Du sie liebst, Dittimario, so hast Du meinen Segen; doppelt, da sie eine Deutsche, eine Fremde ist. Denn so wird Dich Deine Neigung nicht in die tausendfachen Irrgänge, Ansprüche und Zetteleien verflechten, welche bei uns in Florenz zu Hause sind. Und was die voraussichtlich mangelnde Mitgift der Braut betrifft, so laß mich dafür sorgen. Nur bitt' ich mir noch einige Jahre Geduld aus, junger Held. Denn ein beweibter Hauptmann ist in diesen unruhigen Tagen ein trauriges Ding."

Dittmar hatte bei diesen gütigen Worten die volle Unbefangenheit wiedergefunden.

„Eure Eminenz verfügt, wie alle Italiener, über eine rege Einbildungskraft!" rief er munter. „Gibt man ihnen die Namen eines jungen Paares, so

machen sie gleich eine Hochzeit fertig, oder etwas
Schlimmeres. Wir, nämlich die Hermina und ich,
haben uns kaum ausgesprochen — bis zur Hochzeit
ist es also noch weit. Aber Eure Güte und Huld,
Eminenz, soll mir immer unvergessen bleiben."

„Das heißt, an mein Versprechen der Mitgift
wird er sich auch nach Jahren erinnern," dachte der
Cardinal still für sich. „Diese Deutschen sind gar
nicht so unpolitisch, wie sie aussehen." Laut aber
sagte er: „Gut, so trinke auf ihr Wohl, und laß uns
dann weiter hören."

„Auf das ihrige und auf Eures, mit Verlaub!"
rief Dittmar und nahm einen doppelten Zug.

„Nun, da Hermina im Wagen der Signorina
saß, und da diese bis dahin die Hermina nicht
kannte, so schloß ich wohl mit Recht, daß die
Signorina bei Messer Machiavelli gewesen sei und
das Mädchen aus irgend einem Grunde von dort
mit zur Stadt genommen habe?"

„Jedenfalls, um die Jungfrau bei sich zu be=
halten, Dittimario. Denn meine Nichte suchte eine
treue Pflegerin für ihren Prinzen; zugleich eine Person,
mit welcher sie selbst angenehm verkehren könne; und
diese Eigenschaften, in einer einzigen Evatochter ver=
einigt, waren in Florenz schwer zu finden, mein Lieber."

Aus Dittmars Augen flog ein freudiger Strahl
bei diesen Worten, denn sie eröffneten ihm die Aus=
sicht, mit der Landsmännin noch viel öfter ‚in der
Muttersprache reden zu können‘, als bisher.

Der Cardinal aber, welcher zu diesem Blick des
Jünglings still vor sich hin lächelte, dachte weiter: „Die=
ser handgreifliche Anlaß der Fahrt der Signorina nach
des Kanzlers Landhaus macht diese Fahrt weniger
verdächtig, als sie sonst wäre.“ Und laut sagte er:
„Weiter, mein Lieber.“

„Eure Eminenz mag sich denken, daß auch ich
nicht unbemerkt am Wagen der Signorina vor=
überkam.“

„Gewiß kann ich mir das denken, mein Ditti=
mario!“ rief Giulio lachend. „Die beiden Flammen
in Deinen und Erminas Wangen möchte ich wohl
haben aufschießen sehen! Und die Freude über diese
holde Pfirsichblüthe wird Dir wohl kaum Zeit ge=
lassen haben, danach zu schauen, ob die Signorina,
meine Nichte, auch so erfreut war, die drei rothen
Wappenkugeln unseres Hauses so plötzlich an jener
Wegebiegung auf dem Brustlatz Deines schwarzen
Wammses zu erblicken.“

„Ei, gewiß fand ich Zeit, die Signora zu be=
trachten, Herr, denn ich mußte mein Roß zur Seite

drängen, um dem Wagen an der starken Wegebiegung
Raum zum Wenden zu geben. Und ich glaube sagen
zu dürfen: Hermina und ich sind bei der plötzlichen
Begegnung nicht röther geworden als die Signorina.
Ja, wenn die Eminenz in ihrer Huld das Färbchen
Herminas mit einer Pfirsichblüthe zu vergleichen sich
herabläßt, so dürften die Wangen Eurer edlen Nichte
in jenem Augenblick eher der Granate geglichen haben.
Solche Wirkung hatten die drei Wappenkugeln meines
Wammses."

„Er ist doch bescheiden, der Deutsche," dachte
Giulio heiter. „Jeder Italiener hätte seinem eigenen
Antlitz diese Wirkung auf die Signorina zugeschrieben."
Dann fragte er laut: „Wie dünkte Dich dieses Roth,
Dittimario?"

„Roth, Eminenz, ein klein bischen röther als
Pfirsichblüthe und blasse Granate."

„Caspito! Verstehst Du mich nicht? Meintest
Du, sie erröthete vor Verlegenheit oder vor Freude,
die Wappenkugeln ihres Hauses so plötzlich zu
sehen?"

„Im Anfang dachte ich, es sei Verlegenheit,
Eminenz. Aber dann schaute sie mich mit so glän=
zenden Augen an, daß ich irre wurde. Ja, sie gebot
dem Kutscher zu halten unter dem Vorwand, mir

bequem Durchlaß zu gönnen, und schaute mir nach,
noch lange nachdem ich vorbei war. Sie dachte
gewiß, ich ritte in Eurem Auftrag eben dahin, woher
sie gekommen war, zum Arbergaccio des Kanzlers.
Denn dieses Haus konnte man gerade noch von dem
Wegstück aus sehen, an welchem sie halten ließ. Und
erst als ich rechts nach dem Dorfe abbog, statt links
nach der Höhe, ließ sie weiter fahren."

„Du meinst also, sie hätte sich gefreut, weil sie
dachte, Du habest von mir einen Auftrag an den
Kanzler?" wiederholte Giulio halblaut die Worte seines
Hauptmanns.

„So dachte ich, Herr. Vielleicht aber täusche ich
mich auch. Vielleicht erfreute sie der plötzliche Anblick
der drei Wappenkugeln auf dem schwarzen Wamms
besonders, da ihr Gatte sich, wie man sagt, gerade
so trägt und doch fern ist."

„Du wirst wohl so oder so recht haben," bemerkte
der Cardinal sinnend. „Nun, und Du rittest nicht
zum Arbergaccio hinauf?"

„Nein, Herr, erst hatte ich den anderen Auftrag
zu erledigen."

„Richtig. Wie wurde es damit?"

„Ich trabte also schnell nach San Casciano und
überbrachte dort dem Podesta Euer Eminenz Befehl:

jenseits des Ortes jeden Reiter nach Namen und
Paß fragen zu lassen, welcher auf der Strada
Romana der ewigen Stadt zureiten würde. Er ver=
sprach mir treulich, das selbst zu thun, und ich sagte
ihm zur Bestärkung seines guten Vorsatzes, er hafte
mit der Kleinigkeit seines Kopfes für die sorgfältige
Erfüllung der Zusage. Er kennt die rasche Justiz
in Florenz und verzog sich mit zwei handfesten Orts=
wachen alsbald auf seinen Posten. Den meinigen
hatte mir Eure Eminenz behaglicher gestaltet. Ich
ritt nach dem Wirthshaus, ließ mein Pferd in den
Stall ziehen und mir Essen und Trinken geben, wie
Ihr befohlen. Dann bat ich um ein Zimmer im
Oberstock, um die Siesta zu halten. Natürlich dachte
ich nicht an Ruhe. Mir kam es darauf an, den Rei=
ter zu sehen, welchen ich bei seiner späteren Rückkehr
von Rom abfangen soll, und mir seine Züge ein=
zuprägen. Denn Namen, Kleider und Pässe können
gewechselt werden, nicht aber der Stempel, welchen
die Natur unserem Antlitz aufgedrückt hat. Und
unter den Fenstern meines Wirthshauses mußte der
Mann halten, wenn er nicht durch das Gebirge ritt, wie
Seine Herrlichkeit der Herr Erzbischof von Capua ver=
muthet. That dies der Reiter, so mußte er ja diesem in
seinem Versteck am Monte Cuccoli in die Hände fallen.“

„Ich ging also auf das mir angewiesene Zimmer, Eminenz, und zog die Läden so weit zu, daß man mich nicht sehen, ich aber Alles erkennen konnte, was auf der Straße und in den Wirthslauben vorging. Es dauerte nicht lange, so kam meine Gesellschaft an, wie ich erwartet hatte."

„Wie, eine Gesellschaft erwartetest Du? Ich denke, einen Reiter?"

„Nein, eine Gesellschaft, Eminenz, die wohl=bekannte Gesellschaft der Orti Oricellarii, des Hauses Rucellai, welche sich dort um die Sänfte des edeln, gelähmten Jugendgreises Cosimino Rucellai sammelt. Sie konnten doch ihren Reiter nicht ohne Abschieds=gruß nach Rom entlassen. Und in Florenz wäre das Comitat doch zu auffallend gewesen."

„Ganz klug erwogen, mein Dittimario — was doch Alles in solch einem deutschen Haupt gedacht wird — nicht zu glauben! Und derweilen steckt mein theuerster Erzbischof von Capua im Gehölz des Monte Cuccoli oder gar in Greve, und sieht kein Haar von Allem." — „Man wird wohl nun einige schlechte Tage bei ihm haben," fügte der Cardinal in Gedanken den lauten Worten an seinen Hauptmann hinzu.

„Nun, wenn Seine Herrlichkeit am Monte Cuccoli lauert, so hat er die sogenannten Verschwörer wahrscheinlich alle bei sich vorbeikommen sehen, außer dem Reiter.“

„Die ‚sogenannten Verschwörer‘, Dittimario, ich bitte mir aus, daß Du ernste Dinge nicht leichtsinnig und spöttisch behandelst.“

„Pah, Eure Eminenz wird gleich hören, was daran ist, und dann selbst urtheilen, ob der Herr Erzbischof nicht zu schwarz malt, wie ich schon immer sagte. Also die sogenannten Rädelsführer der Verschwörer, die Eurer Eminenz nach dem mir theuren Leben trachten sollen, erschienen sämmtlich unter meinem Fenster. Sie setzten sich in die Weinlaube und lärmten bei Speise und Trank wie deutsche Studenten, entwickelten auch deren Hunger und Durst, sprachen von ihrer sonnigen Wanderung am Monte Cuccoli, würfelten und sangen. — Von Euch aber, Eminenz, und von sonstigen politischen Dingen sprachen sie kein Wort.“

„Es waren wohl nicht die Rechten, Dittimario.“

„Nicht die Rechten? Die Allergefährlichsten, nach des Herrn Erzbischofs Versicherungen. Denn da war Zanobi Buondelmonti, Luigi di Piero Alamanni, der Dichter, die beiden Vettern Francesco da Diacetto, der Schwarze und der Violette. Nicht minder ihr leidenschaftlicher kühner Verwandter Diacettino. Die

Namen Anderer sind weniger wichtig. Aber die Ge=
nannten waren Alle da, Eminenz.“

„Und nicht ein Wort von mir und von Politik
sprachen sie?“

„Kein Wort, Eminenz. Ihr müßtet denn mich
mit zur Politik rechnen. Denn als der Wirth auf
ihre Frage: ‚Ob keine andern Gäste im Hause seien‘,
die Antwort gab: ‚Nur ein Palleske*), welcher Siesta
hält‘, da lachten sie, und der Dichter Alamanni rief:
‚Aha, Einer der großen deutschen Familie Trinke=
forte‘ — worauf Alle diesen alten traurigen Witz des
römischen Dichterlings Berni belachten und wieder
zu ihren Würfeln griffen. So sehen diese Verschwörer
aus, Eminenz.“

„Nun, nun, nicht zu vorschnell, mein Dittimario.
Kam denn der Reiter nicht?“

„Gewiß kam er. Aber das war erst recht eine
Gestalt zum Lachen! Stellt Euch einen Menschen vor,
welcher auf einem der höchsten Pferde sitzt, das ich je
gesehen, und doch beinahe den Boden berührt. Wahr=
scheinlich hatten sie diesen für die römische Reise er=
lesen, damit er, wenn sein Thier müde würde, schneller

---

*) Palleske = Diener oder Anhänger der Mediceer, von
Palle (Kugeln), dem Wappen der Medici.

mit seinen Sieben=Miglien=Schritten vorwärts käme als auf dem Rücken seines Gauls. Und sie nannten ihn auch lustig genug: ‚Campanile‘, nach unserem mast=förmigen Glockenthurm, Eminenz.“

„Wir nennen diesen großen Jungen mit dem Milchgesicht ‚Mamolino‘“, ergänzte der Cardinal.

„So nannten ihn wohl auch Einige,“ versetzte Dittmar, sich besinnend.

„Nun, was sagten ihm die Signori beim Ab=schied?“

„Er möge Giovan Battiste della Palla in Rom grüßen.“

„Siehst Du, mein Sohn, das verwandelt den Scherz, welchen sie vor Dir und dem Wirth aufführten, zum blutigen Ernst. Denn dieser Palla ist ein ge=fährlicher Mensch! Ich war ihm zugethan und machte ihm Hoffnung auf den Cardinalshut. Da begab er sich nun eilig nach Rom, um hier eher an sein Ziel, das heißt in das Scharlachkleid, zu gelangen. Dort aber gerieth er ganz in die Hände der beiden Soderini, des Cardinals und des früheren Gonfaloniere der Republik Florenz, welche meine Todfeinde sind. Und auf deren Anstiften reizt er nun die edelsten Jüng=linge von Florenz dazu an, mir nach dem Leben zu trachten.“

Dittmar sah lange schweigend und prüfend in das Antlitz seines Gebieters. Dann sagte er entrüstet: „Das wäre niederträchtig! Das brächte ein Deutscher gegen den Mann, welcher ihm Wohlwollen erzeigt hat, nicht fertig."

„Bei uns ist es nur ein Beweis von Weltklugheit, Dittimario," versetzte der Cardinal kühl. „Aber nun weiter — was geschah noch?"

„Die jungen Leute zogen nun auf der Strada Romana nach Florenz zurück, mit der ausgesprochenen Absicht, unterwegs ihren Lehrmeister aus den Orti Oricellarii, den Messer Machiavelli in dem Arber= gaccio zu begrüßen. Ich wartete den Podesta ab, welcher mir berichtete, der Paß des Reiters Campa= nile=Mamolino sei in Ordnung gewesen. Dann ritt ich Jenen eilig nach und überbrachte dem Kanzler unter vier Augen den Wunsch Eurer Eminenz, noch heute vor Euch zu erscheinen, um Euch seinen Rath über gewisse Dinge zu ertheilen, welche Ihr ihm nennen würdet. Er muß bald hier sein, denn er versprach, alsbald aufzubrechen. Die jungen Leute, welche ich bei ihm traf, bat er, sich zurückziehen zu dürfen, da er einen wichtigen Auftrag aus der Stadt erhalten habe. Darauf zogen jene denn auch sofort von dannen."

Der Hauptmann erhob sich, nachdem er den Hum=

pen geleert hatte, und verbeugte sich zum Zeichen, daß
seine Botschaft zu Ende sei.

„Ich bin mit Dir wohl zufrieden, Dittimario,“
sagte der Cardinal wohlwollend. „Der Zahlmeister
wird Dir zehn Ducaten verabfolgen. Halte Dich aber
bereit. Du hast morgen und die folgenden Tage
wieder zu reiten.“

Trotz des hohen Gnadenlohns für diesen Tages=
ritt glaubte der forschende Blick Giulios doch merk=
liche Verstimmung im Antlitz des Vertrauten zu
entdecken, als dieser jetzt, nach dankender Verbeugung,
rasch davonschritt.

„Er dachte, sich seiner Ermina im nahen Palazzo
Rucellai nun erfreuen zu können,“ flüsterte Herr
Giulio lächelnd vor sich hin, „und ist ärgerlich, daß
ihn der Dienst von ihr fern halten soll. Aber wir
können’s nicht ändern, Dittimario. Du wirst das
Mädchen noch einige Tage oder Wochen entbehren
müssen.“

„Hörtest Du Alles, Giberti?“ fragte der Car=
dinal, dem breiten faltigen Vorhang zugewandt,
welcher die Halle im Rücken Giulios scheinbar
abschloß.

Sofort antwortete eine klangvolle Stimme:
„Alles, Giulio, Wort für Wort.“ Und gleichzeitig

erschien der Sprecher in der Mitte des getheilten Vorhangs.

„So sprich denn, Datario, was ist Deine Meinung über das Vernommene?"

„Ganz diejenige Deines deutschen Hauptmanns, Giulio. Schomberg macht, wie immer, aus der Mücke einen Elephanten. Die jungen Leute schwärmen mit Machiavelli platonisch für Freiheit und Republik. Niemand von ihnen aber denkt an Dolch und Mord."

„Aber die Sendung an della Palla, Giberti?"

„Nun, della Palla ist das Sprachrohr der Soderini. In dem Augenblicke, da Du die Rathschläge Aller über die zukünftige Verfassung von Florenz forderst, holt die heißblütige Jugend die Meinung des ihr ehrwürdigen greisen Gonfaloniere über dieselbe Frage ein."

„Ehrwürdig, Giberti! Ein alter Fuchs ist er! Ich will Dir sein neuestes Stücklein verrathen. Im April des Vorjahres fing ich einen Brief von ihm auf, durch welchen er unsern Machiavelli in seine Netze zu locken suchte, gerade in dem Augenblicke, da ich diesem von Neuem einen Beweis meiner Gunst gegeben hatte, indem ich ihm durch die städtischen Gewalten von Florenz die Abfassung der Geschichte der Stadt übertragen ließ. Scheinbar unversehrt überlieferte ich diesen Brief dem Kanzler, um ihn auf die Probe zu stellen. Und der treue, viel verschrieene Mann bestand die Probe. Er antwortete dem Soderini nicht einmal, und verschmähte die zweihundert Goldgulden, welche er so gut hätte brauchen können. Er verschmähte die Ehre, der angebliche Secretär des Feldherrn Prospero Colonna zu werden, welche der Gonfaloniere ihm mit der höhnischen Wendung anbot: ‚Ich wüßte nichts Besseres für Euch, und meine, es sei weit annehmbarer, als in Florenz zu bleiben und für zugezählte Ducaten Geschichte zu schreiben.‘ Was sagst Du dazu, mein Datario?“

„Dasselbe wie vorher, Giulio. Die Soderini sind unzufriedene Verbannte ihrer Vaterstadt. Sie mögen hetzen und aufwiegeln, so viel sie Macht und Lust haben. Unsere jungen Florentiner aber denken besser und kennen Dich besser, Giulio, als jene Flüchtlinge. Und Machiavelli denkt gescheuter und besser als sie Alle. Du magst ihn selbst auf die Probe stellen, Giulio. Denn eben erscheint der Kanzler im Hofeingang. Da naht er schon.“

Giberti verschwand wieder hinter dem Vorhang.

Domenico führte den Kanzler die Säulenhallen

entlang in die Nähe des Herrn. Dann verzog sich der Diener geräuschlos.

Cardinal Giulio ging dem Gast einige Schritte entgegen und reichte ihm beide Hände. .

„Niccolo!" rief er dabei lebhaft. „Du bist sel= ten in diesem Hause. Wann warst Du zuletzt hier?"

„Vor drei Jahren, glaube ich, Eminenz."

„Du hast Recht, seit drei Jahren nicht mehr," gab Giulio vorwurfsvoll zurück, indem er einen Stuhl heranzog, dessen Sitz von getriebenem Leder dieselbe Höhe hatte, wie sein eigener, und in welchem er den Kanzler Platz nehmen ließ.

„Drei Jahre brauchst Du vom Abergaccio bis zum Haus Medici."

„Zwei Stunden, wenn man mich ruft, Emi= nenz."

„Ich sagte Dir schon vor drei Jahren, Du seiest immer willkommen hier."

„Eure Eminenz genießt mit Recht den Ruf großer Höflichkeit."

„Ich sagte Dir gleichfalls schon vor drei Jahren, Niccolo, daß ich von Dir nicht ‚Eure Eminenz' ge= nannt sein will, sondern ‚Du', wie die florentiner Bürger sich anredeten, als wir jung waren, und ‚Giulio'. Besinnst Du Dich nicht, daß Du mich

einmal übel zerzaust und geklopft haft, als wir Knaben
waren, Niccolo, und zwar mit Recht, da ich einen
Kleineren geschlagen hatte."

„Ich war wohl auch damals schon sechs Jahre
älter als Du, wie heute noch, und darum damals
der Stärkere," versetzte Machiavelli lächelnd. „Und
Derjenige, der Schläge erhält, vergißt sie schwerer,
als Derjenige, der sie austheilt. Und zwar immer
schwerer, je älter man ist, wenn man sie erhält. Ich
habe von Deiner Familie und ihren Freunden als
reifer Mann so viele erhalten, daß ich wohl sagen
darf, wir sind quitt für damals, Giulio."

„Zürnst Du mir, Niccolo?"

„Zürnen — weshalb? Du warst immer gütig
gegen mich. Und diese Güte zeigte sich nicht am
wenigsten darin, daß sie den Schein persönlicher
Gönnerschaft verbarg. Du fordertest meinen Rath
über die Verfassung von Florenz ‚im Namen und
zum Heil unserer Vaterstadt‘, nicht in Deinem Namen,
nicht im Namen Deines mächtigen Geschlechtes. Und
ich gab sie Dir als Freund und Mitbürger. Du
übertrugst mir die Abfassung des Werkes, an dem
ich jetzt arbeite, der Geschichte von Florenz, gegen
eine Vergütung, welche mein und der Meinigen
Leben auf Jahre hinaus sorgenfrei macht, ohne daß

Dein Name bei den Verhandlungen auch nur genannt ward. Ich danke Dir dafür, Giulio — spät, aber nicht minder herzlich."

„Ich ehre Deinen Stolz, Niccolo, und bin erquickt durch Deinen Dank für Beweise meines Wohlwollens, welche nicht der Freund dem Freunde, sondern der Diener des Gemeinwohls dem Tüchtigsten unter den Tüchtigen darbrachte. Aber ich weiß nur zu wohl, daß ich auch damit Deinen lebhaften Geist nur ungenügend beschäftigen, Deinen berechtigten Ehrgeiz nur zu geringem Theil befriedigen konnte. Ich weiß, Du sehnst Dich nach der mitwirkenden Theilnahme an den Staatsgeschäften, Niccolo — und eben deshalb habe ich Dich rufen lassen. Wenn ich auch zur Zeit erst nur einen so kleinen Auftrag für Dich habe, daß Du vielleicht lachen wirst, und mir ohne Weiteres sagen magst: ‚Das übernehme ich nicht!'"

Machiavelli athmete tief und unruhig bei diesen für seine innerste Sehnsucht so großen Worten. Dann sagte er:

„Giulio, Du warst der geheimste Vertraute Deines Onkels, Leo's des Zehnten. Dir kann also nicht verborgen sein, daß ich schon vor fast zehn Jahren an diesen schrieb: ‚Ich sei zu jedem Dienst bereit, welchen

er im Namen des Staates von mir fordern wolle,
selbst wenn es gelte, Steine zu wälzen oder zu zer=
klopfen — an meiner Treue möge er nicht zweifeln,
denn dreiundvierzig Lebensjahre hätten mich bereits
treu erfunden.' Nun sind es zweiundfünfzig, Giulio.
Sprich, welchen Auftrag hast Du für mich?"

Aufgeregt und haftig stieß er die Worte aus,
als fürchte er, dieser Auftrag könne ihm wieder ent=
riffen werden, ehe er ertheilt war.

„Es ist ein Anfang, Niccolo, und nur als An=
fang — als die Schwelle und Treppe zum Eingang
in höhere und freundlichere Stätten erneuten Wirkens
im Dienste des Staates — wage ich, Dir diesen Auf=
trag anzubieten. Zugleich aber, Freund, ist er so
wichtig und schwierig, daß dessen Gelingen Dich auch
in den Augen Derer, welche Dir übel wollen, im un=
übertrefflichen Ruhm und Glanz Deiner einstigen
Gesandtschaftsthätigkeit für die Republik Florenz
zeigen wird. Die glückliche Lösung wird Dich also auch
Deinen Neidern zu größeren Aufgaben empfehlen."

„Du spannst mich durch Deine zögernde Eröff=
nung auf eine grausamere Folter, Giulio, als die
übereifrigen Schergen Deines Onkels einst thaten, in=
dem sie mich sechs Mal am Strick aufzogen," erwiderte
der Kanzler ungeduldig.

„Nun, wohlan, es handelt sich um eine Sendung nach Carpi, Niccolo. Dort versammelt sich in diesen Tagen das Generalcapitel der Franziskaner, der Frati Minori. Dieser Orden ist — das brauche ich Dir kaum zu sagen — wie viele seines Gleichen, zuchtlos, so daß der deutsche Mönch Fra Martino von Witten=berg nicht Unrecht hat, wenn er mit den Kutten scharf ins Gericht geht. Aber die Frati haben sich in alten Tagen eine schöne Unabhängigkeit von allen welt=lichen Behörden errungen. Nur ihr Generalcapitel kann die verirrten Schäflein des Ordens einfangen, bändigen und strafen, gleichviel in wessen Herren Land das Kloster liegt, dem die Mißrathenen an=gehören. Darin will ich nun Wandel schaffen, Niccolo, betreffs aller Mönche der Minoriten, welche meinem erz=bischöflichen Sprengel angehören — so sehr auch mein Vertrauter und Mitbruder in Christo, der Herr Erz=bischof von Capua, vor durchgreifenden Entschlüssen warnt.“

„Oh weh!“ dachte Machiavell, der Worte der Maria Salviati eingedenk, „also auch mit dem Niko=laus Schomberg werden wir bei der schwierigen Sache zu rechnen haben.“

„Ich will also,“ fuhr Herr Giulio fort, „daß die auf dem florentinischen Gebiete wohnenden Franzis=

kaner von den Uebrigen abgetrennt werden, damit ich
sie im Namen der Religion und Sittlichkeit besser
überwachen und zurechtweisen kann."

„Gegen dieses Verlangen läßt sich wohl vom
Standpunkte des heiligen Stifters des Ordens, Franziskus von Assisi, so wenig einwenden, als vom
Standpunkte der Staatsmacht," erklärte Machiavelli
sicher.

„Um Beides aber kümmern sich die Frati gar
nichts, Coletto. Denn die Heiligkeit des Stifters ist
ihnen nur ein unerschöpflicher Creditbrief auf die
Gnade des Himmels. An dieser hat jeder Barfüßer,
trotz aller Sündenfülle, seinen reich bemessenen Antheil, sobald er nur die Kutte anzieht. Und von der
Staatsmacht haben die Frati keine Beweise — da in
diesen argen Tagen alle staatlichen Gewalten Italiens
verfallen sind — folglich glauben sie auch nicht daran;
um so weniger, da in ihrem Credo keinerlei Staatsmacht vorgesehen ist."

„So käme es darauf an, ihnen deren Vorhanden-
sein und Nutzen klar zu machen, Giulio."

„Dazu gehört leider mehr Ueberredung und Einbildungskraft, als unter ordentlichen Verhältnissen
nöthig sein sollte!" rief Giulio. „Und die Frati sind
obendrein unglaublich unwissend."

„Um so besser," versetzte Machiavelli lachend. „Um so mehr vermag über sie die Einbildungskraft, welche ich in zureichendem Vorrath zu besitzen glaube. Hast Du einen Vertrauten nicht weit von Carpi, mit welchem ich täglich einen Boten wechseln kann, so glaube ich für den Erfolg stehen zu können."

„Unser Gesandter Francesco Guicciardini, Dein geschichtsforschender Freund, befindet sich in Modena, und wird von uns unterrichtet werden, Deinen Wunsch zu erfüllen. Wie ihr Beide freilich die Härte dieser Mönchsschädel brechen und in deren Oede Frucht säen wollt, das ist mir ein Räthsel."

„Laß mich nur machen!" rief Machiavelli fröh= lich. „Wenn vollends Francesco Guicciardini mit mir zusammenwirkt, so kann es nicht fehlen!"

„Du nimmst also den Auftrag an, Niccolo?" rief Giulio fast ebenso erstaunt als erfreut.

„Natürlich, ohne einen Augenblick des Bedenkens."

„Gut, ich danke Dir, mein Niccolo. Und ich werde Dir's nicht vergessen. Morgen früh findest Du die Urkunde der Acht der Pratica vor, welche Dich nach Carpi entsendet, vom Kanzler Michelozzo unterzeichnet, dazu reichliches Reisegeld. Und ich gebe Dir zu Deinem Schutze außerdem meinen deutschen Hauptmann Dittimario mit."

„Ist er zuverlässig und nüchtern, Giulio? Denn die Frati werden ihm von ihren besten Tropfen so viel schänken, als er mag, um ihm Alles abzufragen, was sie wissen wollen.“

„Du wirst Deine Freude an ihm haben, Niccolo. Gefiel er Dir nicht? Er bestellte Dich hierher.“

„Das war ein schönes Bild jugendlicher, männlicher Kraft.“

„Die verliebten Mädchen und Frauen von Florenz haben sich die dunklen Augen vergeblich nach ihm ausgesehen. Er hat seine Wahl außerhalb ihres Zauberkreises getroffen. Und die Erwählte soll seiner werth sein an Gestalt, Gemüth und Geist, so daß ich ihm versprach, für ihre Mitgift zu sorgen. Du kennst sie, Niccolo.“

„Ich kenne sie, sagst Du? — Wie? Doch nicht unsere Ermina?“

„Dieselbe, Niccolo.“

„Ah, nun begreife ich, daß sie ohne Zaudern und ohne besonderen Schmerz mein Haus, welches ihr seit Jahren zur Heimath geworden war, mit dem Palast der Rucellai und mit dem Dienst bei Deiner Nichte vertauschte. Die Liebe war ihr Compaß, und seine Nadel weist immer nur auf einen Punkt. So ist mir dieser Begleiter meiner Reise der willkommenste,

welchen Du mir bieten könntest, Giulio. Aber Eines
macht mich besorgt. Diese Deutschen reiten wie die
Centauren, und ich leide, unter uns gesagt, ein bischen
am Stein, Giulio, und deshalb wird der Schritt
unserer Rosse, soweit das Behagen der Reiter dabei
in Frage kommt, schlecht zu einander passen."

Der Cardinal maß in Gedanken die Entfernung
zwischen Florenz und Carpi, dann die viel größere Ent=
fernung zwischen Florenz und Rom, und kam zu dem
Ergebniß, daß Dittmar auch ganz gelassen nach Carpi
reiten könne und dennoch rechtzeitig zurück sein werde,
um den Mamolino auf dem Rückwege von Rom ab=
zufangen.

„Die Rückreise von Carpi zur Ermina wird er
übrigens so schleunig machen, als das Roß laufen
kann," überlegte er weiter.

Dann sprach er zum Kanzler: „Du sollst die
Größe der Tagreisen und den Schritt der Rosse be=
stimmen, Niccolo, Du allein. Ich werde Dittimario
anweisen, sich ganz nach Dir zu richten. Sonst hast
Du kein Bedenken, die Reise anzutreten?"

„Keines, Giulio!" rief Machiavelli fröhlich.

„Die Pratica von Florenz wird Dir morgen,
wie ich sagte, ein hohes Reisegeld zahlen. Aber für
den Dienst, welchen Du mir, dem Freunde und dem

Kirchenhaupt, leiſteſt, bin ich Dir auch perſönlichen
Dank ſchuldig. Vielleicht findeſt Du noch, wenn Du
nachher durch die Gaſſen von Florenz dahinſchreiteſt,
in den Läden einen Gegenſtand ausgelegt, an den
Du nicht gedacht haſt, und welchen Du zur Reiſe
oder für die Deinen brauchen könnteſt, Niccolo!
Vielleicht auch wünſcheſt Du, Deiner Gattin eine
kleine Summe zurück zu laſſen. Hier nimm meine
Börſe, Freund. Sie iſt für Dich ſo rund und voll
geſtaltet worden.“

Machiavelli ſah zwiſchen den Maſchen eine Menge
Ducaten aufblitzen. Aber er ließ die Börſe ruhig in
ſeine Taſche gleiten, als hege er eine vornehme Ge=
ringſchätzung gegen das empfangene Edelmetall, und
bemerkte gelaſſen nur:

„Ich danke Dir, Giulio, Du denkſt an Alles.“

„Als redlicher Freund muß ich Dir aber noch
Eines ſagen, ehe Du Deine Reiſe antrittſt,“ verſetzte
dieſer. „Du verläſſeſt Florenz in einem Augenblicke,
der vielleicht für dieſe Deine Vaterſtadt von Bedeu=
tung und für das Schickſal einiger Menſchen, welche
Dir nicht ganz gleichgültig ſind, entſcheidend iſt.“

Der Cardinal ſagte das mit kühler Ruhe, als
ſei die Stadt, von der er ſprach, drüben in Weſt=
indien gelegen, welches Chriſtofo Colombo vor einem

Menschenalter entdeckt hatte, und als sei die Person
Seiner Eminenz bei den Ereignissen, welche er an=
deutete, so wenig betheiligt, als bei Entdeckung dieser
weltfernen Länder.

Machiavelli aber sah bei diesen kühlen Worten
die Augen des Redners unter dessen halbgeschlossenen
Lidern fest und forschend auf sich gerichtet, und unter
diesem durchdringenden Blick erwachte in ihm die Er=
innerung an einen Mann, welcher einst ebenso geblickt
hatte, wenn er den Menschen ins Innerste zu
schauen bestrebt war: an den Valentino, an Cesare
Borgia!

Giulio seinerseits entdeckte in den Zügen Machia=
vellis nur dessen eifriges, aber nutzloses Bemühen,
sich den Sinn der dunkeln Worte klar zu machen.
Kein Zucken, kein Wechsel der Farbe verrieth, daß
der Kanzler eine Ahnung habe von der ‚Verschwö=
rung‘ gegen das Leben des Cardinals, welche nach
der Versicherung des Herrn Erzbischofs von Capua
schon seit Monaten unter den jugendlichen Besuchern
der Gärten Rucellai vorbereitet und nun dem gefähr=
lichen Ausbruche nahe sein sollte.

Aber wie, wenn Machiavelli nur deshalb so
gelassen blieb, weil er von Schomberg's Entdeckung
einen heimlichen Wink erhalten hatte — wohl gar

durch ein verrätherisches Wort Dittmars an Ermina?
— da mochte der Kanzler sich freilich bereitwilligst
nach Carpi hinwegbegeben in dem Augenblicke, da
das Netz über den Häuptern seiner jungen Freunde
zusammenschlug. Auch über diesen Zweifel mußte
der Cardinal Aufschluß haben. Deshalb sagte er:

„Du blickst mich verwundert an, Niccolo, als ob
Du mich nicht verstündest. Hast Du noch nichts von
der Schlacht von Bicocca vernommen?"

„Von der Schlacht von Bicocca?" wiederholte
Machiavelli mit rathlosem Erstaunen. „Nein, von
dieser Schlacht hörte ich noch nie."

Der Argwohn des Cardinals sank. Er lächelte.
„Du brauchst Dich Deiner Unkenntniß wahrlich nicht
zu schämen, Niccolo," sagte er sanft, „denn wir
selbst haben erst seit gestern Morgen von dieser
Schlacht Kenntniß. Das Ereigniß aber ist zu wichtig, als daß ich's·Dir verbergen könnte, ehe Du
reisest, wenn ich auch weiß, daß Dein Herz dadurch
wohl betrübt wird, da dieses, wenigstens zu der Zeit,
als der Gonfaloniere Soderini unter Deinem Beistand
die Geschicke von Florenz leitete, alle Zeit an dem
Bündniß mit Frankreich hing. — So wisse also:
Am 27. April ist das mächtige schweizerische Hülfs-
heer, welches der französische König Franz im Januar

über die Alpen in die Lombardei niedersteigen ließ,
ist das französische Heer selbst bei Bicocca vor Mai=
land vernichtet worden! Franz Sforza mit unseren
Italienern, der deutsche Landsknechtführer Georg
Frundsberg und die spanischen Hülfsvölker haben jene
aufs Haupt geschlagen! Die Unüberwindlichkeit der
schweizer Gewalthaufen ist zur Legende geworden.
Von ihren sechszehn Tausend entkamen nur Wenige
heimwärts. Vor ihnen und den Franzosen ist Italien
nun sicher. Das deutsch=spanische Heer ist den Fein=
den auf den Fersen und schickt sich an, in Frankreich
einzufallen.“

„Ihr Götter, wie groß ist diese Kunde!“ rief
Machiavelli aufspringend. „Zwei unserer stetigen
Landplagen, die Schweizer und die Franzosen, sind
vernichtet und in ihr Land zurückgeworfen. Die
Deutschen und Spanier setzen ihnen nach und werden
ein Jahr lang, vielleicht noch länger, in Frankreich
genug zu thun finden. Wir sind jetzt Herren unserer
Geschicke, Giulio! Italien kann das unvergleichliche
Glück dieser Schlachtenwürfel für sich benutzen, einig
und stark werden, ehe ein Fremder sich drein mischt!
Und Du, Du, Giulio bist der Mann, welcher das
Schicksal Italiens in seiner Hand trägt!“

Jeder Argwohn war bei diesen warmen Worten

Machiavellis aus Giulio's Antlitz geschwunden. Aber seine Hand winkte dennoch bedächtig den Kanzler in den Stuhl zurück, und er sprach kopfschüttelnd: „Ich, Niccolo, ich? Großer Gott, wie weit liegt Wollen und Vollbringen auseinander! Vielleicht sinnt eben jetzt der verborgene Anschlag der Freunde unserer Feinde, welche bei Bicocca vernichtet wurden, darauf, mein Haupt zu fällen, um im Rücken der Geschlagenen Florenz und Italien von Neuem den Franzosen dienstbar zu machen. Vielleicht schärfen sie schon die Dolche, welche mein Herz durchbohren sollen!"

„Es wäre nicht bloß Wahnsinn — es wäre das schwerste Verbrechen an unserem Volke, wenn solches begangen würde!" rief Machiavelli empört.

„Nun, ich denke mich zu behaupten in aller Gefahr," versetzte der Cardinal nachdrücklich, indem er sich erhob.

„Du, aber, mein Guter und Treuer, ziehe mit Gott Deines Weges nach Carpi und wenn Du wiederkehrst, reden wir von dem Wichtigeren, der Zukunft, welche soeben unsere italienischen Herzen bewegte."

Mit diesen Worten umarmte er Machiavelli, küßte ihn auf die Stirn und reichte ihm die Hände zum Abschied.

„Noch Eines, Niccolo," sagte er dabei. „Was

wir zusammen sprachen, bleibt in unseren Herzen
begraben, bis wir uns wiedersehen: Carpi — Bicocca
— meine Besorgnisse —, welche vielleicht nur dunkle
Schatten der Einbildung des Herrn Erzbischofs von
Capua sind — und Alles, was wir von den Hoff=
nungen Italiens sprachen! Du wirst in Florenz, bis
Du reisest, nur den Kanzler Michelozzo sprechen,
welcher Dir das Schreiben der Acht der Pratica
einhändigen wird. Du wirst geraden Weges von
hier nach dem Arbergaccio zurückkehren. Das ver=
sprichst Du mir."

„Bei Eiden, Giulio!" versicherte Machiavelli
lebhaft, die feine Hand drückend, welche noch in der
seinigen ruhte. „Und auch Du mußt mir ein Ver=
sprechen geben, Giulio, ein viel kleineres. Unter den
Schriften meiner Hand, welche an Deinen Onkel ge=
richtet wurden, findest Du eine, welche die Ueberschrift
trägt: ‚Das Buch vom Fürsten‘. Du verlierst nicht
viel Zeit damit. Lies es, bis wir uns wiedersehen,
Giulio."

„Ich werde es thun, mein Niccolo, verlaß Dich
darauf."

Die Männer schieden. Die Sonne sank eben, als
Machiavelli durch das Ausgangsthor des Palastes
schritt: und er meinte, er habe die Sonne und das

von ihr goldig bestrahlte Florenz noch niemals so schön gesehen, als heute. — —

Eine Stunde später ritt der Herr Erzbischof von Capua, Nikolaus Schomberg, mit dem Diener und vielen Bewaffneten in den Palast des Cardinals ein, in ärgerlichster Stimmung darüber, daß er den römischen Reiter der Verschworenen nicht abgefangen hatte. Nach einer weiteren Stunde hatte er vom Cardinal und Giberti — welche sich so ernsten Dingen gegenüber in auffallend scherzender Laune befanden — Alles erfahren, was in seiner Abwesenheit vorgegangen war: von den Meldungen an, welche Dittmar aus San Casciano überbrachte, bis zur Entsendung Machiavellis nach Carpi. Unerschütterlich beharrte Herr Giulio, trotz aller Vorstellungen Schombergs, bei diesem Entschluß. Darüber ward der Herr Erzbischof so unmuthig, daß er nicht zu essen vermochte, und sich unter dem Vorwande eines plötzlichen Unwohlseins in seine Gemächer zurückzog.

Hier angelangt, warf er sich jedoch keineswegs wie ein Kranker auf das Lager, sondern er schritt in die Bibliothek und öffnete hier einen verschlossenen Schrank, in welchem Handschriften verwahrt wurden.

„Ich besinne mich doch recht,“ murmelte er, indem er in den Papieren und Pergamenten hastig

wühlte, „daß die losen Florentiner das nichtswürdige
Lustspiel des Kanzlers, welchen ich für immer abgethan
glaubte, hier im Palast aufführen wollten, als Leo der
Zehnte zum ersten Mal als Papst im Hause seiner
Väter einzog, und daß seither das Stück und die
ausgeschriebenen Rollen in diesem Schranke ruhten.
Ah — hier sind sie!"

Die Hand des Erzbischofs hob die Handschriften
aus ihrem Dunkel und verschloß den Schrein wieder.
Hierauf schrieb er einen längeren Brief und barg diesen
und die Handschriften in einer Rolle, welche er ver-
schnürte und versiegelte. Dann schellte er dem Diener.

„Mägele," befahl er diesem auf deutsch. „Du
reitest mit dem Frühroth Carpi zu und übergibst
diese Rolle dort dem Prior der Brüder Franziskaner,
welche soeben daselbst zu ihrer Generalordensversamm-
lung zusammentreten. Du hast so schnell zu reiten,
als Du kannst, und jeden Tag so lang als die Sonne
am Himmel steht, von deren Aufgang an bis zu deren
Niedergang. Mit Essen und Trinken wirst Du Dich
tagsüber nicht ungebührlich aufhalten, Mägele. Sonst
sind wir geschiedene Leute. Und wenn Dich gar der
Hauptmann des Cardinals, der Dittmar, überholen
sollte, so lasse ich Dich foltern und ein halbes Jahr
bei Wasser und Brot einsperren. Richtest Du mir

dagegen die Botschaft gut aus, so zahlt Dir der
General der Franziskaner fünf Ducaten und gibt
Dir so viel vom besten Klosterwein, als Du magst.
Und von mir erhältst Du zehn Ducaten und sechs
Krüge Lacrymae Christi — verstanden? So, nun reite
mit Gott, Mägele, Du hast ein gutes Werk zu voll=
bringen!"

„Ihr sollt mich loben, Herr!" rief der Schwabe
mit der tiefsten Verbeugung, deren er fähig war, er=
griff die Rolle und verzog sich.

Draußen aber und beim Aufstieg in sein Kämmer=
lein, meinte er ein Erdbeben zu verspüren. Denn Alles
wankte und wirbelte um ihn, so daß er sich wieder=
holt festhalten mußte, um nicht zu stürzen. So tief
hatten die Befehle, Drohungen und Versprechen des
Gebieters den Gleichmuth seiner Seele erschüttert.

„Solch ein Ritt!" rief er grimmig. „So schnell
als ich kann, und jeden Tag so lang' als die Sonn'
am Himmel steht. Und sie steht jetzt lang am Him=
mel und brennt, daß Ein'm die Zung' vertrocknet!
‚Und mit Essen und Trinken nicht aufhalten' —
Herrgöttle, was soll da aus dir werde, Mägele, aus
dir und dein'm Thier! Und wenn mich der Kerl,
der Dittmar, einholt, ‚Folter und ein halb Jahr
Wasser und Brot' — und der Herr Erzbischof hält

sein Wort. Schauderhaft, Mägele! Aber wir werden's
schon mache und die Goldfüchs' verdiene, Mägele,
und den besten Tropfen in Carpi und die sechs Krüg'
Lacrymae Christi hier! Werden's schon mache, Mägele.
Denn wie sagte doch der hochselige Kaiser Max zu
dir in Bozen, als der Georg Frundsberg dabei stund:
‚Mägele, Mägele‘, sagte die hochselige Majestät, ‚Du
bist ein Herrgottssapperment!‘ Das tröstet, das gibt
Kraft."

III.

Niccolo Machiavelli fühlte sich wahrhaft ver=
jüngt, als er am nächsten Frühmorgen an der Seite
Dittmar's durch die Porta San Gallo aus den
Mauern von Florenz hinausritt und der guten
Straße folgte, welche durch den Appennin nach
Bologna führt.

In glückseligstem Einklang stand die hohe Stim=
mung seiner Seele mit dem Frieden und Sonnen=
glanz, welcher aus der herrlichen Landschaft ringsum
vernehmlich und herzerfrischend zu ihm redete, mit
Glockenklang, Kinderliedern und Vogelsang, mit Him=
melsblau, rauschenden Wellen, blitzenden Landhäusern
und wogenden grünen Baumkronen.

Viele Jahre lang hatte er dem Sang der Vögel,
dem Plätschern seines Bächleins und Brunnens im
Arbergaccio, dem Rauschen seiner Baumwipfel ge=
lauscht mit jener hoffnungslosen Wehmuth, mit welcher
die wesenlosen Schatten der abgeschiedenen Geister des

Alterthums den dunkelen Gestaden der Unterwelt
nahten, von der es keine Rückkehr mehr gab zu Licht
und Leben. Und heute erschien ihm dasselbe Singen,
Klingen und Rauschen wie die Offenbarung eines
neuen Frühlings von unvergleichlicher Kraft und
Schönheit.

Der einzige gestrige Tag schien alles Leid des
vergangenen Jahrzehnts ausgetilgt und versöhnt zu
haben, die Erfüllung der höchsten und edelsten Hoffnungen zu verheißen, welche den einsamen vergessenen
Mann über den dunkeln Strudeln der Verzweiflung
emporgehalten hatten.

Hinauf in lichte, sonnige Höhen wies die Bahn
des gestrigen Tages, wie der Weg, auf welchem der
Reiter jetzt dahintrabte.

Bald aber setzte der steilere Anstieg der Straße
diesem Trabe ein Ziel. Der Gürtel der Landhäuser
und Gärten, welcher bis dahin das weiße Straßen-
band umschlossen hatte, hörte auf. Baumreiche Aecker
und Wiesen, verstreute Dörfchen und Capellen traten
an seine Stelle. Dann wurden auch diese immer
seltener, die erhabene Ruhe und Einsamkeit des
Waldgebirges umgab ihn. Der Höhenluft und Kühle
seiner Heimathberge hatte sein Herz sich noch niemals
so innig erfreut, als heute. Diese gehobene Stimmung

beherrschte ihn länger als zwei Stunden, seitdem er
Florenz verlassen, so übermächtig, daß ihm kein Laut
über die Lippen drang. Jetzt aber machte er plötzlich
die Entdeckung, daß er nicht allein zu den stolzen
Gipfeln des Gebirges aufwärts reite, sondern daß
ein Wesen in ehrerbietiger Entfernung hinter ihm
dreinziehe, welches sich gewiß ebenso jung, frisch und
hoffnungsreich fühlte, als er selbst. Und nun fiel
ihm ein, daß er diesem schönen lebhaften Jüngling
noch kein Wort weiter gegönnt habe, als den dürf=
tigen ‚Guten Morgen‘ vor dem Palaste der Signoria
in Florenz, ehe sie gemeinsam abritten.

Er wendete sich im Sattel nach rückwärts, heftete
sein Auge auf die drei rothen Kugeln im Wamms
seines Begleiters, und rief: „Palleske!“

Keine Antwort. „Aha, die Anrede ist ihm nicht
ehrenvoll genug?“ überlegte Machiavelli. „Dittimario,
Capitano!“ verbesserte er sich.

„Zu Befehl, Herr!“ rief Dittmar und war
sofort an der linken Seite des Kanzlers. „Was
beliebt?“

„Ist das nicht schön, so am Morgen durch die
Berge zu reiten, Dittimario?“

„Ja, ganz schön!“ versetzte der deutsche Haupt=
mann nachdenklich.

Machiavelli glaubte ihn zu verstehen. „Du möchtest schneller reiten, nicht wahr, aber Du weißt, daß mein Leiden mir solches verbietet."

Dittmar nickte und athmete tief auf. Es klang fast wie ein Seufzer.

„Die Langsamkeit unseres Rittes ist also nicht Dein einziges Leid, Dittimario," bemerkte der Kanzler sicher. „Du sitzest vielmehr so zu sagen rückwärts im Sattel, Freund. Während mein Blick nach vorn gerichtet ist, haftet der Deine im Geiste am Palastdach der Rucellai, welches Deinen Schatz birgt."

Eine schöne Röthe, an welcher die Maisonne Toskanas ganz unbetheiligt war, ergoß sich über die Wangen des Jünglings.

„Du brauchst Dich nicht zu schämen, Dittimario," fuhr Machiavelli lächelnd fort. „Ich kenne das Mädchen seit ihrem zehnten Jahre, wie meine eigene Tochter. Sie wird Dich glücklich machen. Und ich vereine meinen Segen mit dem des Cardinals, wenn ich Dir auch keine Mitgift versprechen kann, wie Herr Giulio."

„Dank, Herr, Dank!" rief Dittmar lebhaft. „Euer Jawort steht mir höher als jede Mitgift. Denn Hermina liebt und verehrt Euch mehr als den eigenen Vater. Sie würde mir ohne Euren Segen nicht die

Hand reichen. Und da sie Eures Sinnes nicht ge=
wiß war, so hat sie mir bis jetzt nicht einmal ihr
Jawort gegeben. Daraus möget Ihr erkennen, Herr
Kanzler, wie glücklich Ihr mich machet."

"Wie kamst Du nach Italien, nach Florenz, Ditti=
mario?"

"So, wie die nördliche Pflanze, deren Samen
die rauhe Tramontana über die Alpen führt, und
deren zähes Dasein der lombardische Bauer plötzlich
kopfschüttelnd in seinen Reisfeldern wahrnimmt."

"Du willst in dem Bilde doch nur sagen, daß
Dich der rauhe Sturm des Lebens hertrug, nicht daß
Du von Unkraut stammst?"

"Nein, von guten Eltern im Kurfürstenthum
Sachsen. Das Geschlecht derer von Bothen hat dort
schöne Güter. Und die Hügel, Thäler und Triften
gleichen denen um den Arno an Fruchtbarkeit, wenn
auch die Sonne dort etwas frostiger ist, als hier zu
Lande, Herr. Der älteste Bruder erbt bei uns das
Vatergut. Der zweite wird, wenn der Vater es ver=
mag, dem geistlichen Stande bestimmt — das war
mein Loos. Die Jüngeren und die Schwestern wer=
den abgefunden. Ich bezog also die Fürstenschule
des Landes und dann die Universität Wittenberg.
Und hier saß ich zu den Füßen des Doctor Martin

Luther, den Ihr den Fra Martino nennt. Ihr werdet,
wie alle größeren Florentiner nicht viel glauben, Herr.
So wird es Euch also wohl nicht groß anfechten,
wenn ich Euch sage, daß ich den Glauben des Fra
Martino theile. So wenig Euch dies scheinen mag,
da der päpstliche Bann den Luther getroffen hat, so
steht dieser Glaube doch himmelhoch über dem alten
Heidenthum der Florentiner."

Machiavelli wandte das Antlitz zur Rechten und
verbarg ein Lächeln.

„Nun habt Ihr wohl vernommen, Herr, daß
die neue Glaubenslehre bei uns nicht ohne Sturm
ablief. Die Mönche und die Geistlichkeit hetzten, der
ferne Papst goß Oel ins Feuer, die weltliche Obrigkeit Friedrichs des Weisen suchte zu vermitteln und
zu begütigen, und wir Studenten zogen einfach blank,
wenn Einer unseren theuren Lehrer Fra Martino
schmähte. Wie's kam, weiß ich nicht mehr, so heiß
war mir an jenem Abend Haupt und Herz. Aber
am andern Morgen sagten mir die besten Freunde,
ich müsse landfremd werden, denn ich hätte einen
Papisten erstochen. Ich sattelte und ritt davon. Ich
nahm Dienste beim Frundsberg, welcher dem Fra
Martino auch anhängt, kam nach Italien, focht, ward
verwundet, blieb liegen, und fand endlich Dienst bei

Herrn Giulio, der mich rasch emporsteigen ließ. Das ist meine Geschichte Herr."

„Hat Dich der Cardinal nie nach Deinem Glauben gefragt, Dittimario?"

„O nein, Herr, er ist ein Florentiner."

„Optime, mi fili!" rief Machiavelli lachend.

„Wißt Ihr mir nun auch etwas über den Ursprung der Hermina zu sagen, Herr?" fragte Dittmar treuherzig, als sei ein Vertrauen des andern werth.

„Wenig, Dittimario. Was erzählte Dir die Ermina?"

„Sie sagte mir, Euch danke sie ihr Leben, Ihr hättet sie aus den Händen der Mörder ihrer Mutter gerettet."

„Nun ja. Es war in Prato. Ende August werden's zehn Jahre. Prato ist der Schlüssel der Stadt Florenz, wie Du wohl wissen wirst. Das Volksheer, welches ich geschaffen hatte, hielt die Stadt besetzt, und sollte hier seine Feuerprobe bestehen, als die Spanier unter dem Vicekönig von Neapel heranrückten und Prato umschlossen. Eine einzige Kanone legte schon Bresche in die alte Mauer. Den Sturm des spanischen Fußvolkes hielten unsere Feiglinge nicht aus, sondern flohen, und rissen die deutschen Lehr-

meister und Befehlshaber, welche wir ihnen gesetzt
hatten, in den wilden Knäuel der Flucht hinein. Er-
barmungslos mordeten die Spanier Bewaffnete und
Unbewaffnete.

„Einer dieser Deutschen — seinen unholden
Namen vergaß ich — hatte einige Wochen zuvor sein
Weib von Bozen nach Prato kommen lassen — die
Mutter Erminas — mit dem Kinde, welches jedoch
nicht das seinige war, wie Du hören wirst. Diese
Unglückliche theilte zunächst das Geschick, welches die
entmenschten Sieger allen Frauen und Mädchen der
unseligen Stadt auferlegten — auch denen, welche in
Kirchen und Klöster geflohen waren. Dann aber
ward Erminas Mutter niedergemetzelt, als sie ihr
Kind vor den Scheusalen zu retten suchte.

„Wenige Stunden später ritt ich in die brennende
Stadt ein, um mit den spanischen Tigern zu unter-
handeln. Sie hatten nun ihre Mordlust und Gemeinheit gestillt und überließen sich eben dem Behagen
der Plünderung. Das Erste, was ich sah, war ein
großer Haufe halbgewachsener Mädchen, alles noch
Kinder. Auf den Stufen einer verschlossenen Kirche
zwischen einem Doppelhag spanischer Spitzbärte zu-
sammengepfercht, standen, saßen oder lagen die Unglücklichen. Viele von ihnen hatten über dem eigenen

und der Ihrigen Elend das Bewußtsein verloren. Zu ihrem Glücke kam eben der Cardinal Giuliano de Medici herangeritten, für welchen die Spanier zu kämpfen vorgaben. Ihm nahte ich mit den Worten: „Zu meinem Troste sehe ich in der Hoheit Wangen bei den schmachvollen Thaten, welche unter Mißbrauch Eures erlauchten Namens geschehen, eine Röthe auf=steigen, welche wohl mehr ist, als der Widerschein Eures Purpurgewandes.‘ Dabei wies ich auf die verlorenen Kinder im spanischen Doppelhag.

„Der Cardinal schien sehr ungnädig über meine Worte. Aber er gab doch Befehl, diese Kinder und alle Frauen von Prato, welche seines Schutzes be=gehren würden, in seinen Palast zu bringen. Der Fürst, von dem ich erzähle, ist derselbe Giuliano, welchen Michelangelo über den Mediceergräbern als ‚General der Kirche‘ gemeißelt hat. So leicht erringt der Gebieter, welcher den Meißel des Künstlers ge=winnt, Unsterblichkeit.

„Als sich nun der Raum geleert hatte, welchen zuvor die armen Kinder anfüllten, war hinter einem der Treppenpfeiler ein Mädchen sitzen geblieben, welches den kleinen Kopf in die Hände stützte und bitterlich weinte, dabei aber von Allem, was um sie vorge=gangen, nichts vernommen oder verstanden hatte —

Deine Ermina, Dittimario. Ich trat an sie heran
und fragte freundlich nach ihrem Leid.

„Ich habe keine Mutter mehr. Die Spanier
haben sie gemordet und werden auch mich nun tödten‘,
sagte sie schluchzend in mühsamem Italienisch.

„Nein, mein Kind, das werden sie nicht thun.
Du stehst in meinem und eines mächtigen Herrn
Schutz‘, tröstete ich. „Hast Du keinen Vater?‘

„Nur einen Stiefvater!‘ rief sie aufgeregt. ‚Der
wird auch todt sein, denn er war ein deutscher Soldat
und kämpfte gegen die Spanier, und sie erschlugen
alle Leute. Aber wenn er auch lebt, will ich nicht
zu ihm zurück. Denn er war immer bös gegen mich
ohne Ursach. Wenn er trank, schlug er mich, und er
trank jeden Tag, Herr.‘

„Ich will Dich zu einer anderen guten Mutter
bringen, mein Kind‘, sagte ich nun entschlossen, ‚weit
weg von den Spaniern. Und ich will Dein Vater
sein, wenn Du keinen besseren hast.‘

„Ich hatte nur eine Mutter, und sie ist todt‘,
versetzte sie, mit herzbewegendem Schluchzen. ‚Aber,
Ihr seid gut, Herr, besser als mein Stiefvater. Ich
folge Euch.‘

„So nahm ich sie denn, nach dem Schluß meiner
amtlichen Verhandlungen in Prato, auf mein Roß

und brachte sie meiner Gattin Marietta, welche große
Augen machte, daß unser Arbergaccio noch einen
Mund mehr nähren sollte. Aber das Kind wurde
uns bald so lieb wie ein eigenes und war größer
hülfreicher und verständiger, als die unseren."

„Und über den Vater habt Ihr nie wieder
etwas gehört, Messer?" fragte der Jüngling ge=
spannt.

„Niemals, Dittimario. Jedenfalls ist er in dem
grausigen Blutbad von Prato umgekommen."

Dittmar schüttelte die blonden Locken zurück, in
denen der Bergwind spielte. Dann versank er in
langes Sinnen über das Vernommene. Plötzlich
aber faßte sein Stahlhandschuh die feine Hand des
Kanzlers und drückte sie so heftig, daß diesem die
Augen übergingen, freilich nicht aus Rührung. Dabei
rief Dittmar inbrünstig: „O Messer, was Ihr an
Hermina gethan habt, das wird Euch gewiß droben
im Buche des lieben Gottes mit goldenen Buchstaben
eingetragen sein für die letzte Abrechnung!"

Machiavelli wehrte ab, rieb die stürmisch ergriffene
Linke an der Mähne des Rosses und bemerkte ruhig:
„Nicht übertreiben, Dittimario! Meinen Antheil an
dem Geschick der Kleinen wirst Du richtiger und
wahrscheinlich niedriger schätzen, wenn ich Dir sage,

daß der Anblick des Kindes mich deshalb mit so seltsamer Gewalt fesselte, weil sein Auge und seine Züge mir im Kleinen als Ebenbild eines deutschen Mädchens erschienen, welches mir Treulosem einst seine reine Liebe arglos schenkte. Je größer und jungfräulicher Ermina ward, um so mehr erinnerte sie mich an jenes holde Bild. Und was ich dem Kinde Gutes that — viel war es ja nicht, da ich arm war —, das schien mir in der Wage des Ewigen etwas von der Last jener Schuld hinweg zu nehmen, welche ich gegen das deutsche Mädchen begangen hatte, welchem Ermina glich."

Die Sonne war höher gestiegen und hatte die letzten Baumschatten von der Straße zurückgedrängt, auf welcher die Reiter im Schritt aufwärts zogen. Machiavelli hob den schmalen Hut vom Haupt und legte über den Scheitel ein weißes Tuch, das, vom Hut gehalten, frei über Nacken und Schultern zurückfiel und die stechenden Sonnenstrahlen abwehrte. Nach vorn ragte das Tuch so weit in das Antlitz des Kanzlers hinein, daß nur noch dessen Profil Dittmar erkennbar war.

Als nun aber der deutsche Hauptmann einen scharfen Blick auf den halbvermummten Begleiter richtete, erschrak er heftig. Denn die Außenlinien

des Antlitzes, welches er schaute, erinnerten in selt=
samer Weise an das Bild des Mädchens, welches in
seinem Herzen wohnte. Stirn, Nase, Mund und
Kinn des Kanzlers schienen nach demselben Modell
geformt wie die Herminas. Die Farbe der Haare,
Farbe und Blick der Augen waren freilich verschieden.
Und um die enggeschlossenen Lippen des Kanzlers
spielte bald ein wehmüthiges, bald ein ironisches
Lächeln, während Herminas Lippen immer nur von
unschuldiger Lebensfreude beseelt waren.

Lange sann Dittmar dieser merkwürdigen Aehn=
lichkeit nach. Plötzlich aber erschien sie ihm doch
wieder als leeres Trugbild seiner Einbildung, als
der Kanzler ihm abermals das volle Antlitz zukehrte,
welches mit Herminas lieblichen Zügen keinen Strich
gemeinsam hatte. Bei dieser Bewegung hob Machia=
velli die Rechte, steilrecht in die Höhe deutend, empor
und sagte:

„Dittimario, sieh mal dort oben den dicken
Pfaffenknecht!"

Dittmars Auge folgte der deutenden Hand nach
oben und gewahrte viele Hundert Fuß über sich einen
Reiter, welcher über dem jähen Bergabhang zu schweben
schien. Das einfache lange schwarze Gewand, Hut
und Waffe des Unbekannten verriethen die Tracht

des berittenen Dieners eines geistlichen Herrn. Bei
der großen Entfernung vermochte Dittmars Auge die
Züge des ‚Pfaffenknechtes‘ nicht zu erkennen, aber
dessen Haltung zu Roß und dessen leibliche Fülle
erweckten bei Dittmar plötzlich einen Verdacht, welcher
wesentlich verstärkt ward durch den Anblick einiger
Streifen in Violett und Weiß, welche unter dem
zurückgeschlagenen schwarzen Dienermantel des geist=
lichen Knechtes von dessen Wamms hinableuchteten.

„Ich kenne den Mann, Messer,“ versicherte Ditt=
mar bestimmt, nachdem er diese Verdachtsgründe zu
einem raschen Urtheil vereinigt hatte.

„Einbildung, mein Lieber, Sinnestäuschung,
nichts als das!“ mahnte Machiavelli bedächtig.
„Die klare dünne Luft unseres Gebirges betrügt
Dich über die weite Entfernung, welche uns von Jenem
trennt. Er ist in grader Linie fast eine halbe Stunde
über uns. Ueber eine Stunde weit, wenn Du die
Kehren der Straße berücksichtigst. Es ist unmöglich,
einen Menschen auf diese Entfernung zu erkennen.“

„Ich erkenne ihn genau, Messer,“ wiederholte
Dittmar bestimmt. „Es ist der schwäbische Diener
des Erzbischofs von Capua, des Herrn Nikolaus
Schomberg, und ich bin überzeugt, Herr, daß Eure
Sendung in Carpi nicht gelingt, wenn der Bursche

es fertig bringt, dort eher anzulangen, als wir selbst. Sein Herr würde ihn nicht von sich gelassen haben, wenn die Sendung des Schwaben nicht höchst dringlich und wichtig wäre. Und daß er dieselbe Straße zieht wie wir, und vor uns her, beweist wohl auch, daß er demselben Ziele zustrebt, wie wir, daß er gedungen ist, um uns dort zuvor zu kommen. Mein Herr Giulio hat den Schelm gewiß nicht abgelassen, denn sonst würde Herr Giulio es Euch und mir gesagt haben. Zudem kann er diesen Weinbruder nicht leiden. Also ist der Schwabe vom Erzbischof ausgesandt, um gegen die Absichten meines Herrn und gegen die Eurigen, Messer, zu arbeiten."

Machiavelli wollte diese kühnen Vermuthungen und Schlüsse abweisen. Aber er erinnerte sich der Worte Maria Salviatis über den Erzbischof, auch der Worte Giulios selbst. Wachsender Argwohn überkam ihn, zugleich das beklemmende Gefühl der Angst, daß heimliche Umtriebe eines Mächtigen am Werke seien, um die erste Sendung zu vereiteln, welche der Staat Florenz seinem alten Kanzler wieder anvertraut hatte. Und nur um die letzten Zweifel zu zerstreuen, fragte er: „Wie erklärst Du's, Dittimario, daß wir auf unserm weiten Weg den Pfaffenknecht nicht schon früher sahen, erst jetzt?"

„Das ist einfach genug, Herr!" rief Dittmar
lachend. Der Edle zog jedenfalls mit einigen Stun=
den Vorsprung vor uns her, und war sicher, auf
seinem Wege unserer nirgend ansichtig zu werden.
Denn er mußte annehmen, daß Ihr, Messer, bei
Euren Jahren und Eurer Leibesschwäche, jedenfalls
nicht diesen kürzeren und rauheren Gebirgspaß wäh=
len würdet, sondern den bequemen weiten Umweg im
Thale über Pistoja und Prato. Und als er nun an
dem letzten hinter uns liegenden Wirthshaus ankam,
dessen Wirth uns mit allen Mienen der Verachtung
an seinem landberühmten Wein vorüberreiten sah,
weil wir diesem nicht auf den Grund gingen — da
vermochte mein schwäbischer Landsmann nicht zu
widerstehen. Er stieg dort ab, trank und aß nach
Herzenslust, und verlor auf diese Weise eine oder
zwei Stunden seines Vorsprungs."

„Du magst Recht haben, Dittimario," sagte
Machiavelli freundlich. „Aber immer noch ist er
uns zu weit voraus, um ihn einzuholen."

Er hat uns noch nicht bemerkt, Messer, denn er
reitet gelassen und gleichmäßig im Schritt vorwärts,
wie wir. Gönnt mir einen lustigen deutschen Ritt
hinter ihm her. Ich hoffe ihn zu erreichen und ihm
seine Geheimnisse zu entlocken, im Guten oder mit

Gewalt. Denn mein Herr ist auch der Herr des Seinen, und sein Herr spinnt Verrath gegen den meinigen, der Euch entsendet. So ist mir im Nothfall auch Gewalt erlaubt. Und die Straße dieses Gebirges ist so sicher, Messer, daß Ihr meines Schutzes nicht bedürft, zumal auf die kurze Zeit, bis ich den Kerl habe. Sollte Euch aber etwas Verdächtiges begegnen, so löset meine Schußwaffe — hier ist sie. Dann bin ich im Nu wieder bei Euch."

„Ziehe mein Sohn, Dittimario," sagte Machiavelli ruhig, die Hand des deutschen Hauptmanns zum Abschied fassend.

Dittmar drückte den Federhut fröhlich und fest auf die Locken, pfiff seinem Rößlein eigenthümlich, und dahin stoben Beide wie ein Blitz. Im Nu waren sie den Augen Machiavellis entschwunden. Nur dann und wann blitzte zwischen den Bäumen der höheren Wegkehren ein kurzer Glanz von dem Stahlkragen und den Waffen des Verfolgers auf, während der Pfaffenknecht in baumfreier Mattenhöhe noch immer in ungetrübter Seelenruhe gemächlich dahinschlenderte.

Mit einem Male aber kam gewaltiges Leben in diese olympische Ruhe. Deutlich unterschied der Kanzler in der Tiefe zwei gelle deutsche Rufe von

oben her, welche er nicht verstand. Auch dessen
konnte er sicher sein, daß den ersten sein Dittimario
ausstieß und daß dieser lautete: „Ah, Mägele, hab'
ich Dich endlich, Du Saukerl!“ Und daß der Pfaffen=
knecht hohnlachend zurückrief: „Noch lang nit, Du
Erzhaderlump!“ Und wenn der Kanzler die Worte
verstanden hätte, so hätte das weitere Schauspiel,
dessen er auf kurze Zeit noch theilhaftig wurde, dem
Verfolgten Recht gegeben. Denn das Roß des
Pfaffenknechtes, welches an der weinberühmten Trat=
toria der Tiefe jedenfalls so wenig gefastet hatte,
wie sein Reiter, gewann vor dem verhungerten, ver=
dürsteten und von dem anhaltenden Berggallop be=
reits erschöpften Thier Dittmars immer größeren Vor=
sprung.

Der Kanzler trieb nun das eigene Pferd zu
größerer Eile an, und nach etwa anderthalb Stun=
den fand er seinen Dittmar wieder, in einem Zu=
stand grenzenloser Erbitterung und Aufregung, am
Rande eines tiefen Gebirgsbachtobels, dessen schwarze
jähabstürzende Felsen und schäumende tiefe Wasser
jedes Vordringen hinderten, da die Eichenbohlen der
Brücke, welche über den Abgrund führte, am jen=
seitigen Ufer ausgehoben waren, und da die Be=
völkerung des Dörfchens, das drüben sich an die

Felsen und Bäume des wilden Bergeinschnitts schmiegte, am jenseitigen Brückenkopf sich versammelt hatte, mit allerlei Waffen und einigen Handrohren, welche drohend und herausfordernd geschwungen wurden. Ueber den Streitfähigen aber hatten sich auf Felsen und Häuserlauben Greise, Weiber und Kinder seßhaft gemacht, und regten von dorther erbittert das unverwüstliche italienische Mundwerk.

Diese gesammte geräuschvolle Feindseligkeit entflammte Dittmars Grimm über seine erzwungene Unthätigkeit an dieser Stelle und über den trotzigen Hohn der Dorfgemeinde zur leidenschaftlichen Kampflust.

„O Messer," rief er ungestüm, als Machiavell endlich anlangte, „wie schändlich hat dieser schwäbische Bandit an uns gehandelt! Er hat den arglosen Seelen dort drüben vorgespiegelt, wir seien Räuber oder Spanier oder Franzosen, oder gar Teufel, die ihnen Leib und Seele zugleich rauben wollen, und darauf haben sie flugs die Brücke drüben abgeworfen. Mein armes Rößlein war bei dem langen heftigen Ritt einmal in die Knie gestürzt, und dieser Unfall gab dem erbärmlichen Wicht ausreichenden Vorsprung, um dieses Teufelswerk hier auszurichten. Wie habe ich schon meine Thorheit verwünſcht, Euch mein Handrohr überlaſſen zu haben, welches in meiner Fauſt den Burſchen zum Anhalten genöthigt und die Brut dort drüben längſt zur Herſtellung der Brücke gezwungen hätte. Gebt her, Meſſer, ich werde den Tröpfen zeigen, was Ernſt iſt."

„Keinesfalls, Dittimario!" rief Machiavell lebhaft, die Schußwaffe mit beiden Händen feſthaltend. „Sei froh, daß Du nicht in Verſuchung geführt wurdeſt, Blut zu vergießen, wo ein Wort denſelben Erfolg verſpricht. Laß mich nur mit den Leuten dort drüben reden!"

Er trat an Dittmars Seite in die Mitte der Brücke vor, wies auf deſſen Bruſtſchild mit den rothen Kugeln und rief hinüber: „Palleske, Geſandtſchaft von Florenz." Allgemeines Kopfſchütteln und Lachen vom jenſeitigen Ufer war die Antwort.

„Laßt mir meine Donnerbüchſe!" drängte Dittmar, indem er mit plötzlichem, kräftigem Ruck das Rohr faßte und es dem Kanzler entriß.

In dieſem Augenblicke, welcher für Alle leicht zum Verhängniß hätte führen können, erſchien plötzlich mitten unter den Dorfbewohnern, von Bologna her, ein Reiter, der gleichfalls die drei rothen Kugeln im Bruſtwams trug, und ungeduldig und drohend die Herſtellung der Brücke verlangte. Dittmar erkannte

in ihm den Balestriere, welcher zweimal wöchentlich
zwischen Florenz und Modena verkehrte und die
Depeschen der Signoria oder Pratica zu Florenz
mit denen Francesco Giucciardinis zu Modena
tauschte.

Die Lösung und Aufklärung des Mißverständ=
nisses war nun alsbald gegeben. Die Dörfler sahen,
daß der Pfaffenknecht sie betrogen hatte, setzten die
ausgehobenen Bohlen ein, und schleppten gutmüthig alle
mögliche Labung für Machiavell, Dittmar, den De=
peschenreiter und deren Thiere herbei, um dadurch
treue Ergebenheit für die Stadt Florenz und das
Haus Medici zu beweisen. Dazwischen fluchten sie
nachhaltig dem flüchtigen Pfaffenknecht, welcher sie so
bös genarrt und einen großen Krug ihres besten
Weines ausgetrunken hatte, obendrein mit dem spöt=
tischen Dank: „sauer mache wenigstens lustig“. Und
um das Wort sofort wahr zu machen, hatte der
Schelm, als er davonritt, seinem Verfolger zugelacht,
daß die Berge dröhnten.

Aber während Dittmar sich und seinem Röß=
lein die guten Gaben des Bergdorfes kaum gönnte,
da er von dem Staffettenreiter hörte, der Pfaffen=
knecht habe schon eine gute Stunde Vorsprung, suchte
Machiavell gelassen Schreibzeug und Papier hervor,

und setzte in raschen klaren Worten dem Cardinal auseinander, welches Abenteuer er soeben den geheimen Umtrieben des Herrn Erzbischofs von Capua zu verdanken gehabt, und wie nothwendig es sei, dieser Maulwurfsarbeit alsbald ein Ende zu bereiten, wenn die Sendung nach Carpi gelingen solle.

Dann ging die Reise weiter. Auf Mägeles Einholung war kaum mehr zu hoffen. Doch beschlossen die Reiter, um nichts zu versäumen, und um ihrerseits alles Mögliche zur Erreichung des gefährlichen Vormannes aufzubieten, die karge Mahlzeit, welche die Dörfler ihnen geboten hatten, solle ihr Mittagessen darstellen und erst im Nachtquartier zu Firenzuola solle gerastet und warme Kost genommen werden.

Die Sonne neigte sich im Westen schon stark gegen die borstigen Kämme des Appennin, als die Reiter unter dem Gipfel des Monte Guerrino an der Straße ein behagliches Gasthaus entdeckten, welches den Schwaben, nach der übereinstimmenden Annahme Beider, gewiß zum Absteigen verlockt hatte. Unter Dittmars Zureden und Drohungen gestand der Wirth endlich, daß der Gesuchte bis vor einer halben Stunde hier gezecht und getafelt habe.

Sogleich sprengte nun Dittmar der fernen Paß=

höhe entgegen, über welche zur Linken das mächtige
Berghaupt des Monte Sasso emporragte, bestrahlt
von der sinkenden Sonne. Und ganz oben am nörd-
lichen Horizont, auf dem höchsten Kamm der Berg-
straße, glaubte Dittmar einen Augenblick den fast
schwarzen Schattenriß des Schwaben am lichten
Abendhimmel sich abzeichnen zu sehen. Aber der Tag
war in Nacht verwandelt, ehe Dittmar diese höchste
Stelle erreicht hatte, und die Finsterniß spottete jeder
weiteren Verfolgung.

Auch in Firenzuola waren die nächtlichen Nach-
forschungen der städtischen Gewalten nach dem Boten
des Erzbischofs erfolglos. Derselbe schien in wilder
Flucht die grade Straße nach Bologna eingeschlagen
zu haben.

Aber am nächsten Morgen bot sich den Beiden
beim Abreiten eine ebenso erstaunliche als betrübende
Ueberraschung: ihre Pferde lahmten. Der Wirth und
die Knechte des Gasthofes vermochten durchaus keine
Erklärung für die merkwürdige Erscheinung zu geben.
Nur ein halbwüchsiger Stallbursche rückte auf Dittmars zornige Drohungen mit einer Bemerkung heraus, welche, seiner Ansicht nach, freilich nur mittel-
bar zur Sache gehörte. Er erzählte: im Dunkel des
Vorabends sei ein geistlicher dienender Bruder mit

dem stets gern angenommenen Anerbieten an der
Stallthür erschienen, die im Stalle verwahrten Thiere
zu segnen und ihnen etwa anhaftendes Hexenwerk
kräftig zu besprechen. Der Mann habe im Stalle
dann auch scharf gebetet und gepoltert, aber vielleicht
seien dennoch einige böse Geister in den Reitthieren
der florentinischen Excellenzen zurückgeblieben.

Dittmar hätte dem Buben zum Lohn für dessen
fromme Einfalt den Kopf spalten mögen — aber zum
raschen Weiterkommen hätte auch das nichts geholfen,
und so unterblieb es vorläufig.

Auf der dreitägigen Reise von Firenzuola bis
Carpi wurden die Reisenden des Schwaben nicht mehr
ansichtig. Die Lahmheit der Rosse verursachte einen
halben Tag Aufenthalt in Bologna, und eben so viel
Zeit erforderte Machiavells Rücksprache mit Francesco
Giucciardin zu Modena.

————

IV.

Bereitwilligst ward Machiavelli vorgelassen, als
er am Kloster der Franziskaner zu Carpi seinen Ge=
leitbrief abgab und den Prior zu sprechen verlangte,
um diesem das Schreiben der Pratica selbst zu über=
reichen. Der Pater Guardian empfing den Gesandten
der erlauchten Republik Florenz und ihres Schirm=
herrn, des hochbelobten Cardinals Giulio de Medici,
mit ehrfurchtsvoller Auszeichnung, fragte angelegent=
lich nach dem Befinden des ehrwürdigen Herrn und
der hohen Räthe zu Florenz, erkundigte sich nach
der Reise und der erwünschten Gesundheit Seiner
Excellenz des Herrn Gesandten selbst, und lud diesen
aufs dringendste und freundlichste ein, mit dem Haupt=
mann Dittimario im Kloster selbst Wohnung zu neh=
men, als er hörte, die Herren seien im „Leone d'Oro"
abgestiegen.

„Denn wenn wir auch selbst der Armuth und
Kreuzigung des Fleisches leben, Messer, wie Ihr an
meinem magern Leibe und der blassen Farbe meiner

Wangen wohl bestätigt finden werdet, so erlauben uns
doch die Gaben, welche der fromme Sinn der Völker
unserer heiligen Stiftung zuführt, unseren lieben
Gästen ein besseres Dasein zu bereiten, als der Eurer
Excellenz und Eures Begleiters unwürdige kleine
Gasthof dieses Städtchens Euch zu bieten vermag.
Zudem gestattet die hohe Feier der Versammlung
unseres Generalcapitels auch uns Brüdern des heiligen Franciscus selbst in diesen Tagen einige Ab-
weichung von der strengen Observanz unserer Kloster-
regeln."

„Ich nehme die brüderliche Einladung dankbar
an," versetzte Machiavelli ohne Zaudern, in der Erkenntniß, er werde inmitten des Klosters selbst besser
beobachten können, als außerhalb desselben.

„So werde ich alsbald das Nöthige vorkehren
und den Herrn Hauptmann unterrichten lassen,"
rief der Guardian, indem er die Schelle rührte und
einem dienenden Bruder die nöthigen Befehle er-
theilte.

„Und nun zu Eurer Excellenz Sendung, wenn's
beliebt," fuhr der Guardin fort, als der Diener ab-
getreten war. „Was wünschen die hohen Herren zu
Florenz von ihrem geringen Knecht?"

Statt einer Antwort überreichte Machiavell das

versiegelte Schreiben der Pratica, welches der Mönch
sofort öffnete und las. Langsam und aufmerksam
folgten die dunkeln Augen des Abtes dem Schrift=
werk. Mit gespenstigem Glanze leuchteten sie aus
ihren tiefen Höhlen hervor, als das einzig Lebendige
in dem kalten, blassen Antlitz. Nichts bestärkte den
Verdacht des Kanzlers, daß der Lesende bereits durch
den Boten des Erzbischofs von Capua vom Inhalt
dieses Anliegens unterrichtet und dagegen eingenom=
men sei. Im Gegentheil nickte der Prior mehrmals
zustimmend, und mehrfach drang der halblaute Ruf:
‚Optime, optime! — Macte tua virtute, Giulio!‘
über seine Lippen.

Dann legte er das Pergament nieder, reichte
dem Gesandten die Hand und rief lebhaft: „Das ist
mir aus der Seele geschrieben, Messer. Wir haben
auch innerhalb unserer heiligen Brüderschaft noch
räudige Schäflein in Fülle — das weiß ich leider
am besten. Und wenn die mächtige Stadt Florenz
und der tugendreiche Cardinal unser frommes Stre=
ben unterstützen wollen, die Sünde in der Jünger=
schaft des heiligen Franciscus ganz und gar auszu=
rotten, so wird unser Generalcapitel den Segen des
Heiligen auf die hohen Gönner herabflehen und mit
beiden Händen den dargebotenen Beistand ergreifen.

Aber ich selbst, Messer, bin nur ein geringer Knecht im Weinberge des Herrn. Die Entscheidung in so wichtiger Frage steht bei dem General des Capitels und dessen Beisitzern. Ich öffnete das Schreiben nur, weil es an mich gerichtet war."

Die Augen des Abtes senkten sich demüthig, und um Machiavells Lippen spielte ein flüchtiges Lächeln.

„Die Weisheit der Acht der Pratica und des Cardinals Giulio erblicken in dem Guardian von Carpi das denkende Haupt des Generals der Frati Minori und in ihm die Seele der Beisitzer des Ca= pitels," bemerkte er schmeichelnd.

„O, Sie täuschen sich, Messer, täuschen sich!" rief der Prior, sich bekreuzend, als wolle er den sa= tanischen Geist des Hochmuthes bannen, welchen die Worte des Kanzlers vielleicht aus der Tiefe herauf= beschwören könnten. „Haupt und Seele der großen Körperschaft des heiligen Franciscus ist nur der Heilige selbst. Ich besitze nur ein dürftig Stimmlein im Generalconvent."

„Bescheidenheit ist die zierlichste Tugend, Ehr= würdigster," versetzte Machiavell mit würdevollstem Ernst. „Aber meine gnädigen Herren zu Florenz werden schon vollkommen zufrieden mit mir sein, wenn Ihr das silberne Glöcklein Eurer Stimme für die Anträge dieses Schreibens in Bewegung setzen möchtet. Sie vertrauen, daß der feine Klang dieser Silberglocke das ganze mächtige Erz, welches in den Glockenstuben des heiligen Franciscus hängt, zu herz=erfreuendem Einklang bewegen werde."

„Danket den Signori und Seiner Eminenz für ihre überaus günstige Meinung, Messer, wenn Ihr sie wiedersehet. Aber füget hinzu: wenn das Vesper=glöcklein ertöne, so sei für diesen Tag alles Geläut vorbei, und sein Stimmlein finde keinen Widerhall mehr bei den großen Glocken. So ist es in diesem Falle, Messer. Die sechsjährige Amtszeit des Gene=rals und seiner Beisitzer, zu denen ich bisher unver=dienter Weise gehörte, ist abgelaufen. Meine Stimme würde daher zur Zeit einsam verhallen, wie das Vesperglöckchen. Die Angelegenheit ist zu wichtig, als daß die bisherige Oberleitung unseres Ordens noch darüber beschließen könnte, da übermorgen schon die Neuwahlen stattfinden. Für die Neugewählten dagegen bietet das Schreiben Anlaß, den rühmlich=sten Beschluß an den Anfang der neuen Amtsdauer zu setzen. Mein eigenes Verdienst aber ist so unbe=deutend, daß ich nicht daran denken darf, man werde mich wiederwählen, und durch diese Wahl gar einen

Würdigeren aus dem Kreis der Beisitzer unserer
Ordensleitung verdrängen."

„Du durchschaust nun doch die unergründlichen
dunkeln Augen des Mönchs und verstehst den wahren
Sinn seiner süßen, gefälligen Worte," überlegte Ma=
chiavelli. „Zunächst mußte ein schicklicher Vorwand
gefunden werden für die Verzögerung ihres Ent=
schlusses. Dieser Vorwand ist so klug ersonnen, daß
er wohl nicht erst in diesem Augenblick im Haupte
des Guardians erwachsen, sondern zuvor schon in der
Berathung des Generalcapitels bereit gestellt ward.
Die frommen Brüder kannten also den Inhalt des
Schreibens der Pratica schon, ehe dieses selbst an=
langte — und sie haben gegen die lästige Zumuthung
der Herren von Florenz einstweilen mit jenem Vor=
wand sich gewappnet. Nach der Wahl des neuen
Generalcapitels kommt dann gewiß ein eben so wohl=
ersonnener Grund für jenes herrliche non possumus
zum Vorschein, welches die Kirche der Einmischung
der weltlichen Obrigkeit in ihre Angelegenheiten über=
all und allezeit entgegensetzt."

Rasch wie die Schatten eilender Wolken zogen
diese Gedanken durch des Kanzlers Haupt. Doch kein
Zug und kein Wort verrieth sie. Vielmehr erwiderte
er auf die letzte Anrede des Priors lächelnd: „Der

heilige Franciscus wird die wichtige Wahl der from=
men Brüder zum Besten lenken!"

„Das wird er mit seiner Gnade und Fürbitte,"
bestätigte der Prior.

„Und wie immer die Wahl fallen möge, so wird
das ehrwürdige Generalcapitel der Frati mir sicherlich
Gelegenheit geben, das Anliegen meiner gnädigen
Herren auch mündlich vor demselben vorzutragen."

„Gewiß, Excellenz," nickte der Mönch. „Einst=
weilen aber fasset Euch in Geduld. Und ich wage
zu hoffen, der eine Tag der Muße und des Harrens
in der alten Stadt werde Euch nicht verloren sein.
Ihr werdet viel Neues und Schönes hier sehen,
das der Kunstsinn unseres gnädigen Schloßherrn,
des Fürsten Alberto Pio, geschaffen hat. Anderes
fügt der edle Herr in begonnenen herrlichen Bauten
dem Vorhandenen hinzu. Und morgen, am Abend
vor der Erneuerung des Generalcapitels, werdet Ihr
sogar Gelegenheit haben, die theatralischen Talente
einiger unserer Brüder kennen zu lernen."

„Ich machte diese Bekanntschaft schon überall,
wo sie auf die Kanzel stiegen," wollte der böse
Christ antworten. Aber er hielt die spitze Rede
zurück und fragte ungläubig: „Hörte ich recht, Ehr=
würdiger, die Frati werden Theater spielen?"

„Das nicht, Messer. Aber nach altem Herkom=
men verlesen am Abend vor der Capitelwahl die=
jenigen Frati, welche sich dazu besonders berufen
fühlen, mit vertheilten Rollen vor dem Convent der
Brüder, vor dem Schloßherrn und seinem Hofstaat,
vor unserer Oberleitung und geladenen Bürgern der
Stadt, ein lustiges Stücklein, welches die Weltlust
und die Macht der Sünde gebührend geißelt und
deshalb die Frati zur Einkehr führen mag, da es
ihnen klarstellt, wie köstlich ihr Loos ist, welches
sie abschließt von dem sündigen und eiteln Treiben
der Welt.“

„Ein frommer Brauch!“ rief Machiavelli, schein=
bar beifällig, während er im Stillen der Heilswir=
kung solcher weltlichen Lustspiele auf die Minoriten
erheblich mißtraute.

Seltsamer Weise schwebte eben jetzt um die
Lippen des Paters Guardian ein leises Lächeln,
welches freilich so rasch verschwand wie ein warmer
Hauch in frostiger Luft. Und mit ganzem Ernst
sagte dieser: „Wir haben immer gute Wirkungen
von diesen Vorlesungen verspürt. Unsere Brüder
beten und fasten nachher um so eifriger — wie das
italische Volk nach der ausgelassenen Weltlust des
Carnevals.“

„Und von wem ist das Lustspiel?"

„Von einem hochansehnlichen Manne — Messer Machiavelli," versetzte der Prior, während abermals ein flüchtiges Lächeln seinen Mund umspielte. „Er sollte Euch bekannt sein."

„Ah, Ludovico Ariosto!" rief Machiavelli, „denn der Herrscher dieser Stadt, Alberto Pio, ist dessen Gönner."

„Ihr werdet es erfahren, Messer. Ich darf das Geheimniß nicht verrathen. Jedenfalls versäumt nicht, das Lustspiel anzuhören. Auch wenn Ihr es kennt, wird Euch die Kunst unserer Brüder er= götzen."

Das Gespräch war zu Ende. Der Diener er= schien, um dem Kanzler das behagliche Zimmer an= zuweisen. Im Nebengemach hörte Machiavelli Ditt= mars Waffen klirren und dessen Stimme. Er rief den Hauptmann zu sich.

„Hast Du Deinen Schwaben noch nicht entdeckt?" fragte er rasch und leise.

„Nichts von ihm, Messer. Niemand will von ihm wissen."

„Aber er war hier, Dittimario; ist wohl noch hier."

„Natürlich. Zweifeltet Ihr daran, Messer?"

„Eine zeitlang, ja. Aber ich habe Beweise da=
für, daß er vor uns an diesem Ort ankam."

„Und ich hoffe, bald Beweise von der Fortdauer
seiner Anwesenheit zu erhalten und mit ihm Abrech=
nung für die Vergangenheit zu halten!" rief Dittmar
zornig.

„Keine Gewaltthat hier, Dittimario, wir sind
Gäste dieses Hauses. Jede Unbill, welche Du ihm
zufügst, gefährdet den Erfolg meiner Sendung mehr,
als die feinsten Züge des Erzbischofs von Capua sie
gefährden."

„Fürchtet nichts," sagte Dittmar lächelnd.

Das Tafelglöckchen ließ das willkommene Stimm=
chen erschallen, und der dienende Bruder lud die Herren
noch besonders zum Abendschmaus.

Dem Kanzler war der Ehrensitz zwischen dem
General und dem Guardian angewiesen, Dittmar
saß zwischen den Beisitzern des Generals. Das Ge=
spräch an diesem Ehrentische war belebt und weltlich.
Kein Wort wurde über des Kanzlers Sendung ver=
loren. Wollte er davon anfangen, so stellte man ihm
eine fesselnde Frage, oder bot ihm eine erlesene Speise
oder Weinsorte an.

Dittmars Auge wanderte unablässig über die
langen Reihen der versammelten Brüder, welche an

dem leckeren Mahl und herrlichen Wein sichtlich wohl=
lebten. Es wanderte in die fernsten Winkel des Re=
fectoriums, zergliederte die Züge jedes einzelnen Ge=
sichtes, ob dasselbe etwa, unter der Vermummung
der Mönchskutte, dem schwäbischen Widersacher Mä=
gele angehöre — aber nichts von diesem Feinde ließ
sich hier ausspähen. Nun kamen auch Dittmar
Zweifel über Mägeles Anwesenheit. Denn wie hätte
der Schwabe bei diesen erlesenen Genüssen fehlen
können, wenn er hier wäre? Aber Dittmar ließ den
Zweifel noch rascher fallen, als Machiavelli den sei=
nigen vor einer Stunde.

„Sie haben den Boten des Erzbischofs von
Capua verborgen,“ überlegte er, „nachdem sie ihm
zuvor so viel von diesen Herrlichkeiten gespendet
haben, daß er bis morgen Mittag schläft, ohne
sichtbar zu werden.“

Und Machiavelli sowohl als Dittmar glaubten
bei ihrer Umschau noch weitere Beweise für ihren
geheimen Argwohn zu finden. Denn während ihre
Tischnachbarn, die Höchstgestellten des Ordens, auch
jetzt nur beflissen waren, die Gäste heiter zu unter=
halten, sahen diese die Augen der Frati von den
niederen Tischen her mit listigem und höhnischem
Ausdruck auf sich geheftet. Ein Zischeln ging durch

die langen Reihen, und mitunter ward unterdrücktes
Lachen hörbar, als bereite die fromme Brüderschaft
im Stillen auf Kosten der Gäste einen unerhörten
Spaß vor. Verdrießlich hob der Guardian die Tafel
auf, um der störenden Brüder ledig zu werden, und
mit den Gästen in der erfrischenden Kühle des Gar=
tens weiter plaudern zu können.

Am Spätmorgen des folgenden Tages hob sich
der Kanzler vom Lager, kleidete sich an und klopfte
an Dittmars Thür. Sofort trat der Hauptmann
über die Schwelle.

„Ich bin heute spät. Das Nichtsthun dieser
frommen Räume steckt an," sagte der Kanzler.

„Ich freue mich, Euch nicht geweckt zu haben,
Messer, als ich vor langer Zeit aufstand," rief
Dittmar frisch. „Ich habe entdeckt, wo unser
Vogel sitzt."

„Wo denn?"

„Im Käfig natürlich, wo sie ihn mit jenem
Zuckerbrot und Trank füttern, welche ihn die Frei=
heit vergessen lassen. Die Mönche haben etwas vor
für diesen Abend, das auf Euch gemünzt ist, Messer,
verlaßt Euch drauf. Dabei ist dieser schwäbische Böse=
wicht oder sein Herr betheiligt. Und deshalb ent=
ziehen sie den Spaßvogel unsern Augen, damit wir

nicht argwöhnisch werden, und damit sein Sang uns nichts zuvor verrathen kann."

„Geschwätz!" rief Machiavelli unwillig. „Sie lesen eines der Lustspiele von Ariosto heute Abend. Nun komm aber, Dittimario. Wir frühstücken zusammen und lassen uns dann den Mönch Rovaio in den Garten kommen."

„Den Mönch Rovaio, was ist mit dem, Messer?"

„Mehercle! Davon kannst Du freilich nichts wissen!" rief Machiavelli. „Die Consuln der Wollweberzunft zu Florenz, der Arte della Lana, welchen die Obhut über unsere Kirche Santa Maria del Fiore anvertraut ist, haben mir den Auftrag gegeben, vom Superior des Ordens die Erlaubniß zu erwirken, den Mönch Rovaio, welchen die Consuln sich zum Prediger für die nächste Fastenzeit auserlesen haben, nach Florenz kommen zu lassen."

„Predigt der Mann so gut? Das Mundwerk ist doch sonst in Florenz nicht schlecht bestellt."

„Ich weiß nicht, was an Rovaio ist. Im Uebrigen hast Du Recht," versetzte Machiavelli lächelnd.

Das Frühstück war eingenommen. Und nun trat der Mönch Rovaio, auf die Bitte des Kanzlers, schüchtern und ernst zu den weltlichen Gästen des

Klosters in den einsamen Garten. Voll Theilnahme betrachtete Dittmar den hohen Mann mit den glänzenden Augen und den bewegten schmalen Lippen. Als ein strenges Bild mönchischer Entsagung und verzehrender innerlicher Stürme und Geistesarbeit erschien er dem Deutschen.

Machiavelli trug sein Anliegen vor.

„Nach Florenz begehrt Ihr mich?" rief da Rovaio wie im Traum. Eine glänzende Stadt, voll Eitelkeit, Weltlust und Pracht; zudem die Stadt, in welcher Savonarola predigte und den Tod erlitt —"

„Redet mir von diesem Mönche nicht, ich mag ihn nicht, er war ein Thor!" rief Machiavelli bitter.

Rovaio schwieg und blickte mit den großen dunkeln Augen finster und vorwurfsvoll auf den Kanzler.

„Haltet Euch an die Lebendigen! Packt sie und bessert sie mit Eurem Wort, wenn Ihr könnt," mahnte Machiavelli. „Hier habt Ihr gleich Einen, an dem sich Eure Kunst erproben läßt," fügte er lächelnd hinzu, auf Dittmar deutend. „Denkt Euch, dieses frische Menschenkind ist unfehlbar der Hölle verfallen. Er ist ein Ketzer. Er saß zu den Füßen

des greulichen Deutschen Fra Martino zu Wittenberg,
welcher den großen Riß in der Kirche gestiftet hat,
und er glaubt an dessen Lehre."

Die Augen des Mönches öffneten sich weit und
wurden glänzend wie zwei Mitternachtssonnen. Ueber-
irdische Verzückung lagerte sich auf seinem Antlitz.
Dann trat er auf Dittmar zu, ergriff dessen Hand,
küßte sie, und am Ohr des Jünglings hauchte er fast
unhörbar: „Spricht er wahr?"

Dittmar nickte.

„So bleibe Du allein hier mit mir, ich muß
mehr von Dir über den Fra Martino wissen. Denn
Du kennst ihn! — Oh, Du kennst ihn!"

Dittmar blickte fragend auf den Kanzler. Dieser
nickte und ging lächelnd von dannen.

Machiavelli wandte sich dem Schlosse zu. Dort
betrat er mit Bewunderung den herrlichen Hof, welchen der jetzige Besitzer, Fürst Alberto Pio, in dem
zweihundertjährigen trotzigen Burgbau seiner Ahnen
hatte erstehen lassen. Als der Kanzler hier nach
einem Diener spähte, welcher dem Herrn den Besuch
des Gesandten melden könne, legte sich ihm von rückwärts eine Hand vertraulich auf die Schulter, und
eine fremde Stimme fragte: „Was willst Du hier
und woher kommst Du?"

Der Fragende hielt in der Linken Zollstab und Winkeleisen, war einfach gekleidet und befand sich an der Spitze einiger Bauleute. Machiavelli hatte diese Männer vor dem Neubau des Domes an der Piazza stehen sehen, als er soeben dort vorbeigeschritten war. Da der Fürst auch diesen Bau aufführen ließ, mochten die Leute hierher gekommen sein, um sich Weisungen beim Schloßherrn zu holen. Mehr belustigt als verdrossen durch die kleinstädtische Zudringlichkeit dieses Gesellen, versetzte Machiavelli herablassend auf dessen Frage:

„Ich wollte den Herrn dieses Schlosses sprechen, wenn Du nichts dagegen hast, mein Bruder, und komme, mit günstigem Verlaub, aus Florenz, als Gesandter der Acht der Pratica. Wenn Du weißt, was das ist, so brauche ich Dir's nicht zu erklären.“

„Ja, ich habe eine Art von Vorstellung davon,“ versetzte der Mann, indem er das Winkelmaß an die Stirn legte, als müsse er nachdenken. „Die Pratica ist der Schatten eines Dinges, welches ehemals bestand: der Republik Florenz. Sie trägt ihren Namen Pratica, weil sie ausführt und wirkt, was ein Anderer denkt und will: nämlich Seine Eminenz, der Herr Cardinal Giulio de Medici.“

Während die Begleiter des Menschen laut lachten, bewahrte Machiavelli seine ganze Würde.

„Aber da Du von Florenz kommst, mein Lieber, aus der Stadt der höchsten Kunst und des erlesensten Geschmackes," fuhr der Zudringliche fort, „so gönne uns Dein Urtheil über die neuen Bauten, welche wir hier aufführen: den Dom, die Festungswerke, die Loggia und die Hallen an der Piazza, nicht minder über die fertigen Kunstwerke, welche wir besitzen: die Fresken Bernardino Loschis in der Schloßcapelle, den Christus von Begarelli und die zwei Statuen von Prospero Clementi, welche im künftigen Dom aufgestellt werden sollen."

„Diese Herrlichkeiten mögen für Carpi höchst bedeutend und wichtig sein," entgegnete Machiavelli zurückhaltend, „mir aber ist bei der kurzen Zeit meines Hierseins wichtiger, meiner Pflicht nachzugehen, als meinem Geschmacke. Ich muß den Herrn dieses Schlosses sprechen, mein Bruder, den Fürsten Alberto Pio."

„Nur den Fürsten Pio willst Du sehen, nicht seine Bauten und Kunstschätze. Nun — er steht vor Dir und heißt Dich herzlich willkommen," versicherte der Führer der Bauleute schlicht.

Machiavelli nahm den Hut vom Haupt, ehe er

die dargebotene seine Hand ergriff. „Wie? Ihr wäret der erlauchte Herr Alberto Pio!" rief er verwirrt. „Vergebung, wenn ich —"

„Pah, die Schuld liegt an mir," versetzte Fürst Pio lustig — „und wie heißest Du?"

„Niccolo Machiavelli, Herr" —

„Wie? — Niccolo — Niccolo Machiavelli steht vor mir?" rief Pio begeistert. „Der Verfasser der ‚Mandragola‘, der ‚Arte della Guerra‘, des ‚Principe‘?" Und nun nahm der Herr von Carpi seinerseits die Mütze in die Hand und verbeugte sich so tief vor Machiavelli, wie vor einem Kaiser.

„Derselbe", versicherte der Kanzler bescheiden.

„Darf es bei dem ‚Du‘ bleiben, welches meine Laune Dir aufdrang, theuerster Kanzler?"

„Mir widerführe die größte Ehre, wenn es dabei bliebe."

Der Fürst winkte die Begleiter zurück, faßte Machiavelli zutraulich unter dem Arm und zog ihn rasch mit sich fort, aber nicht ins Schloß, sondern den Wällen zu.

„Du hattest recht, Niccolo," rief er dabei lebhaft, „als Du Dich weigertest, Dir die paar Kunstschätze von Carpi anzusehen. Denn Dein Geist wandelt auf anderen Bahnen. Die Staats-

und Kriegskunst ist der Nektar Deiner Seele. Aber eben deshalb wird Dir nicht unwillkommen sein, die Festungswerke zu beschauen, welche ich nach meinen eigenen Gedanken und Plänen ausführen lasse."

„Hat die kleine Stadt von vier= bis fünftausend Seelen zu solchen Bauten Mittel übrig, während das reiche Florenz damit knausert?"

„Ich baue die Wälle und Thürme aus meinen Mitteln", erklärte Pio schlicht. „Von dieser Höhe kannst Du die ganze Anlage überschauen. Und nun table mich herzhaft, wenn Dir etwas mißfällt, und gönne mir dabei Deinen Rath, wie ich's besser machen soll."

Machiavelli schaute mit unverhohlener Bewunderung auf die großartige Anlage, deren feste Bollwerke, auf die ungeheure Kraft der neuen Feuerwaffen berechnet, klug jede Senkung und Hebung der Landschaft, jeden Wasserlauf in Berechnung zogen, gleichzeitig aber auch in den gefälligen Linien und Formen der neuen Wehren den edeln Geschmack des Fürsten erkennen ließen. Aber in diese stille, warme Anerkennung des freigebigen Hochsinns des Fürsten mischte sich in Machiavellis Haupt ein grübelnder Zweifel, welcher ihm die Stirn umwölkte.

„Zu welchem Zwecke baust Du, Erlauchter?" fragte er zögernd.

„Nun, Du siehst es — zur Befestigung der Stadt — damit sie uneinnehmbar wird, wenn das erreichbar ist."

„Uneinnehmbar — für welchen Feind? Für die Franzosen, Spanier oder Kaiserlichen?"

„Für alle Fremden!" rief Pio nachdrücklich.

„Heil jedem Stein, den Du fügen läßt, jedem Soldo, den Du spendest, jedem Schweißtropfen, welchen Deine Arbeiter vergießen bei diesem Werke!" sprach Machiavelli mit jugendlichem Feuer. „Die geheimsten und größten Gedanken italienischer Seelen setzt Dein hoher Sinn schon in Thaten um, ehe sie ausgesprochen sind!"

Bescheiden wehrte Pio ab. „Selbstsüchtig führte ich Dich hierher auf meine Wälle, während ich noch gar nicht nach der Hauptsache fragte, mein Niccolo. Welche Sendung nach Carpi übertrug Dir die Pratica — oder der Cardinal Giulio, welcher ja doch ihren Willen lenkt?"

„Deiner anima candida darf ich's vertrauen, Pio," versetzte der Kanzler bedächtig und offenbarte nun dem Fürsten den Zweck der Sendung, die Reiseabenteuer, den Verdacht gegen die Umtriebe des Erzbischofs von Capua, das Gespräch mit dem Guardian, und auch die Wahrnehmungen bei der Abendtafel und am heutigen Morgen.

„Una baia — eine Posse!" rief Pio unwillig. „Ich begreife nicht, wie der Cardinal Dir dieses Geschäft übertragen, noch daß Du es übernehmen konntest, Niccolo? Es ist Deiner unwürdig. Sie Alle führen Dich am Narrenseil: der Cardinal, der Erzbischof, der Guardian — dieser aber ist der durchtriebenste von Allen. Denn er weiß genau, daß ihn die Frati minori morgen zum General wählen. Und Dir spielt er sich in heuchlerischer Demuth als zurückgetretene Null aus. Ziehe zu mir, mein Niccolo, hier sollst Du mit Weib und Kind gute Tage haben und der Erste im Staate sein — allerdings nur in einem Staate von einigen Quadratmiglien Um= fang — aber doch der Erste. Du sollst reich werden. Alle Staatsgeschäfte sollen in Deiner Hand ruhen. Ich will mich nur den Werken der Kunst widmen."

„Es geht nicht, Principe! Mein Leben und Wirken gilt für den Rest meiner Tage nicht mehr einer einzelnen Stadt, wie in den Tagen meiner Jugend; es kann nicht Dir, nicht Carpi, nicht Florenz gewidmet sein, am wenigsten meinem Eigen=

wohl: nur Italien, dem ganzen großen, herrlichen, einigen Italien! Im Dienst Italiens übernahm ich diese Sendung, so gering und possenhaft sie Dir scheinen mag. Denn das Herz des sittenstrengen Cardinals hängt an deren Erfolg, und je schwieriger dieser ist, um so größer wird sein Vertrauen in mich sein, wenn ich ihm bringe, was er wünscht. Er aber, Giulio de Medici, ist trotz des Papstes Hadrian der mächtigste Mann Italiens, und hegt ein treues italienisches Herz im Busen. Bringe ich ihm den erwünschten Sieg von Carpi, so wird er Ohr und Arm dem leihen, was ich von ihm für unser Italien begehre, Pio! — Und deshalb mußt auch Du Deine ganze Kraft einsetzen, daß wir in der Posse von Carpi am Ende die Lacher auf unserer Seite haben.“

„Daran soll es nicht fehlen, mein Niccolo, verlaß Dich auf mich! Hoffen wir, daß diese Posse von Carpi das Vorspiel werde zu dem großartigen Schauspiel ‚Italiens Befreiung‘!“ rief Pio warm. „Und nun leb' wohl, bis wir uns heute Abend im Kloster wiedersehen. — Dort stehen mit Zeichen der Ungeduld meine Baumeister, dringender Weisungen harrend. Wir reden weiter von dem Höchsten unserer Seele, leb' wohl!“

In mächtig gehobener Stimmung wandelte Ma=
chiavelli dem Kloster zu.

Die Begegnung mit Pio beschäftigte seine Ge=
danken den Tag über so lebhaft, daß er mit Span=
nung der Abendstunde entgegensah, welche ihn bei
dem Lustspiel der Mönche mit dem Fürsten wieder
vereinigen sollte.

———

V.

Nun war diese Stunde gekommen. Pünktlich
traf der Fürst mit seinem männlichen Gefolge ein.
Klug gab er sich vor dem Guardian und dem Kanz-
ler selbst den Schein, als ob er diesen nicht kenne.
Nachdem er den Guardian um Namen und Heimath
des Gastes befragt, ließ er sich den Gesandten der
Stadt Florenz vorstellen und begrüßte ihn förmlich.
Dann nahm er zwischen dem Guardian und dem
Kanzler den ihm gewiesenen Ehrensitz ein. Zur Rech-
ten Machiavellis saß der General des Ordens.

Die Zuhörerschaft fand sich so zahlreich ein, wie
der Prior vorausgesagt hatte. Die Behörden von
Carpi, die Häupter der ersten Familien, die Brüder
vom heiligen Franziskus, waren vollzählig anwesend.
daneben ein großer Theil der männlichen Bürgerschaft. Der Zuhörerraum faßte sie Alle — denn der
Klostergarten war dazu bestimmt worden.

Ein Theil der erhöhten Säulenhalle des Klosters,

welche an den Garten stieß, stellte das Theater dar.
Durch eine Fülle von Licht war der Bühnenraum —
der größte Zwischenraum zwischen zwei Säulen, den
die Halle bot — als solcher kenntlich gemacht. Un-
durchsichtige bunte Teppiche, welche zur Rechten und
Linken der Bühne zwischen zwei weiteren Säulen
aufgespannt waren, grenzten die Bühne noch deutlicher ab und wirkten wie ein gemalter Prospect.
Mehrere einfarbige Tücher, welche lothrecht zu beiden
Seiten der Bühne aufgesteckt waren, dienten als
Coulissen. Hinter ihnen konnten die Darsteller un-
gesehen verweilen, hervortreten und verschwinden.

Sobald die Geladenen versammelt waren, gab
der Guardian das Zeichen zum Beginn der Lust-
barkeit.

Sie begann mit einem Prolog, und sofort zeigte
sich, daß eine Vorstellung, nicht bloß eine Vorlesung
beabsichtigt sei. Denn der Prologus führte die sämmt-
lichen Personen des Stückes herein, um sie den Hörern
vorzustellen, und wenn auch jeder der Mitspielenden
eine Papierrolle in der Hand hielt, um vor der argen
Welt den Schein der Vorlesung des Stückes zu wahren und die üble Nachrede abzuwehren: „Die Frati
Minori spielten bei der Jahresversammlung ihres
Ordenscapitels Comödie,“ so schaute doch Keiner in

seine Rolle, auch der Prologus nicht. Zudem aber erschienen sämmtliche Spieler in weltlichen Trachten, in Perrücken, Bärten, geschminkt, die Darsteller der Frauenrollen in Weiberkleidern. „Denn frevelhaft wäre es," bemerkte der Guardian nachdrücklich zu dem an seiner Rechten sitzenden Fürsten Pio: „Wenn die Frati ihre klösterlichen Kutten bei Darstellung un= heiliger Menschen, Gedanken und Liebeshändel ent= weiht hätten."

Der Prologus trug florentinische Amtstracht. Machiavelli glaubte einige Aehnlichkeit mit seinen eigenen Gewändern zu entdecken. Indessen konnte das Zufall sein. Arglos richtete er, bei dem aus= gelassenen Jubel und Beifall, mit welchem die ganze Bruderschaft das Erscheinen des Prologus begrüßte, das Auge nach dem Gesicht dieses Darstellers, und erkannte in diesem Antlitz — die gut nachgeahmte Maske seiner eigenen Züge. Nun stimmte er lebhaft in das allgemeine Gelächter ein, obwohl ihn diese zur Verhöhnung des Gastes und Gesandten ersonnene Nachbildung seiner Züge innerlich empörte.

Dittmar aber konnte sich nicht bemeistern. Seine helle Stimme rief bei diesem Anblick laut und durch= dringend in den Beifall der Brüder: „Pfui, schämt Euch! Behandelt Ihr so Euren Gast, einen Gesandten?

Der Herr Cardinal Giulio de Medici wird es Euch gedenken!"

Einen Augenblick entstand bei diesen Worten betroffenes Schweigen, welches der Guardian benutzte, um drohend zu rufen: „Modice, modice, fratres minores!"

Der Prologus aber ließ sich durch Beifall, Widerspruch und Drohung nicht verwirren. Er kündigte an, das Lustspiel, welches man den günstigen Hörern nun vortragen werde, heiße:

„Die Mandragola",

bestehe aus fünf Acten und sei von ihm selbst, Messer Niccolo Machiavelli aus Florenz, verfaßt. Dann sprach der Darsteller, welcher auch Machiavellis eigenthümliche Bewegungen, Gebärden und Sprechweise scharf beobachtet haben mußte, und diese so treulich als möglich wiedergab, den wirklichen Prolog des Stückes.

Der Dichter hörte kaum darauf. Denn sobald das vom Guardian und der Bruderschaft bis dahin sorgfältig behütete Geheimniß enthüllt war, welches Stück heute Abend vorgetragen werde, und Machiavelli erkannte, daß es sein eigenes sei, das beste, aber auch das üppigste und sittenloseste, welches er geschrieben — da ward ihm die ganze Niedertracht des

Streiches offenbar, welchen der Erzbischof von Capua
gespielt hatte, und von den Worten des Prologus
vernahm er nur jene Verse, welche ihm einst — wie
dieses ganze Stück — im tiefsten Elend seiner Un=
thätigkeit und Verbannung entflossen waren:

> „Und richtet an den Dichter Ihr die Frage,
> Warum der Ernste leicht sei, gar verrucht?
> So dien' ihm zur Entschuldigung: er sucht
> Das Bittre seiner Lage
> Zu lindern mit dergleichen Spielerei'n;
> Sonst fällt ihm nichts mehr ein.
> Wohin die Augen kehren,
> Da man ihm will verwehren,
> Zu zeigen beff're Kraft durch beff're Thaten.
> Wo sein Bemühen muß des Lohns entrathen."

Im tiefen Grimm über das ihm und dem Car=
dinal gespielte Bubenstück, überlegte Machiavelli, ob
es nicht seiner und Herrn Giulios Würde mehr
entspreche, wenn er sich sofort geräuschvoll erhöbe,
Dittmar zu sich befehle und noch heute Nacht von
Carpi abreite.

Aber gerade, als er diesem Gedanken Raum
geben wollte, sah er die Augen des Guardians auf
sich gerichtet, mit einer sicheren Zuversicht, welche
sich nicht mehr bemeistern konnte und so deutlich wie
laute Worte redete: „Herr Kanzler, Ihr werdet die
Folter, welche Euch hier bereitet wird, nicht aushalten!"

Und im nämlichen Augenblicke berührte Pios Zehe leise des Kanzlers Fuß und des Fürsten Mund flüsterte an Machiavellis Ohr:

„Una baia, Niccolo — eine Posse, welcher das weltgeschichtliche Drama ‚Italiens Befreiung‘ folgen soll! Denke daran!"

„Ich denke daran," gab Machiavelli eben so leise zurück. „Ich harre aus; laß sie ihr Stück nur zu Ende spielen — die Nutzanwendung will ich ihnen dann schon verkünden."

Unvernommen von allen Anderen, verhallten diese leisen Worte, denn Aller Augen und Ohren hafteten an der Bühne.

Die Frati spielten vortrefflich, als seien sie ihr Leben lang in den Rollen der Bethörung und Ver=führung thätig gewesen, welche sie darstellten.

Ihre südliche Lebendigkeit, ihre wunderbare italienische Begabung für mimische Darstellung, ihr unwiderstehliches Bedürfniß, jedes gesprochene Wort mit entsprechenden Bewegungen des Gesichts, der Arme oder Beine, des ganzen Körpers zu begleiten, nahm ihrem Spiel vollends den falschen Schein, als sei die Vorlesung, nicht die dramatische Wieder=gabe des Stückes beabsichtigt. Selbst die papierenen Rollen der Spieler wurden in deren Händen lebendig:

verlängerte, bewegliche Gliedmaßen oder drohende
Waffen.

Noch merkwürdiger aber, als diese Kunst welt=
fremder Klosterbrüder erschien dem Dichter die ge=
waltige Wirkung des Stückes auf die ihm selbst zuvor
so feindseligen Hörer.

Dieselben Menschen, welche die Maske des Dich=
ters am Prologus mit beleidigendem Jubel beklatscht
hatten, hafteten von der ersten Scene des Stückes
an mit Herz und Sinnen, mit athemloser Spannung,
mit urwüchsiger Fröhlichkeit und geräuschvollster Heiter=
keit am Gange der Handlung, der bestrickenden Zeich=
nung der Charaktere. Von Scene zu Scene wuchs
der stürmische Beifall, die ausgelassene Lustigkeit der
Hörer. Und bei jedem Actschluß wendete Alles, was
härene Kutten trug, nachdem es die spielenden Brüder
gehörig beklatscht hatte, der Bühne den Rücken, kehrte
sich gegen die erhöhten Sitze unter den Oleander=
bäumen des Gartens, klatschte in die breiten Hand=
teller und rief aus Leibeskraft: „Es lebe der Dich=
ter! Es lebe Niccolo Machiavelli! Bravo! Bra=
vissimo!“

Der Dichter, welchem man so begeistert huldigte,
war keineswegs stolz auf diese Anerkennung. Er hatte
den Stoff seines Lustspiels einem der tausend bedenk=

lichen Abenteuer entnommen, welche in dem sitten=
losen Florenz sich täglich ereigneten.

Ein reicher junger Florentiner hatte sich in die
schöne, reine Frau eines eben so thörichten als ein=
gebildeten alten Juristen verliebt, welcher die einzige
Sehnsucht hegte, seinen Namen in seinen Kindern auf
die Nachwelt fortzupflanzen. Doch der Himmel hatte
bisher diesem Wunsche Erhörung versagt. Bei dieser
Schwäche des Gatten setzte der glühende Jüngling
mit Hülfe eines verworfenen Schmarotzers ein. Er
versicherte dem Alten, wenn sein keusches Weib Lucretia
die Zauberwurzel Mandragola genieße, so werde sich
dessen Herzenswunsch erfüllen. Aber der Erste, welcher
der Gattin nahe, nachdem sie den Zaubertrank ge=
nossen, müsse sterben. Da der einfältige Gatte sein
Leben noch weit höher schätzte, als seine gesammte
Nachkommenschaft, so willigte er gern darein, daß
der verliebte Jüngling für ihn sterbe. Doch Madonna
Lucretia ließ sich weder vom Gatten noch von der
eigenen Mutter mit solchen Zaubergeschichten zur Un=
treue bewegen. Erst der verworfenen Beredsamkeit
ihres Beichtvaters Fra Timoteo gelang es, ihr
die Sünde als Tugend darzustellen. Und in
der Kirche ward am Ende dieser Posse von
demselben Fra Timoteo der Segen über den Treu=

bruch gesprochen, welcher von der Kirche ausge=
gangen war.

Das war die dem wirklichen Leben entnom=
mene Handlung, welche Machiavelli mit aller Kunst
in der ‚Mandragola‘ dargestellt hatte, mit aller
sinnlich=urwüchsigen Lebenslust des heiteren Florenz.

Daß dort bei der Aufführung des Stückes keiner
der Zeitgenossen erschrak über den Anblick der grund=
verdorbenen Gesellschaft, welche auf der Bühne han=
delte, fand er begreiflich; denn diese Gesellschaft war
das Ebenbild der Zuhörerschaft.

Aber daß hier in Carpi, innerhalb der Kloster=
mauern, nicht einer der Hörer aufschrie über die
traurige und entsetzliche Leere im Gewissen aller
Handelnden, daß man sie gelassen vom Guten zum
Bösen übergehen sah, ohne daß sie sich dessen eigent=
lich bewußt werden, das erfüllte den Dichter mit
Erstaunen und Verachtung.

Kurz vor dem Ende des Stückes erhob er sich
geräuschlos von seinem Stuhl, während noch Aller
Ohren und Augen an der Bühne hafteten, trat zu
dem Guardian, dankte ihm für die hohe Ehre, daß
dieser des Dichters Stück an diesem Abend zur
Aufführung gebracht habe, und bat um die Erlaub=
niß, ohne Aufsehen durch den Garten wandeln zu

dürfen, um auch den Darstellern seinen Dank aus=
zusprechen.

Erstaunt und verblüfft über die Anrede und Ab=
sicht des Kanzlers, willigte der Guardian mit freund=
lichen Worten ein.

„Wie lächerlich macht doch die Eitelkeit den
Menschen!" dachte er bei sich, während Machiavell
im Dunkel des Gartens verschwand. „Die Eitelkeit
der Dichter aber auf ihre Werke macht sie vollends
ganz blind und taub gegen Alles, selbst gegen den
Hohn. Ich hatte mir diesen Florentiner nach dem
Rufe, welchen er ehedem als Kanzler der Republik
besaß, einsichtiger und gefährlicher gedacht, und sah
mit einigem Bangen dem zweideutigen Danke ent=
gegen, welchen er mir für diese Beachtung seines
dramatischen Schaffens spenden werde. Aber die
Eitelkeit des Dichters macht auch den Staatsmann
in ihm blind gegen alle Gefahren und Folgen, welche
seiner gesandtschaftlichen Aufgabe aus der gegen=
wärtigen Aufführung seiner Posse erwachsen dürften.
Er ist überaus zufrieden mit mir. Um so besser für
ihn — und für uns!"

Der Guardian lachte still in sich hinein.

Und das versammelte Kriegsvolk der Kirche und
alle geladenen Gäste lachten gleichfalls laut und an=

haltend, wenn auch aus anderem Grunde. Denn
eben waren die letzten lustigen Worte des Stückes
gesprochen worden.

Aber zum großen Erstaunen des Guardians
folgte nun noch ein Nachspiel, ein Epilog, welcher
nicht in den von dem Herrn Erzbischof von Capua
übersandten Handschriften stand. Denn abermals
trat aus der linken Coulisse jener Darsteller auf die
leere Bühne, welcher zu Anfang den Prolog ge=
sprochen hatte — nein, ein Anderer als er! Ein
Anderer, welchen zuerst die Nähersitzenden, dann auch
die Entfernteren erkannten als das Urbild von Dem,
dessen Worte der Prolog nachgeahmt hatte, als den
Dichter selbst, als den Kanzler Niccolo Machiavelli!

Ein ungeheurer Sturm des Beifalls und glühend=
ster Huldigung, wie ihn nur Italiens Volksseele zu
entfesseln vermag, brauste durch den sonst so stillen
Garten. Die Lorbeerbäume wurden ihres grünen
Schmuckes eilig beraubt, deren Zweige und Blätter
dem Dichter vor die Füße gestreut.

Machiavellis Gebärden zeigten, daß er reden
wolle und Ruhe heische. Der Ausdruck seines Ant=
litzes war streng und herb. Keineswegs befriedigte
Eitelkeit sprach aus demselben.

Die tiefste Stille folgte der lautesten Huldigung,

als der Gefeierte über die frischen Lorbeeren an den
Vorderrand der Bühne schritt. Das auf dieser ge-
sammelte Licht umwob sein geistvolles Antlitz und
den düstern Glanz seiner Augen mit seltsamem
Leuchten; und ebenso seltsam waren die Worte, welche
der Dichter nun aus tiefer, beklommener Brust zu den
Hörern sprach, die er bisher ergötzt hatte. Auch in
diesen Worten sammelte sich alles Licht, welches im
nachtdunkeln Italien brannte, und durchleuchtete diese
Worte mit wunderbarer Klarheit.

„Ihr lachtet, günstige Brüder und Herren!" rief
Machiavelli mit erhobener Stimme. „Ihr lachtet
über das Spiegelbild unserer Sitten und Zustände,
welche dieses leichte Spiel Euch vorführte. Keiner
von Euch weinte. Nirgends sah ich eine Thräne!
Alle lachten, welche bis heute das Stück sahen und
hörten: in Florenz, in Pisa, in Bologna, in Rom,
in Carpi, überall!

„Und doch waren sie Alle Italiener und hätten
trauern oder zornig toben sollen, daß solche Dinge
tagtäglich auf unserem Boden, in den niederen wie
in den besten Kreisen unserer Gesellschaft spielen!

„Wißt Ihr, warum sie Alle lachten, warum auch
Ihr lachtet? Weil uns das Gewissen abhanden gekommen ist, das Bewußtsein unserer Sünden und

unseres Elendes! Wir Italiener sind wie die Ge=
stalten dieses Stückes. Wir thun das Böse, ohne
eigentlich schlecht zu sein. Wir werden geführt durch
eine äußere Macht, welche bald Leidenschaft, Instinct,
Gewohnheit, Vorurtheil, niemals aber Gewissen heißt.
Darum sind wir ein ohnmächtiges, zerrissenes Volk,
der Spielball und Beuteplatz der Fremden. Ein
furchtbares Gottesgericht wird über uns kommen, um
uns zu strafen und zu ermannen, falls wir nicht
selbst vorher in uns die Kraft finden, uns auf=
zuraffen.

„Und wo liegt die Wurzel alles Uebels? Wer
verleitet die tugendhafte Lucretia in diesem Stücke
zur Sünde? Der Pater Timoteo im Beichtstuhl, die
kirchliche Autorität! In der Kirche liegt der Keim
der sittlichen Verwilderung Italiens. Die Religion
ist bei uns rein werkthätig und sittlich inhaltlos ge=
worden! Sie weiß mit scheinheiligen Worten auch
das Böse zu rechtfertigen, wie das Gute, und erzeugt
so die Hohlheit und Gleichgültigkeit der Gewissen.
Auch hier ist Eisen, ist ein scharfer unbarmherziger
Schnitt das einzige Heilmittel! Und wenn Ihr's
nicht selbst anwendet, so werden es Andere voll=
bringen!"

Lautlose Stille waltete über der großen Ver=

sammlung nach diesen Worten, als Machiavelli zurücktrat.

Kein Beifall regte sich, kein Widerspruch.

Alles Licht der großen Bühne Italiens hatte diese Worte durchleuchtet. Aber die Geister, welche diese Worte vernommen hatten, waren von keinem Lichtstrahl zu erhellen.

Nur Fürst Pio erhob sich von seinem hohen Sitz und rief laut: „Du hast Recht, Kanzler! Deine ‚Mandragola‘ ist die Comödie einer Gesellschaft, deren Tragödie Dein ‚Principe‘ ist!“

Aber den Hörern war der tiefe Sinn dieser Rede noch dunkler, als der Inhalt der Rede des Kanzlers.

Nur Fra Rovaio nahte sich im Dunkel des Gartens demüthig Machiavelli, küßte dessen Hand, ließ zwei Thränen darauf fallen und sagte leise: „Ich werde nach Florenz kommen und predigen, wie Du gepredigt hast, selbst wenn sie mich dort erwürgen sollten, wie den Savonarola!“ — —

Am nächsten Morgen traten die Franziskaner zur Jahresversammlung ihres Ordens an. Die Kloster-glocke, welche die Brüder feierlich zusammenrief, riß den Kanzler von Florenz nach fast schlafloser Nacht aus erquickendem Morgenschlummer und erweckte von

Neuem seine schmerzlichen nächtlichen Zweifel, ob die
Posse von Carpi und ob das ernste Schlußwort,
welches er am Vorabend aus dem Stegreif ge=
sprochen, wohl irgend einer der großen Hoffnungen
Erfüllung verheiße, welche Machiavellis Brust erfüllt
hatten, als er von Florenz abritt.

Unmuthig und langsam warf er sich in die
Kleider. Unmuthig genoß er das im Vorzimmer
aufgestellte leckere Frühstück.

Da klopfte es, und Dittmar trat ein.

„Die Frati sind mit ihren Wahlen bereits zu
Ende, Messer," berichtete der Hauptmann, nach freund=
lichem Morgengruß. „Rovaio hat mir von diesen
in seinen Augen nichtigen Dingen so viel hinter=
bracht, als ich zu wissen wünschte. Zum neuen
General des Ordens ward unser verschlagener
Wirth, der Guardian von Carpi, fast einstimmig
erwählt. Unter dessen Beisitzer wurde auch mein
Freund Rovaio berufen, zu seinem eigenen großen
Erstaunen."

„Dein Freund Rovaio, mein Dittimario? —
Glückliche Jugend, wie schnell findet sie Freunde!"
rief Machiavelli heiter. „Aber nutze Dein Glück,
welches Dir seine Freundschaft schenkte. Fordere sein
Vertrauen, seine Mittheilungen weiter in Dingen, welche

ihm nichtig erscheinen, uns aber doch bedeutend sein
können, und gieb mir dann Bericht."

Dittmar lauschte mit gefurchter Stirn. Dann
aber sagte er fröhlich: „Ich würde den Auftrag ab=
lehnen, meinen Freund auszuhorchen, wenn ich nicht
wüßte, daß ihm die Heuchelei und der Machtdünkel
seines Ordens so verhaßt sind, wie uns selbst, und
daß er für jedes seiner Worte und Bekenntnisse an
Euch und Herrn Giulio einen Rückhalt fände, Messer.
Aber Ihr werdet auch meiner Vermittlung bei ihm
fernerhin kaum bedürfen. Denn Fra Rovaio sagte
mir zum Schluß: das neugewählte Generalcapitel
werde Euch sogleich zu sich bitten lassen, damit Ihr
persönlich demselben die Wünsche unseres Cardinals
vortraget."

Im nämlichen Augenblicke ließen sich auch schon
zwei der neuen Beisitzer anmelden und überbrachten
dem Kanzler in schmeichelhaften Worten die Ein=
ladung zum Erscheinen im Generalconvent.

Nachdrücklich und beredt befürwortete Machia=
velli die Anträge Giulios de Medici vor den ver=
sammelten Minoriten. Mit boshaftem Behagen
schilderte er ihnen das inbrünstige Feuer, mit welchem
ihr neuerwähltes treffliches Oberhaupt unter vier
Augen bereits diesen Vorschlägen zugestimmt habe.

Als der Kanzler aber, seines Sieges nach dieser
Rede gewiß, in den bequemen Stuhl sich niederließ,
um der ferneren Verhandlung über seine Botschaft
beizuwohnen, ward ihm höflich bedeutet, daß die
Bruderschaft des heiligen Franciscus ihre Berathungen und Entscheidungen allein treffe, und so
verließ er denn unmuthig und erregt den Capitel-
Saal.

Es litt ihn nicht länger in der dumpfen Schwüle
der Klostermauern. Er mußte hinaus ins Freie,
um leichter Athem zu schöpfen, um sein sorgenvolles
Herz zu entlasten — aber wie?

„Zu Fürst Pio!" war sein nächster Gedanke.
War es auch der beste? Sein Schritt stockte schon, ehe
er das Kloster im Rücken hatte. Aber je länger er
stillstehend seinem Vorhaben nachsann, um so besser
gefiel es ihm.

„Sie werden vielleicht ihrer Unhöflichkeit inne
werden, dem Gesandten von Florenz die Thür zu
weisen, ohne ihn über ihre Einwände gegen seine
Vorschläge zu hören. Dann wird ihnen die Meldung des Klosterpförtners, ich sei ins Weite gegangen, Niemand wisse wohin, wie ein eisiger Januar-
regen auf die Glatzen träufeln. Und außerdem habe
ich, während sie über ihren dunklen Werken berathen,

am wenigsten ein Späherauge hinter meinen Schritten
zu fürchten."

Eilig lenkte nun Machiavelli diese Schritte den
begonnenen Festungswerken des Fürsten zu, in der
Erwartung, den edlen Freund hier zu finden. Aber
nirgends gewahrte er ihn. Dagegen trat der Werk=
meister ehrerbietig, die Mütze in der Hand, auf ihn
zu und sprach:

„Gnädige Excellenza, Euch scheinen viele Gaben
auf einmal zugemessen. Solch ein Stück, wie das
Eurige gestern, sah und hörte ich noch nie. Ich
habe mich fast zu Tode gelacht und lachte sogar, wie
meine Frau sagt, im Schlafe weiter, und heute Mor=
gen fing ich von Neuem an. Es ist zu herrlich!
Wollt Ihr uns nicht bald wieder solch ein Stück
vorspielen lassen, Messer?"

„Gern, Meister, wenn Dir's Vergnügen macht,"
versetzte Machiavelli, selbst herzlich lachend. „Aber
für jetzt habe ich leider noch Eiligeres zu thun. Ich
muß Deinen Herrn sogleich sprechen, da jene vor=
geschobene Bastei mir Bedenken erregt. Kannst Du
ihn holen?"

Der Meister nickte eifrig.

„Gut, sage ihm, ich warte seiner hier."

Bald kam der Fürst herbei, und Machiavelli zog

ihn rasch nach dem angeblich bedenklichen Vorwerk, um dort mit Pio allein zu sein.

„Du scheinst nicht sehr erbaut von den Berathungen der Frati über Deine Anträge, Freund?" begann der Fürst heiter.

„Pah, sie beginnen ihre Berathung erst."

„Und wenn die Kutten Nein sagen?"

„Dann müssen wir mit anderen Mitteln auf sie wirken, als mit Beredtsamkeit und Vernunftgründen, welche ich bisher versuchte. Ich habe zu diesem Zwecke mit Freund Giucciardin in Modena schon eine neue Posse verabredet, an welcher auch Du, mein Pio, Theil nehmen kannst, wenn Du Lust hast. Höre!"

Das Folgende verlor sich in lautlosem Geflüster, da der Meister mit zahlreichen Gesellen zur unabweisbaren Erledigung ihrer Tagesarbeit in das vom Kanzler gescholtene Vorwerk eingedrungen war.

Und Alle ließen betroffen das Werkzeug sinken, als sie den erlauchten Bauherrn am Ende der leisen Unterredung mit dem Florentiner laut rufen hörten: „Du hast Recht, wie immer, mein Niccolo, und ich werde ganz nach Deinen Vorschlägen handeln!"

Aber die biederen Leute waren sehr erstaunt, als nach diesen Worten kein Befehl erfolgte, die Ar-

beit in dem getadelten Vorwerk einzustellen. Sie
nahmen die Arbeitsgeräthe wieder auf und sahen die
Herrschaften hinter den nächsten Erdwällen verschwinden. Ihr ernster, strenger Herr lachte dabei so ungestüm, daß er die Arme in die Seite stemmte.

„Kinder," sagte da der Werkmeister zu den Leuten,
„was gilt's: Die florentinische Excellenz erzählt dem
Fürsten schon den Inhalt ihrer nächsten Posse, wie
ich Euch die köstliche „Mandragola" erzählt habe.
Da können wir bald noch viel Lustiges erleben."

Frohmüthig kehrte Machiavelli ins Kloster zurück.

Im Garten, dem Schauplatz der gestrigen Vorstellung, traf er Fra Rovaio allein, welcher ernst
und erregt einherschritt.

„Sahst Du den Dittimario noch nicht?" fragte
der Kanzler.

„Doch, aber er sagte, er habe Geschäfte, Messer."

„Wie kommt es, daß Du hier allein lustwan-
delst, ehrwürdiger Beisitzer des Generalcapitels?"
fragte Machiavelli weiter, mit schalkhaftem Anflug.
„Sind die frommen Brüder mit ihrer Berathung
schon zu Ende?"

„Ja, Messer."

„Darf man fragen, welchen Beschluß sie gefaßt
haben?"

„Gewiß, Herr, in Kürze würdest Du's ja doch erfahren."

„Und — haben sie die Anträge Herrn Giulios angenommen oder abgelehnt?"

„Keines von Beidem. Sie beschlossen vielmehr, Deine Religion auszukundschaften."

„Ein schwieriges Ding!" rief Machiavelli, laut auflachend. „Ich fürchte, sie werden wenig davon bei mir entdecken, Freund," fügte er spöttisch hinzu.

Aber die traurigen Augen des frommen Mönches sprachen so deutlich die Sorge um das gefährdete Heil dieser ungläubigen Seele aus, daß der Kanzler seine Heiterkeit bezwang.

„Mit Deinem Unglauben schließest Du dem finsteren Biedermann nur den Mund, welchen Du ihm erst recht öffnen willst, Niccolo," überlegte er. Und laut setzte er ernsthaft hinzu: „Wundere Dich nicht, daß ich lachte, Fra Rovaio — aber ich bitte Dich, was hat meine Religion mit der Entscheidung über die Begehren des Cardinals zu thun? Wie konnten die Brüder auf diesen Beschluß verfallen?"

„Du wirst die Irrgänge fremder Klostermauern nicht ohne Licht oder sicheren Führer betreten wollen, Kanzler, nicht wahr? Die Irrgänge der Mönchs=

gedanken aber sind Euch Weltkindern wahrlich noch
weniger vertraut als jene Labyrinthe."

„Vortrefflich, Rovaio. Du bist ein Denker.
Führe mich in diese Irrgänge!"

„Wohlan, als Du aus dem Capitelsaale ver=
schwunden warst, erhob sich ein lebhafter Widerstreit
über Deine Botschaft. Der neue General und alle
klugen Köpfe der Bruderschaft — eine recht kleine
Zahl, Messer — sprachen eifrig dagegen."

„Und Du, Rovaio?"

„Ich schwieg, Herr, weil ich den General nicht
reizen wollte, und er mir die Reise nach Florenz
vereitelt hätte, wenn ich wider ihn redete."

„Gut und weise gehandelt, Rovaio. Aber was
sagte die weniger kluge Mehrheit der Frati?"

„Ihr war völlig gleichgültig, ob der neue Ge=
neral oder der Herr Cardinal Giulio de Medici zu
Florenz die Aufsicht über die toskanischen Minoriten
handhabe. Im Gegentheil: von jenem finsteren
Eiferer erwarteten sie offenbar härtere Zucht für un=
sere toskanischen Brüder, als von dem weltfreudigen
mediceischen Cardinal; denn ihm rühmten sie nach,
daß er zu leben wisse und leben lasse, da offenbar
in seinem Auftrage Dein lustiges Stück ihnen gestern
vorgespielt worden sei."

„Gott, wie wird Herr Giulio sich freuen, wenn ich ihm das berichte!" rief Machiavelli, seine Lachlust mühsam bemeisternd. „Die Irrgänge dieser Mönchsschädel sind in der That unergründlich, Fra Rovaio!"

„Ja, wenn ihnen nur dieses Stück vorgespielt worden wäre, würden sie Deinen Anträgen sofort zustimmen, sagten sie. Aber einige der Worte Deines gestrigen Epilogs machten sie betroffen. „Sagte er nicht: „In der Kirche liegt der Keim der sittlichen Verwilderung Italiens?" riefen sie. „Habt Ihr nicht gehört, daß er sprach: „Die Religion ist bei uns rein werkthätig und sittlich inhaltslos geworden?" Daraus schlossen sie, Du und der Cardinal, Ihr möchtet sie zu den Ketzern schlagen, und darüber erhob sich so großer Lärm, daß sie fürerst beschlossen, Deine Religion auszukundschaften."

„Dazu soll ihnen Gelegenheit geboten werden! Dank, Fra Rovaio!" rief Machiavelli fröhlich, und der Mönch trat zurück, da Dittimario eilig herankam, gespornt und gewappnet, als müsse er sofort in den Feind reiten.

Im Hintergrunde des Gartens strömten die Mönche aus dem Refectorium, in welchem sie sich nach den anstrengenden Verhandlungen des Morgens gestärkt haben mochten, und schlichen sich neugierig näher.

„Willst Du in die Schlacht ziehen, Dittimario?" fragte Machiavelli launig.

„Abschied nehmen, Messer. Mein Herr befiehlt mir die sofortige Heimkehr mit dem schwäbischen Diener Schombergs, welcher uns hier zu Fall bringen wollte. Les't selbst, aber redet leise, da die Geschorenen nahe bei uns lauschen."

Machiavelli ergriff das Schreiben Herrn Giulios und las es mit Behagen.

„Vortrefflich, mein Dittimario," flüsterte er, den Befehl zurückreichend. „Kennt der Schwabe schon sein Loos, die bevorstehende Vergeltung für sein Ränkespiel?"

„Ei gewiß," lachte Dittmar. „Denn der Erzbischof von Capua selbst hat ihm geschrieben: „Du hast Dich wie ein Esel aufgeführt und magst nun zusehen, welche Disteln zu Florenz inzwischen für Dich gewachsen sind. Ich kann und will nicht hindern, daß Dich Herrn Giulios Hauptmann Dittmar wie einen Gefangenen nach Florenz mit sich schleppt, und zwar in so eiligem Ritt, daß Dir unterwegs Essen und Trinken zur Sage werden soll." Diese Epistel zeigt unser Schwäblein Allen herum, welche

sie hören wollen, sie in schlechtes Italienisch über=
setzend, und laut wehklagend. Er ist völlig gebrochen,
da er sich durch dieses Schreiben an Allem betrogen
sieht, was ihm theuer war: an der Gunst des Herrn,
am Wohlleben in Küche und Keller, selbst an der
Freiheit."

„Laß ihm Zeit, hier im Garten unter den
Kutten und Glatzen sein Leid weiter zu klagen, Ditti=
mario," entgegnete Machiavelli leise, „damit die
Brüder erkennen, daß den Ränken gegen Herrn
Giulio die Strafe auf dem Fuße folgt. Ich schreibe
Dir unterdessen einige Zeilen an Herrn Giucciardin,
welchen wir in Modena besuchten. Das mag Dein ein=
ziger Aufenthalt sein. Denn das Staatswohl und —
die Sehnsucht nach Ermina — wird Dich wohl in
zwei Tagen bis nach Florenz zurückwehen. Und wenn
Du den erzbischöflichen Schwaben dort in völliger
Erschöpfung und Verzweiflung ablieferst, so ist ihm
das nach dem, was der Mensch uns unterwegs zu
Leide gethan und hier Uebles gestiftet hat, wohl zu
gönnen. Ich liebe bei solcher Abrechnung den be=
haglichen Kaltsinn, Dittimario, und will hoffen, auch
Du besitzest davon einigen Vorrath."

„Diesem Kerl gegenüber gewiß," nickte Dittmar
grimmig.

„Optime, mein lieber deutscher Ketzer. In einer Viertelstunde holst Du mein Brieflein an Giucciardin auf meiner Stube, und verschwindest dann mit Deinem Opfer ohne weiteren Abschied."

Alles geschah wie befohlen, und als Machiavelli kaum eine halbe Stunde später abermals in den Garten trat, war Dittmar mit dem Schwaben abgeritten.

Die Bruderschaft des heiligen Franziskus aber befand sich offenbar unter dem tiefen Eindruck, welchen ihr der Anblick der Erniedrigung des erzbischöflichen Dieners, des Vertrauten seiner und ihrer Ränke, hinterlassen hatte.

In wohlgesetzten Worten suchten einige Beisitzer des neuen Ordensgenerals dem Kanzler von Florenz neue Verhandlungen aufzuschmeicheln. Machiavelli aber wies jede Annäherung zurück mit dem verächtlichen Ruf: „Euer General hat den Herrn Cardinal Giulio und mich belogen — und mag nun die Folgen tragen."

Fortan blieb der Kanzler auch den Mahlzeiten der Bruderschaft fern, und ein dumpfes Angstgefühl ob der ausgestoßenen Drohung lag über dem Hause des heiligen Franziskus — als auch bereits die von Modena her gelegten Minen zu springen begannen.

Am nächsten Morgen und an jedem der folgen=
den Tage nämlich sandte der treffliche Giucciardin
dem Freunde einen berittenen Feldjäger nach Carpi.

Dieser Balestriere erschien stets mit einem großen
versiegelten Schreiben und nahte dem Kanzler im
Klostergarten vor der neugierig versammelten Bruder=
schaft mit tiefem Bückling. Gebietend und vornehm
winkte ihn Machiavelli jedesmal näher heran.

Dann öffnete der Reisige zaghaft und demüthig,
wie vor einem Herrscher, den Mund und sprach:
„Ich bin als außerordentlicher Bote eiligst abgesandt
worden, um Euch die wichtigsten Nachrichten zu
bringen, Excellenza."

Jeder dieser Boten war anders gekleidet als der
vorige. Alle kamen in kriegerischer Rüstung, mehr
als Einer mit geschlossenem Visir, an den Kanzler
heran. Erschien derselbe Mann mehr als einmal im
Lauf der Tage, so hatte er, wenn er das Gesicht frei
trug, Haar und Bart verändert.

Da aber Giucciardin nicht Leute genug zur
Hand hatte, so griff auf einen Wink des Kanzlers
auch Fürst Pio munter in diese Posse mit ein.

Er sandte täglich zwei bis drei Boten, Alle in
abenteuerlichen Verkleidungen: zwei Gesandte des
Großtürken, einen des Königs von England, einen

Schwarzen vom Hofstaate des Herrschers von Tunis, einen schiefäugigen Reiter aus dem Fabellande des Königs von Polen und andere wunderliche Gestalten mehr.

Und wie köstlich entwickelte sich die fromme Bruderschaft des heiligen Franziskus vor den Augen des Kanzlers unter so außerordentlichen Ereignissen!

Kam ein Bote, so erhoben sich Alle ehrfürchtig und geräuschvoll von ihren Gartensitzen. War der Feldjäger empfangen und sein Schreiben gelesen — der Kanzler mußte sich dabei abdrehen, um das Lachen zu verbergen, denn stets enthielt das Schreiben nur Späße Giucciardins oder Pios — hatte Machiavelli den Balestriere unter die Bäume gewinkt, dort die Antwort abzuwarten, so schlichen, schlürften und drängten die Frati an den Kanzler heran und fragten ihn mit so inbrünstiger Neugier nach den empfangenen Nachrichten, daß er ob ihres Ungestüms und der Wichtigkeit der empfangenen Botschaft scheinbar den Kopf verlor, und ihnen Rede stand.

Er sagte ihnen dann, je nach der Tracht des harrenden Boten: „Man erwartet den Kaiser in Trient. — Die Schweizer schreiben neue Tagsatzungen aus. — Der König Franz möchte sich gern mit einem

anderen König besprechen, aber seine Räthe miß=
billigen es. — Der Großtürke wird wohl gegen
Venedig heransegeln, wenn es ihm paßt. — Der
König von England will eine neue Frau nehmen
und sich über deren Familie erkundigen, da ihr Groß=
vater in Florenz lebte. — Der Herrscher von Tunis
denkt aus Grimm gegen den Großtürken daran,
Christ zu werden, wenn er sich nicht noch anders
besinnt. — Der König von Polen will seine Leib=
wache von Zwergen auf Mauleseln beritten machen."

Allen diesen geheimnißvollen Offenbarungen aber
hing der Kanzler in immer neuen Wendungen die
Warnung an: „daß alle die großmächtigen Poten=
taten der Erde, mit welchen die Frati ihn hier ver=
kehren sähen, in Dero Landen dem Bettel und Um=
sichgreifen der Minoriten heftigen Widerstand und
peinliche Verfolgung besagter Minoriten entgegen=
setzen würden, wenn die Brüder Franziskaner der
allergroßmächtigsten Republik von Florenz nicht in
Lieb und Leid sich gefügig und willig zeigten."

Nach diesen schauerlichen Andeutungen, welche
den Lauschern den Glauben beibrachten und be=
festigten, der Kanzler von Florenz drehe im Dienste
des Herrn Cardinals Giulio de Medici das große
Schwungrad der Weltgeschichte und sei der Vertraute

aller Herrscher der Erde, von welchen Jene über=
haupt etwas vernommen haben konnten, winkte
Machiavelli die Barfüßer etwas zurück und setzte sich
nieder, um die Antwort an den harrenden Balestriere
abzufassen.

Unterdessen stand die gesammte Brüderschaft
unverwandt hinter ihm, die Kappe in der Hand, mit
offenem Munde. Nur an dem Knirschen des Kieses
unter ihren Füßen konnte der Schreibende merken,
daß sich der Kreis wieder näher hinter seinen Schul=
tern und dichter schließe. Ihre Verwunderung wuchs,
wenn sie gewahrten, daß auch die Wenigen unter
ihnen, welche die Kunst des Lesens errungen hatten,
die Räthselzeichen — Chiffern — nicht zu deuten
vermochten, welche der Kanzler auf das Papier setzte.
Dann blickten alle ihn scheu und angstvoll an, wie
einen Besessenen, oder wie einen Zauberer. Ihr Er=
staunen stieg aber auf den Gipfel, wenn er einmal
mit der Feder inne hielt oder die Backen aufblies
und sich hinter dem Ohr kratzte. Dann zogen Alle
den Athem ein, und bis er weiter schrieb, entstand
eine Stille, als sei die gesammte Barfüßerrepublik
hinter ihm zu Luft geworden.

Tag für Tag wiederholte sich dieses Schauspiel
im Klostergarten, so eindringlich auch der kluge

General des Ordens seiner Herde einschärfte, daß der schlaue Kanzler von Florenz sie nur zum Besten halte.

Da ritt eines Morgens Fürst Pio vor den Klostergarten, sprang vom Roß und trat zum Kanzler mit der lauten Frage: „Was mag wohl Eure Excellenz bei den Frati suchen, ja dem Anscheine nach sogar vergeblich suchen, da täglich mehrere Boten von großen Herren und Fürsten durch die Thore der Stadt zu Euch reiten, und demnach Eure Anwesenheit in Florenz höchst nothwendig erscheint?"

Die Barfüßer rückten ängstlich zusammen und vernahmen deutlich aus dem Munde des Kanzlers in seiner Antwort an den Fürsten die bisher unerledigten Anliegen des Cardinals Giulio an die Bruderschaft.

„Wie?" hörten sie da plötzlich den Fürsten Pio ihnen selbst zurufen: „Deshalb haltet Ihr diesen ehrwürdigen Kanzler seit bald zwei Wochen in Euren traurigen Mauern fest? Deshalb also beklagen sich bereits einige Herrscher Europas bei mir, daß ihre Boten den weisen Staatsmann in Carpi aufsuchen müßten, welchen sie in Florenz nicht trafen? Deshalb äußern sie ihren Groll gegen mich? Denn sie machen mich, den Herrscher dieser Stadt verantwortlich für

die Thorheit ihrer Bewohner, zu denen Ihr Minoriten
im Geiste bisher leider mit gehörtet! Glaubt Ihr
denn, Ihr Frati, ich wolle, um Eurer dicken Schädel
willen, mir die Feindschaft der großen Potentaten
und den Haß des Cardinals Giulio sowie der löb=
lichen Stadt Florenz zuziehen? Ich denke nicht ent=
fernt daran, Minoriten!"

„Für wen baue ich denn den neuen Dom und
die neuen Festungswerke? Hm? Etwa für mich?
O nein! Den Dom zur größeren Ehre des heiligen
Franziscus, und die Mauern und Wehren zu Eurem
und der Bürger Schutz. Mein bischen Frömmigkeit
hatte auch im alten Dome Platz, und mein altes Ge=
schlecht saß seit Jahrhunderten im Schlosse meiner
Ahnen sicher genug vor seinen Feinden. Nun aber,
da ich vernehme, wie Ihr mir meine Gutthaten lohnt,
so verkündet Eurem General und den Beisitzern, was
ich Euch jetzt erkläre und gelobe: ‚Fürst Pio stelle
sofort alle Bauten ein, rufe seinen Notar und befehle
diesem, den Letzten Willen zu zerbrechen, in welchem
derselbe Fürst Euch Minoriten das bekannte große
Vermächtniß ausgesetzt hat!‘ Sagt Euren Obern, so
handle ich, bei Eiden, wenn Ihr nicht heute noch dem
florentinischen Kanzler Brief und Siegel gebt über
sein billiges Verlangen. Ich erwarte bis zum Vesper=

läuten die Anzeige Eurer Willfährigkeit — sonst läu=
tet dieses Glöckchen Feierabend meinen Bauten und
meiner Freundschaft für Euch! Sehen und sprechen
aber will ich bis dahin keinen von Euch, auch den
General nicht. Daran erkennt Ihr meinen Willen!"

Damit schritt er würdevoll von dannen — und
vor dem Vesperläuten folgte ihm der Kanzler, ver=
gnügt lächelnd eine Pergamentrolle unter dem Arm
tragend.

VI.

Wenige Tage später saß der Cardinal Giulio
de Medici in dem hohen, luftigen Raum seines
Palastes, welcher an die Hauscapelle stieß. Inmitten der alten Paläste, deren Steinquadern die
Sonne tagsüber durchglühte, war auch am Frühmorgen im Sommer selten ein Plätzchen zu finden,
welches Kühlung spendete. Dieses traute Gemach
aber zur Seite der stillen schattigen Hauscapelle
vergönnte dieses Labsal. Um dem Gebieter noch
mehr kühle Luft zuzuführen, waren die beiden
Flügelthüren nach der Capelle zu weit geöffnet, nicht
minder die Fenster der Schattenseite des Hofes.
Von dorther tönte auch das Plätschern eines Brunnens.

Der Cardinal hielt in der Hand ein Pergament,
welches auf einem kleinen Marmortische ruhte. Am
Fuße der Rolle hing in einer Kapsel das Siegel
der Bruderschaft des heiligen Franziscus. Den In-

halt dieser Urkunde wie das beigedruckte Insiegel
betrachtete er mit besonderem Wohlgefallen und be=
haglichem Lächeln. In den geöffneten Flügeln des
Eingangs zur Hauscapelle stand Machiavelli, der die
kühlende Luft, welche aus der dämmernden Capelle
her wehte, durch das Fächeln seines Tuches verstärkte.

Dabei hafteten seine Augen zum ersten Male
in seinem geschäftigen und kunstfremden Leben län=
gere Zeit hindurch an den gerühmten Fresken Be=
nozzo Gozzolis, welche die Wände bedeckten und die
Reise der heiligen drei Könige, im Geschmack und
in der Ausführung des verflossenen Jahrhunderts,
darstellten.

Alle Glieder des Hauses Medici, welche zur
Zeit der Entstehung dieses Bildes lebten oder gelebt
hatten, schienen an der Fahrt der drei Könige aus
dem Morgenlande betheiligt. In einer prachtvollen
Procession, in kostbare Gewänder gekleidet, ritten die
drei Könige daher, von Pagen und Reisigen geleitet,
und von aller Kurzweil des höfischen Lebens des
Mittelalters umgeben, auch von Waidlust mit Jagd=
leoparden und Falken. In weiter heiterer Land=
schaft zogen sie gelassen dahin, viel Weltfreude und
eine Kleinigkeit von Heilsbegehr im Antlitz und im
Herzen tragend.

„Schade, daß Du noch nicht lebtest, Niccolo, als Gozzoli diese Fresken schuf," rief der Cardinal dem stillen Beschauer zu. „Er würde Dich Heiden zur Noth auch noch untergebracht haben im Gefolge des Königsrittes zur Geburtsstätte des Weltheilandes."

„Gewiß würde er das, Giulio," gab Machiavelli launig zurück. „Er brauchte mir nur das Pergament in die Hand zu geben, welches Du gegenwärtig hältst. Keiner Deiner unheiligen, und in diese Procession gar nicht gehörigen Vorfahren, bringt dem Christkind auch nur annähernd einen so erbaulichen Gegenstand dar, als ich in dieser Urkunde. Es wird Zeit, neue Fresken zu bestellen, Giulio, in welchen auch unsere Verdienste um das Christenthum gefeiert werden."

„Du Spötter, Du unverbesserlicher Heide!" rief der Cardinal, mild verweisend. „Du erzähltest mir, wie Du dieses köstliche Document erlangtest, an welches ich nicht glauben konnte, bis Du es vor mir ausbreitetest — und dann brachst Du plötzlich ab und erhobst Dich, Coletto, warum?"

„Ich hörte ein Geräusch in jenem Winkel dort hinten, und ich dachte an den Erzbischof von Capua, Herrn Schomberg, Deinen argwöhnischen Freund."

„Ich hörte nichts, Coletto," entgegnete der Car=
dinal vorsichtig. „Der Herr Erzbischof aber gab
hier sicherlich keinen Laut von sich. Denn er ist ver=
ritten — in Geschäften, weit von hier."

Bei diesen Worten zog sichtbarlich eine Wolke
des Unmuthes über Herrn Giulios Stirn.

„Vielleicht war es unser Freund Dittimario,"
fuhr Machiavelli fort.

„Auch der ist fern von der Stadt auf seinem
Posten."

„Du weißt das besser, Giulio, aber auch der
schwäbische Ränkeschmied, der Diener des Erzbischofs,
konnte uns belauschen."

„Der!" lachte der Cardinal. „Er ist seit
seiner Sendung nach Carpi ganz abgethan und ver=
fallen, seinem eigenen Herrn feind, in sein Kämmer=
lein verbannt, und in die äußerste Dürftigkeit ver=
sunken. Du siehst und hörst Gespenster am lichten
Tage, Coletto. Setze Dich nieder und vollende
Deine Erzählung."

„Sie ist zu Ende," versicherte Machiavell, Platz
nehmend. „Ich glaube doch vollständig berichtet zu
haben, wie ich die Unterschrift der Mönche ge=
wonnen?"

„Gewiß, Coletto. Aber wie gewannst Du Dir

die Freundschaft und den mächtigen Beistand des
erlauchten Fürsten Pio von Carpi?"

„Ich besaß sein Herz schon, ehe ich nach Carpi
kam, und obendrein ohne ihn je gesehen, ohne je
eine Zeile mit ihm gewechselt zu haben."

„Du willst mir ein Räthsel aufgeben?"

„Es ist so einfach zu lösen, Giulio. Der Fürst
hatte meine Schriften gelesen, auch den „Principe,"
diesen in einer Handschrift, welche ihm Freund
Giucciardin gesandt hatte. Und diese Schriften —
welche anderwärts wenig oder gar nicht gelesen wer=
den — führten mir dieses königliche Herz zu."

„Deine Schriften wurden auch anderwärts ge=
lesen, Niccolo," versetzte der Cardinal lächelnd.

„Auch der Principe?" fragte Machiavell lebhaft.

„Auch der Principe."

„Nun, wie urtheilst Du darüber? — Wie hast
Du Dich entschlossen?"

„Entschlossen? — Du zeichnetest mich doch nicht
etwa in dem Scheusal, welches durch Mord, Heuchelei
und Verrath die fürstliche Einheit Italiens zu=
sammenschweißen soll? Giberti sagte mir, Du habest
den Cesare Borgia, den Valentinois darin abge=
bildet."

„Abgebildet? Den Valentinois abgebildet?"

rief Machiavell angstvoll. „Vergrößert habe ich ihn,
ins Ungeheure vergrößert, Giulio, im Guten und
Bösen als gigantisches Musterbild hingestellt für den
Fürsten, welcher die eherne, unerbittliche Nothwendigkeit
erkennt, Italien zu einigen, um sich und uns Alle
zu retten — und welcher zugleich die Kraft und die
Macht besitzt, das hohe Ziel zu erreichen, so oder
so, durch gute oder böse Mittel — da es eben er=
reicht werden muß. Dieser Mann bist Du, Giulio,
Du, der einzig Eine in Italien! Dein edler, milder,
tugendhafter Sinn wird meinen Principe freilich in
Allem überstrahlen!"

Der Cardinal gewahrte unfreudig, wie bei
dieser Rede des Kanzlers bleiches, ernstes Antlitz
mit froher, heißer Röthe sich bedeckte. Er wehrte
mit der Hand der Fortsetzung der begeisterten
Worte Machiavells und rückte unruhig in seinem
Sessel.

„Wir reden später davon, Niccolo," sagte er
überlegend.

„Du versprachst mir, wenn ich zurück sei —"

„Allerdings — aber Du begreifst — es ist der
wichtigste Entschluß meines Lebens — der folgen=
reichste Schritt für diese Stadt, für ganz Italien,
vielleicht für unsern Erdtheil. Laß mich zunächst

ein anderes Versprechen einlösen — das des Lohnes
für Deine so erfolgreiche Sendung, Niccolo."

Mit schmerzlicher Enttäuschung und Spannung
hingen des Kanzlers trauernde Augen an den Lippen
des Cardinals.

„Um meinen Lohn sorgt Er — nicht für Italien!"
klagten sie ausdrucksvoll. „Ach, und wie mag dieser
Lohn beschaffen sein! Gäbe er mir das verlorene
Amt wieder, so könnte ich doch wenigstens in diesem
Amte dem Vaterlande dienen, welchem er die Fürsten-
pflicht versagt!"

„Ich habe in Erfahrung gebracht, Niccolo,"
fuhr der Cardinal freundlich fort, „daß Dir bisher
nicht gelungen ist, Deinem Töchterlein Bartolommea
oder Baccia ein Heirathsgut bei der in dieser Stadt
bestehenden Brautkasse für junge Mädchen zu sichern,
obwohl Du gern für die Zukunft Deines Kindes gesorgt hättest. Ich habe dieses Geschäft in Deinem
Namen geordnet, Niccolo. Hier ist der Schein.
Verwahre ihn. Einen zweiten gab ich Dittimario
für seine Braut, Deine Pflegetochter Ermina. Aber
die Aussteuer Deiner Baccia ist natürlich bedeutender. Sie wird einst unter den besten Geschlechtern
der Stadt wählen können, Niccolo. Was ist Dir —
sprich?"

Die Aufforderung war vergebens.

Machiavelli gab keine Antwort. Bei den Worten des Cardinals war ihm kalter Schweiß auf die Stirn getreten, seine Augen umflorten sich, seine Züge wurden todtenbleich, er mußte sich stützen, dann niederlassen. Er war einer Ohnmacht nahe, während verzweifelte Gedanken durch sein Hirn jagten.

„Geld ist Dein Lohn, schnödes Geld! Kein Amt, keine Thätigkeit für den Staat, für Italien, wird Dir anvertraut. Freilich hast Du Dich gesorgt um das Kind — und ihr wird einst wohl sein. Wohl sein? Wird ihr wirklich wohl sein, wenn das Vaterland zu Grunde geht? Wird sie den Tag überleben? O, daß er nur an dieses eine Versprechen, an solchen Lohn denkt! Wehe mir — wehe uns!" — —

„Und doch entspricht der Lohn dem Verdienst" — rief Machiavell plötzlich laut, grimmig lachend. „Es ist der Lohn für eine Posse — und der Mann, welchen ich von der Vorsehung bestimmt glaubte zum größten Helden Italiens, der spielt die Posse weiter und versteht sich nur auf Possenspiel!"

„Giberti, tritt heraus! Er redet irre. Ich fürchte, die Mönche haben ihm Gift gegeben!" rief der Cardinal erschrocken hinter sich an die leere Wand.

Sofort trat Giberti durch eine verborgene Thür
lautlos ein und beugte sich theilnehmend über Ma=
chiavelli, welcher, in den Sessel zurückgesunken, be=
wegungslos, in starrer Verzweiflung den Cardinal
anblickte. —

Eben als der Vertraute Giulios sich abwandte,
um dem Kanzler ein Glas Limonade an die blut=
leeren zuckenden Lippen zu führen, erblickte Machia=
vells halberloschenes Auge zwei wundersame Ge=
stalten, welche, vom Hofe her eintretend, plötzlich in
dem weiten Gemach erschienen und näher und näher
kamen.

Die eine dieser Gestalten war ein gewappneter
Ritter in schwarzer Rüstung, schwarzer Helmzier,
schwarzen Augen, schwarzem Bart und Haar und
dunkler Gesichtsfarbe. Drei große rothe Blutstropfen
schimmerten von seiner dunkelen Schärpe — oder
war es das Wappenzeichen der Mediceer? — Ma=
chiavell glaubte in dem schwarzen Ritter den letzten
Freund brechender Menschenherzen, den Tod, zu er=
kennen.

Aber zur Seite dieses Gewaltigen, die Rechte
um seinen dunklen Harnisch schmiegend, erschien eine
weiße Lichtgestalt von schimmerndem Glanze. Als
die über das Irdische hinausragende Liebe, die Pieta,

deutete der Kanzler ihre Erscheinung. Plötzlich aber
verwandelte die erschrockene Stimme des Cardinals
die finstere und die lichte Erscheinung in irdische
Wesen.

„Du hier, Neffe Giovanni?" rief er — „und
Du, Maria Salviati?" — „Ob Ihr Euch versöhnt
habt, brauche ich nicht zu fragen. Denn Ihr tretet
ein in der glücklichen Eintracht von Brautleuten.
Aber — was führte Dich Wilden hinweg von
Deinen schwarzen Banden zu dem gemiedenen Oheim,
Giovanni? Es muß etwas Wichtiges sein."

„Die Liebe zu Dir, Onkel Giulio," versicherte
der Kriegsmann rasch und lebhaft, indem er die
Hand des Cardinals küßte.

„Die Liebe zu mir, Giovanni, das ist ein schönes
Wort! So rein und schön wie Deine Gattin, cara
Maria," und dabei küßte der Cardinal ihre leuch=
tende Stirn. „Du pflegst Deine Worte mit dem
Schwert zu beweisen, Giovanni. Mir aber genügt
ein Beweis aus Deinem guten Herzen."

„Beide sind zur Stelle, Herz und Schwert.
Und vielleicht bedarfst Du beider, Onkel Giulio."

„Gegen Deine Gewohnheit redest Du dunkel,
Giovanni."

„Dunkel, wie der Anschlag ist, welcher mich her=

führt. Laß mich klar und deutlich reden, Oheim. Aber wer sind die Männer hier?"

Hörbar flüsterte Maria deren Namen dem ungestümen Gatten zu.

„Das sind gute Namen," entschied Giovanni. „Sie dürfen hören, was ich bringe. Verliere keine Zeit, sie zu entfernen, Onkel," fügte er hinzu, als er gewahrte, daß der Cardinal dem vertrauten Giberti ein Zeichen gab. „Denn von der Eile meiner Worte hängt das Größte ab — Dein Leben."

Der Cardinal erbleichte, dann zuckte er ungläubig die Schulter.

„Um mein Leben rittest Du hierher, Giovanni? Wer sollte dieses zu bedrohen wagen in dieser treuen Stadt, in diesen Mauern?"

„Du zweifelst, Oheim, und würdest doch sicher gestorben sein, ehe die Sonne niedergeht, wenn ich nicht hier wäre!"

Die Worte, welche der schlachtengewohnte Neffe mit ruhiger Sicherheit sprach, drangen dem Gewalthaber von Florenz bis ins Mark. Aber er bemeisterte die Erregung und gebot ruhig: „Beweise uns Deine Behauptungen, Giovanni. Wir warten darauf."

„An der Südgrenze Toskanas lag ich mit

meiner Schar in den Marken," begann der Krieger,
„in unwirthlicher, dürftiger Gegend, wie sie Unser=
einem beschieden ist, wenn die Mächtigen unser
Schwert nicht brauchen. Keine Heerstraße, nur der
Pfad der Hirten durchzog das Gebirge. Gleich=
wohl führten mir am Abend vor drei Tagen meine
Wachen einen langen feinen Milchbart zu, welcher
behauptete, von Rom zu kommen, und meine Leute
um den Weg nach Florenz befragt hatte. An der
langweiligen Reinheit der Sprache erkannte ich sofort
den florentinischen Landsmann. Ich aber bin auf
meinen Kriegsfahrten den Muttersöhnchen vom Arno
längst fremd geworden, und die Wappenzier unseres
Hauses hatte ich abgelegt. So erkannte er auch
mich nicht. Ich fragte den Jüngling freundlich nach
seinem Namen."

„Mamolino," antwortete er.

Der Cardinal zuckte bei dem Namen zusammen.
Giovanni aber fuhr gleichmüthig fort: „Ich erklärte
ihm nun bestimmt, das sei ein angenommener
Name, nicht der eines edlen florentinischen Ge=
schlechtes, zu welchem er nach Sprache, Antlitz,
Haltung und Kleidung doch zähle. Daß er seinen
wahren Namen verberge, sei eben so verdächtig, als
daß er die gute Straße von Rom nach Florenz

meide, und statt ihrer Gebirgspfade einschlage. Und da ich zufällig einige Freunde und Verwandte in Florenz hätte, welche Werth darauf legten, den Rest ihrer Tage ruhig dort zu beschließen, so sei ich entschlossen, ihn durchsuchen zu lassen, um zu sehen, ob er Papiere oder Briefe bei sich trage, welche über seine Absichten und seinen Namen Auskunft gäben."

„Die gewöhnliche Redensart der Herren Briganten!" rief er, schmerzlich bewegt, wie es schien. „So bin ich denn unter Räuber gefallen und meinte doch unter Soldaten des heiligen Vaters gerathen zu sein! Es bedarf keiner Durchsuchung, Capitano, hier ist meine Börse, und meine Ringe ziehe ich auch ab, ehe Eure Dolche sie mir von den Fingern schneiden."

„Caspito! Du hast eine günstige Meinung von uns!" rief ich, seine Börse fassend und ihren Inhalt scheinbar sorgfältig und behaglich überzählend, während mein Auge doch jede seiner Bewegungen überwachte. Plötzlich fuhr seine Hand mit größter Schnelligkeit nach der Brust, riß dort ein Bündel Papiere heraus und suchte diese in das offene Herdfeuer zu schleudern. Rasch wie ein Blitz aber hatte ich Hand und Papiere erfaßt und hielt sie fest wie

ein Schraubstock. Dann ließ ich ihn weiter durch=
suchen und abführen, und als er fort war, durchlas
ich meinen Fund."

„Man sollte meinen, Du seiest zum Staatsmann
geboren, nicht im Handwerk des Condottiere berühmt
geworden, theurer Giovanni," rief der Cardinal freudig.

„Nicht wahr, man sollte es meinen, Oheim?"
nickte der Schwarze, indem er die krausen Lippen
lustig in die Höhe zog. „Ja, keiner Deiner kühnsten
Schachzüge hat Dir wohl je so wichtige Papiere
überliefert, als dieser kleine Handstreich mir. Denn
als ich sie gelesen — und verstanden hatte — denn
ihre Verfasser waren vorsichtige Leute, sie nannten
Dich nie und sprachen in Bildern oder in verhüllten
Wendungen — da erkannte ich sofort: das Schicksal
von Florenz, das Leben des Cardinals Giulio,
Deines Onkels, ruht in Deiner Hand. Stellst Du
Dich einfältig, begnügst Du Dich mit den tausend
Ducaten Mamolinos, und lässest Diesen laufen,
mit oder ohne Briefe, so wird Dein Oheim heute
beim Vesperläuten unfehlbar ermordet. Die An=
stalten sind so getroffen, daß er ihnen nicht ent=
rinnen kann."

„Du hast die Briefe doch bei Dir, Giovanni?"
rief der Cardinal begierig.

„Daß ich ein Thor wäre!“ versetzte lachend der Krieger. „Sie sind in der sicheren Hut meiner Treuen, desgleichen der Mamolino. Ein Wort von mir aber liefert den Verräther und die Beweise des Verraths binnen zwei Stunden in Deine Hand — wenn wir über deren Preis einig werden, Oheim. Ist dies nicht der Fall, so magst Du mich foltern lassen und mein Weib auch — obwohl sie nicht weiß, wo die Briefe und Mamolino verborgen gehalten werden. Aber wenn ich bis zur elften Stunde des heutigen Vormittags nicht frei, unbewacht und unverfolgt zu meinen Scharen zurückgekehrt bin, so erfüllt sich Dein Schicksal zur Vesper. Darauf zähle.“

Der Neffe zeigte bei diesen Worten lachend den Perlenschmuck seiner Zähne, als sage er etwas besonders Lustiges.

„Auf jedes Deiner Worte, Du Wilder, legt doch der Teufel seinen Schwanz!“ fuhr der Cardinal heraus. „Wer denkt denn an Folter und Gewalt gegen Dich, und vollends gegen die süße Maria Salviati, Dein Weib? Aber Du sprichst von einem Preise, welchen Du fordern willst und breitest doch ein undurchsichtiges Tuch über die Waare, die Du feilhältst.“

„Du sollst die Katze nicht im Sacke kaufen,
Oheim," versicherte Giovanni. „Was möchtest Du
wissen, ehe wir in den Handel eintreten?"

„Von wem kamen die Briefe, welche Du dem
Mamolino abnahmst?"

„Von drei Personen in Rom," erwiderte Gio=
vanni. „Vom Exgonfaloniere Soderini, von einem
gewissen Giovan Battista della Palla, und von des
Ersteren Bruder, dem Cardinal Soderini. Die Briefe
der beiden Erstgenannten bestimmen genau den Tag
und die Ausführung des Verbrechens, welches gegen
Dich geplant ist. Dein College im Purpur aber,
der Cardinal Soderini, sichert ihnen die Sünden=
vergebung und den Segen des Papstes im Voraus
zu, wenn der Herzstoß gelinge. Denn der Papst
liege bereits so zu sagen im Sterben und segne Alles,
was ihm nicht weh thue."

„Diese Dinge und Namen kannst Du nicht er=
finden, Giovanni!" rief Giulio sicher. „Sie sind
eines hohen Preises werth. Nenne ihn."

„Der Preis betrifft zum Theil eine häusliche,
zum Theil eine öffentliche Angelegenheit," versetzte
Giovanni heiter. „Meine häuslichen Angelegen=
heiten besorgt meine Frau, und die öffentlichen Dinge,
welche mein Schwert versicht, hat sie manchmal auch

vertreten und niemals schlecht. Sie mag für mich
reden."

Der Gepanzerte ließ sich in einen Stuhl nieder,
welcher unter der Eisenlast erkrachte.

„Er versteht seinen Vortheil, Madonna," wandte
sich der Cardinal schmeichelnd an Maria. „Wenn
eine schöne Frau den Handel ihres Mannes führt,
so werden wir immer den Preis zahlen müssen, wel=
chen sie fordert."

„Namentlich, wenn er so bescheiden ist, wie der
unsrige, Oheim," versetzte Maria lächelnd. „Gio=
vanni sagte Dir schon, daß die erste Hälfte dieses
Preises eine Familienangelegenheit unseres Hauses
betrifft. Ich trage sie vor."

„Abgesehen von Dir, sind die einzigen recht=
mäßigen Abkommen des großen Cosimo mein Gatte
Giovanni und unser Söhnchen Cosimino. Der furcht=
bare Ernst der Todesgefahr, in welcher Du bis zur
Stunde schwebtest, wird auch Dir die Nothwendigkeit
zeigen, für Deine Nachfolge zu sorgen. Dein Herz
hängt an den unebenbürtigen Nachkommen Lorenzos,
den Jünglingen Alessandro und Ippolito. Wir gön=
nen ihnen Deine Liebe, Oheim. Du wirst bald Papst
werden und Florenz verlassen. Dann mögen die
Jünglinge zeigen, ob sie die Kunst des Herrschens

gelernt haben. Lange Zeit hindurch wirst Du dieser
Probe zuschauen können, denn Du stehst noch in der
Vollkraft der Mannesjahre."

„Du schmeichelst, Maria," warf der Cardinal
nicht unbefriedigt ein. „Nun, und wann soll Dein
Cosimino die Herrschaft unseres Hauses antreten?"

„Nach Jenen, Oheim."

„Ah, Du meinst also, die Jünglinge werden ihre
Probe nicht bestehen?"

„Das meine ich, ja."

„Gut, Maria. Diese Bedingung ist bewilligt,
und damit bereits der halbe Preis des Handels,
wenn ich recht verstehe?"

„Der halbe," bestätigten Giovanni und Maria.

„Hoffentlich kommt die größere Hälfte nicht
nach?"

„Nein, nur noch die kleinere," versicherte Maria
eifrig.

„Denn bei Allem, was Du uns weiter noch be-
willigen sollst, Oheim, wirst Du selbst den größten
Nutzen haben."

„Die Händler, welche ihre Waare verschenken,
sind am meisten zu fürchten," bemerkte der erfahrene
Geschäftsmann listig.

„Ich rede im vollsten Ernst, lieber Oheim,"

rief Maria warm und nachdrücklich. „Und ich weiß, daß auch Deine Gedanken und Empfindungen in so wichtiger Stunde ernst und erhaben sind, auch wenn Du scherzest. Gott hat schon an Deinen bisherigen Erfolgen bewiesen, daß er Dich zu seinem Rüstzeug in Italien erlesen hat, Oheim: am wunderbarsten durch die Fügung, welche die Entdeckung des verruchten Mordplanes Deiner Feinde herbeiführte. Du empfängst also die Gabe Deines Lebens heute zum zweiten Mal aus Gottes Hand — nicht aus der Hand Giovannis, welcher sich in Demuth nur als Gottes Werkzeug fühlt.“

Der rauhe Krieger blickte vor sich nieder und strich sich den Bart, um sein Erstaunen darüber zu verbergen, daß die Gattin ihm zumuthe, sich als Gottes Werkzeug zu betrachten und seine eigene Entdeckung der Verschwörung gar als Gottes Fügung.

Er fürchtete aber auch, seine Unterhändlerin sei auf dem besten Wege, den Handel gründlich zu verderben, indem sie dem lieben Gott jene Verdienste beimaß, welche Herr Giovanni sich durchaus selbst zuschrieb. Und er meinte, in den Augen des verschlagenen Oheims denselben Gedanken zu lesen.

Nun aber erhob sich Maria, richtete sich zu ihrer ganzen schlanken Höhe auf und sprach feierlich:

„Du fragst Dich, Oheim: warum schenkt Dir
Gott heute zum zweiten Mal das Leben? Warum
rettet er Dich vor dem sicheren Verderben? Weil
er noch Größeres durch Dich vollbringen lassen will,
als bisher. Weil er sein Rüstzeug in Italien nicht
zerbrechen lassen will durch Bubenhand! Du wirst am
Beginne dieser zweiten Lebensbahn Deine Blicke rück=
wärts und vorwärts wenden, um Dich der wunder=
baren Gnade Gottes ganz werth zu machen.

„In die Vergangenheit blickend, fragst Du Dich:
wie würden die Zeitgenossen und die kommenden
Geschlechter über Dich geurtheilt haben, wenn Du
heute unter den Mörderdolchen Dein Leben beschlossen
hättest? Ich schmeichle nicht, Onkel Giulio. Sie
hätten gesagt: ‚Er war ein sittenstrenger Mann in
einer verwilderten Zeit; er that Gutes, baute seiner
Vaterstadt Canäle und tüchtige Wehren, förderte Kunst
und Wissenschaft mit dem von den Ahnen ererbten
großen Vermögen. Mild und klug, ließ er Florenz
die verlorene Freiheit verschmerzen. Aber zu den
großen Männern, welche alle Zeit unsterblich in der
dankbaren Erinnerung der Menschheit fortleben, ge=
hörte er nicht. Er besaß bedeutende Gaben, weiten
Blick, aber sein schwankender Wille hinderte ihn, die
Größe seiner Entschlüsse nach seiner klaren Einsicht

zu richten. Sein Leben und Sterben traf zusammen mit dem tiefsten Verfall des öffentlichen Lebens und Volksgefühls in Italien!

„So würde der Todtenspruch der Aufrichtigen an Deiner Bahre lauten, Onkel Giulio, wenn Du heute gestorben wärest."

„Du schmeichelst nicht, meine Tochter — Du redest wahr und Du hast Recht!" sprach der Cardinal aus tiefem Sinnen, langsam und nachdrücklich.

„Ja, sie hat Recht und redet wahr, Giulio!" rief Machiavelli flammenden Auges.

„Und nun blickst Du in Dein zweites, künftiges Leben, Oheim, und gelobst Dir und uns, so zu handeln, daß Gott sich des erwählten Rüstzeuges freut, und daß ganz Italien einst am Ende Deines zweiten Lebens um den Vater des Vaterlandes trauert, aus Deiner Asche aber Dein Nachruhm sich erhebt, unverwelklich für alle Zeiten, bei allen Völkern.

„Du wirst Papst sein, Onkel Giulio. Aber ein Papst, wie keiner vor Dir gewesen. Nicht ein Zwingherr, Verderber und Feind Deines Volkes; sondern Du wirst die höchste Krone und Würde der Christenheit erwerben, tragen und nützen, um durch ihr Ansehen und ihre Macht die Einheit und Freiheit Deines Volkes zu gründen. Du wirst die Schmach der Fremd=

herrschaft von der italienischen Erde tilgen, die Sitten durch Dein Beispiel veredeln. So wirst Du sein, Giulio de Medici, wenn Du den deutlichen Winken der Vorsehung folgst, welche Dein Leben Dir von Neuem schenkte, um Dich auf diese hohe Bahn zu weisen!"

„So wirst Du sein, Giulio!" rief Machiavelli feurig, des Cardinals Hand fassend. „Versprich es — und ich bin der Erste, welcher dem von Gott ge= salbten König Italiens huldigt."

„Ich will's versuchen! Gott, Du hörst mich!" gelobte der Cardinal feierlich, indem er sich erhob und die Hände ausstreckte gegen das Allerheiligste seiner Hauscapelle, in welcher die großen Häupter des Ge= schlechtes Medici einst dem Taufbund zugetragen wor= den waren.

Die Weihe des Augenblicks riß das kühne schöne Weib vor ihm in die Kniee. Ihr begeistertes Auge schaute in Giulio bereits den gekrönten König von Italien. Sie drückte seine Linke an die Lippen und ließ eine Thräne darauf fallen.

Bestürzt hob der Cardinal sie auf und zog sie an die Brust.

„Mir ziemt zu knieen in dieser großen Stunde, da der erlauchte Cosimo durch seine Urenkelin mir die klare Bahn unseres Geschlechtes weist, und mich mit einer Festigkeit und Zuversicht erfüllt, welche ich immer vergebens erflehte. Ich werde auch knieen, Kinder, aber später, allein, nur im Angesicht unseres gnädigen Gottes."

„Nicht in der Capelle, Oheim!" rief Giovanni, angstvoll aufspringend.

„Nicht in der Capelle? Warum nicht?"

„Dort sollte der Mord geschehen. Dort am Altare! Genau wie Dein Vater Giuliano solltest Du enden. Und das Zeichen zu der Mordthat hätte die heutige Vesperglocke des Domes gegeben — geheimnißvolles, unergründliches Dunkel und Schweigen hätte für immer die schwarze That bedeckt! — Doch bereits verrieth ich Dir zu viel, da mein Weib, von der Flamme der Begeisterung erfaßt, den Handel mit Dir abzuschließen vergaß."

„Gut, thun wir das," versetzte Giulio, von Ungeduld verzehrt, den Plan der Verschworenen ganz kennen zu lernen. „Was begehrst Du von mir, welche Rolle für Dich auf der Bahn, die ich einzuschlagen gelobt habe? Welchen Lohn am ersehnten Ziele?"

„Welche Rolle — welchen Lohn ich für mich fordere? Laß mich Dein Schwert sein, Onkel Giulio, das Schwert Italiens — mehr begehre

ich nicht. Das ist der letzte Preis für mein Ge=
heimniß."

„Er ist bewilligt, Giovanni," rief Giulio leb=
haft, dem Neffen die Hand schüttelnd. „Nie hat
ein italienischer Fürst einen treueren Hauptmann,
besseren Heerführer und zuverlässigere Truppen be=
sessen, als Dich und Deine Scharen. Denn in
ihnen rollt nur italienisches Blut."

„Doch nun weiter! Wie gedachten denn die
Herren Mörder in meine Hauscapelle zu bringen,
durch meine Wachen und Dienerscharen hindurch?
Etwa durch die Luft, wie?"

„Durch den geheimen unterirdischen Gang hinter
dem Altar."

„Woher wissen sie davon?" — stammelte Giulio,
erbleichend.

„Die Feinde der Medici haben lange genug
die Stadt allein besessen, um hinter alle Ge=
•heimnisse Deines Palastes zu kommen, Oheim.
Der alte Soderini kennt die Höhle genau. Denn
er schreibt davon, als sei sie sein eigener Fuchsbau.
Sein della Palla schildert ihnen jeden Schritt des
ganzen unterirdischen Weges."

„Aber die Schlüssel, ihnen fehlen doch die

Schlüssel?" würgte der Cardinal hervor, als fühle er schon die Mörderhand an der Kehle.

„Die Schlüssel trug der Mamolino bei sich auf dem bloßen Leibe. Im Briefe della Palla's sind diese Schlüssel nur mit X, Y, Z und W bezeichnet, so daß ich anfangs meinte, die Herren schrieben sich in Chiffren oder gäben sich maurische Gleichungen auf. Aber als wir bei dem Gefangenen die Schlüssel gefunden hatten, sah ich, daß deren Bärte ziemlich genau geformt waren wie jene Buchstaben."

„In der That, so ist es!" rief Giulio bestürzt.

„Und endlich war nicht schwer zu erkunden, daß Du zur Vesperzeit allein in Deiner Hauscapelle zu knieen pflegtest, oder höchstens in Begleitung Deines Giberti. Denn das weiß ganz Florenz!"

„Ja, das weiß ganz Florenz! So wenig fehlte also zum Gelingen dieser schwarzen That!" flüsterte Giulio erschaudernd.

„Aber die Rache und Vergeltung soll rasch und blutig sein! Du brauchst mir die Namen der Ver=schworenen nicht zu nennen, Giovanni," fuhr er eifrig fort, den Neffen bedeutungsvoll anblickend, als dieser weiter reden wollte. „Ich kenne sie Alle. — Und Du, Niccolo," wandte er sich plötzlich mit scharfer Stimme an Machiavelli — „Du kennst sie auch."

„Ich, Giulio, ich? — Wie sollte ich die Ver=
worfenen kennen?"

Diesem von ungeheucheltem Schmerz beseelten
Rufe folgte aber plötzliches Erschrecken und Erblassen
des Kanzlers. Denn in eben diesem Augenblicke
erfaßte ihn der niederschmetternde Gedanke: „Wenn
es Einige meiner lieben Jünglinge von den Orti
Rucellai wären!"

Er und der Cardinal hielten die flammen=
den Augen auf einander gerichtet und achteten
nicht darauf, daß derselbe Gedanke in derselben
Secunde das lichte Haupt der Maria Salviati er=
faßt hatte und sie bleich und zitternd in einen Stuhl
warf.

„Ja, Du kennst die Missethäter, Kanzler!"
wiederholte Giulio mit durchdringender Schärfe.
„Du weißt aber auch, daß der Weg Deines Prin=
cipe über Blut und Leichen führt und daß Schwert
und Schrecken ihm die Bahn frei macht. Du
wirst den schwachen Muskel, welchen wir Herz nen=
nen, stählen, Niccolo, und den Mund nicht öffnen,
um Gnade für sie zu erflehen — nicht für einen
Einzigen!"

„Für Keinen, wenn mein Principe über ihre
Leichen seine hohe Bahn schreitet," versetzte Machia=

vell entschlossen; aber er würgte doch an den Worten, als verschlucke er gehacktes Blei.

„Und Du wirst keinem von ihnen ein Wort sagen von dem, was hier vorging," fuhr Giulio in fast drohendem Tone fort.

„Kein Wort," versicherte der Kanzler gelassen.

Maria Salviati schauderte über Machiavellis eisige Ruhe. Ein Krampf preßte ihr die Brust zusammen, sonst hätte sie aufgeschrieen.

Auch dem Cardinal erschien das Versprechen des Kanzlers widernatürlich und deshalb unglaubhaft.

„Ich werde Dich doch nicht der Versuchung aussetzen, Niccolo," sagte er bedächtig. „Du wirst jetzt mit mir frühstücken, dann mit uns zu Mittag speisen und mir erst am Abend von der Seite gehen, wann meine Arbeit gethan sein wird. Dann magst Du reden, so viel Du Lust hast."

„Wie Du befiehlst, Principe," erwiderte Machiavelli. Er hatte „Giulio" sagen wollen. Aber „Principe" war richtiger für das, was er dachte, als er in diesem Augenblicke seine blinde Unterwürfigkeit unter die Gebote des Mediceers erklärte.

„Gut, so wäre das im Reinen," erklärte aufathmend der Cardinal. „Nun fehlt mir zur Ueber-

führung der Verbrecher nur noch der Mamolino
und der von Dir, mein Giovanni, aufgegriffene
Briefschatz. Ich werde Dir, um Aufsehen zu ver=
meiden, erst gegen Dunkelwerden meinen deutschen
Hauptmann Dittimario senden, welcher zur Zeit noch
bei San Casciano ebenso vergeblich auf den Mamo=
lino lauert, wie mein Schomberg bei Greve. Dit=
timario mag die beiden Dinge bei Dir abholen:
den Mamolino und die Briefe. Doch wohin soll er
kommen?“

„In das verfallene Schloß über San Casciano.
Aber wen willst Du dorthin senden, Oheim? Deinen
blonden deutschen Hauptmann Dittimario? Der dürfte
in meinem Gewahrsam sein, Oheim, und obendrein
verwundet. Das will sagen: ich halte ihn nicht
zurück. Ich pflege ihn nur,“ schloß Giovanni, als
Erstaunen und Entrüstung im Antlitz des Oheims
aufstieg.

„Du wirst Dich wohl in der Person irren,“
bemerkte der Cardinal zuversichtlich. „Denn mein
Dittimario hätte sich von den paar Leuten, welche
Du mit Dir führen wirst, nicht überwältigen lassen.“

„Hat er nicht eine Hiebschmarre auf der linken
Backe?“ fragte Giovanni.

„Allerdings.“

„Dann ist es der Mann. Drei von meinen Leuten hat er mir traurig zugerichtet, ehe ihn andere Fünfundzwanzig niederwarfen. Es war ein unglücklicher Zufall, Oheim, welcher nicht vorkam, wenn ich zur Stelle gewesen wäre. Wir hatten nämlich gestern Nacht auf den Schleichwegen des Gebirges das leere wüste Schloß über San Casciano erreicht und machten es uns und unserem Gefangenen dort so bequem als möglich. Natürlich kochten wir auch ab und zündeten Licht an. Dein Hauptmann mochte zur nämlichen Stunde an der Straba Romana drunten vor Casciano auf der Lauer liegen. Da gewahrte er den verdächtigen Feuer- und Lichtschein im verlassenen Schlosse. Er ritt hinauf, begehrte Einlaß, begegnete groben Worten und Waffen, hieb um sich und wurde niedergeschlagen, ehe ich dazu kam. Das ist der Hergang. Doch ist Dein Dittimario, wie der Arzt von San Casciano sagt, außer Gefahr."

„Ein Vieharzt, wenn's hoch kommt, Giovanni," grollte der Cardinal. „Ich werde noch heute den meinigen hinsenden. Und mit ihm die Festesten meiner Wache, um Alles hierherzubringen: den Mamolino, die Briefe und meinen Hauptmann. Doch nun reite eilig zurück, Giovanni. Eben schlägt die neunte Stunde. Und um elf Uhr erwarten Dich die Deinen."

Maria Salviati erhob sich mit dem Gatten und eilte mit diesem nach kurzen Abschiedsworten von dannen.

———

VII.

Das hohe junge Paar erregte die bewundernde Aufmerksamkeit der toskanischen Hauptstadt, als es in der Richtung des Palastes Rucellai durch die alten Straßen wandelte. Maria Salviati hatte die Rechte leicht auf die gepanzerte Schulter des Gatten gelegt und sprach eifrig zu ihm. Zärtlich-glückliches Augenspiel ging hin und wieder.

„Ueber alle Erwartungen hinaus hat diese Morgenstunde unseren kühnsten Hoffnungen Erfüllung verheißen!" rief Maria jubelnd. „Vor uns liegt nun erreichbar das hohe Ziel. Du kehrst aus dem Kriege heim, Giovanni, aus dem entscheidenden und letzten, welcher Italien von den Fremden frei macht — und auf dem römischen Capitol drückt man Dir den frischen Lorbeer auf die braune Stirn!"

„Dann legt Onkel Giulio die Hand segnend auf unsere Häupter, Maria, und das Volk der ewigen italienischen Hauptstadt hebt unsern Cosimo jubelnd auf Schild und Schultern und jauchzt ihm feurig zu: „Heil, Heil dem jungen König von Italien!"

„Dann werden wir des heutigen Tages gedenken, welcher unser Glück begründete!" fuhr Maria beseligt fort.

Aber plötzlich erschauerte sie wieder. „Nein, Giovanni, nein, wir werden dieses Tages doch immer zugleich mit Gram und Wehmuth gedenken, da derselbe Tag, welcher für uns die rühmliche Bahn frei macht, das Blut edler Jünglinge vergießen wird!"

„Edler Jünglinge!" grollte Giovanni. „Keine Schwachheit, Maria! Sie wollten morden und haben deshalb das Richtschwert verdient, auch wenn sie Prinzen wären! Du zeigst viel Theilnahme für sie, Maria. Und wenn Du etwa hoffst, mir die Namen der Verschworenen zu entlocken, um diese zu warnen und zu retten, so irrst Du Dich!"

„Ich denke nicht daran, Giovanni."

In diesem Augenblicke glaubte Giovanni das Geräusch eines dicht hinter ihm schleichenden Trittes zu vernehmen. Er stieß die Gattin leise mit dem Arm, wandte sich rasch um und prallte mit einem

Menſchen in dürftiger Kleidung zuſammen, von
deſſen Geſicht unter dem breiten heruntergezogenen
Hute kaum das Kinn zu ſehen war. Der Un=
bekannte ſchien betrunken oder ſtellte ſich ſo. Er
murmelte einige unverſtändliche Worte, taumelte
quer über die Straße und verſchwand dann im Ge=
wühl, in der Richtung des Palaſtes der Medici.

„Der gute Onkel hat uns einen ſeiner Späher
nachgeſandt, um unſer Geſpräch zu belauſchen, Maria.
Er bleibt immer derſelbe. Laß Dich's nicht an=
fechten. — Du wirſt mit mir nach San Casciano
reiten, nicht wahr?“ fügte er heiter hinzu, um dem
Geſpräch eine freundlichere Wendung zu geben.

„In das verwunſchene Schloß?“

„Die Ausſicht von dort iſt entzückend, und Nachts
ſchläft ſich's ganz behaglich auf der Streu.“

„Aber unſer armer Kleiner würde dort das
Nöthigſte entbehren. Und außerdem iſt Dein Ritt
ſo eilig, daß ich eher todt als lebendig dort an=
käme, wenn ich Dir zur Seite reiten müßte. Laß
mich das Gepäck heute in Ruhe ordnen. Morgen
komme ich mit Coſimo und Ermina im bequemen
Reiſewagen der Rucellai hinauf, und von dort aus
mögen dann Maulthiere uns und die Sachen über
die Berge in Dein Feldlager tragen.“

„Du haſt Recht, Maria, ich muß unverzüglich abreiten."

Der Palaſt Rucellai war erreicht. Giovanni umarmte die Gattin zum Abſchied, warf ſich auf das bereitgehaltene Roß und jagte davon. —

Nur einen Augenblick ſchaute Maria ſtolz und glücklich dem kühnen Reiter nach — dann ſtürmte ſie ins Haus, als hingen hundert Leben von ihrer Eile ab.

„Ermina!" rief ſie, in ihrem Zimmer angelangt, laut nach der Nebenſtube, aus welcher die fröhliche Stimme ihres Kindes ertönte.

Maria ſelbſt ſank athemlos in einen Stuhl.

Die Verbindungsthür öffnete ſich, und in dieſer erſchien ſtatt der Gerufenen eine Zofe.

„Wo iſt Ermina?" wiederholte Maria un= geduldig.

„Fort, Signorina, nach San Casciano, ihren verwundeten Dittimario zu pflegen."

„Wie erfuhr ſie denn von dieſer Verwundung?"

„Durch einen Boten, welchen der Podeſta von San Casciano ſandte."

„Sie hat Recht, daß ſie ging. Sie war dort nöthiger als hier," erklärte Maria, nach kurzer Ueberlegung, ruhig. — „Und ſo treu ſie iſt, ſo thue

ich doch beffer ohne Zeugen, was ich thun muß,"
dachte sie weiter. Dann befahl sie der Zofe: „Ver=
richte Du den Auftrag, Fiametta, welchen ich der Er=
mina geben wollte, — hole mir sofort den alten
Battista hierher, und dann melde mich bei meinem
Vetter, Herrn Cosimino Rucellai. Sage ihm, ich
müffe ihn sogleich sprechen, gleichviel ob der arme
Gelähmte noch zu Bett, im Stuhl oder auf der
Sänfte liege — meine Meldung dulde keine Ver=
zögerung, und der gnädige Herr möge daher ins=
besondere keine Zeit damit verlieren, schöne Kleider
sich anlegen und die Locken sich kräuseln zu laffen,
ehe er mich empfängt."

„Die Principessa soll zufrieden mit mir sein,"
versetzte Fiametta und schoß hinaus.

„Was sie mit dem alten Battista spricht, kann
nicht so wichtig sein, denn verliebte Abenteuer hat
die Signorina merkwürdiger Weise gar nicht," über=
legte das Zöfchen unterwegs, „gleichwohl hätte ich
auch gern gewußt, was sie dem alten Esel zu sagen
hat. Aber wichtiger ist jedenfalls, was sie dem
Herrn „Vetter", meinem gnädigen Herrn, mittheilen
will. Das mit anzuhören, wird sich schon ein Vor=
wand finden. Denn Girillo ist auch ein Freund
erlauschter Geheimnisse und nicht minder ein Freund

Fiamettas. Er wird ein Plätzchen im Nebenzimmer
für mich haben."

Nun hatte sie den Alten erreicht.

„Battista, Ehrwürdigster, Du sollst sogleich zu
Madonna Maria Salviati kommen, hörst Du? Aber
schleunigst, Väterchen! Sieh mal, wie man springen
muß, wenn man etwas eilig und schleunig thut."

Damit hob sie den Saum ihres Kleides ein
wenig und flog über den Marmorboden gegen die
Flucht von Zimmern zu, welche der gelähmte Cosimino Rucellai bewohnte.

„Gänse können natürlich fliegen, und je wilder
sie sind, um so besser," rief der Alte ihr ärgerlich
nach. „Du fehltest gerade noch, um dem alten Battista Eile im Dienst zu lehren."

Die Signorina Salviati traf der Alte in Gesellschaft ihres Knäbleins, welches ein Geschichtchen
von der Mutter begehrt hatte, und Battista richtete
sich darauf ein, wie üblich, ruhig an der Thür zu
warten, bis das Märlein zu Ende wäre. Aber
mitten im schönsten Zauberwald wurde der Kleine
diesmal stehen gelassen, und erregt flog die hohe
Frau auf den Alten zu und flüsterte ihm ins Ohr:
„Laufe, so schnell Du kannst, zu Biagio Buonaccorsi,
den vormaligen Secretär des Rathes, damals,

weißt Du, als Messer Niccolo Machiavelli Kanzler
war —"

„Schöne Zeiten!" seufzte der Alte. „Für immer
dahin! Ich kannte den Messer Buonaccorsi gar
wohl, Madonna —"

„Schon recht, mein Guter, um so besser, nimm
ein paar Bücher mit, einen Haufen Bücher —"

„Welche Bücher, Signo —"

„Gleichviel welche, einen Haufen, nur zum
Schein, als gingest Du deshalb zu ihm. Denn es
ist möglich, ja wahrscheinlich, daß man Dich beob=
achtet, sobald Du dieses Haus verläßt, und daß man
Dir folgt, bis Du bei Buonaccorsi eintrittst. Aber
rede mit Niemandem unterwegs, wer es auch sei,
und sage dem Messer Biagio: Er solle aus seinem
Hause fahren wie ein Schuß und er dürfe nicht auf=
athmen, noch niedersitzen, nicht trinken noch essen,
bis er allen Besuchern der Orti Oricellarii zu=
geflüstert habe: ‚sie müßten sogleich fliehen, weit von
Florenz, wenn ihnen ihr Leben lieb ist. Sonst sind
sie morgen früh enthauptet — Alle.'"

Diese Worte waren so leise geflüstert, daß kein
Lauscher sie vernommen hätte — zumal da der kleine
Principe laut und ungebärdig verlangte, aus seinem
Märchenwald wieder hinausgeführt zu werden.

Der treue Alte war vor Schreck ganz bleich ge=
worden. „Mein Gott," rief er — „das ist ja ent=
setzlich! Ein Haufen Bücher — nur zum Schein —
unterwegs mit Niemandem reden — nicht aufath=
men, nicht niedersitzen — sie müßten sogleich fliehen,
wenn ihnen ihr Leben lieb ist — sonst sind sie
morgen früh enthauptet — Alle!"

„Ganz richtig, so ist es, Du hast Dir's sehr
gut gemerkt, mein Battista — so, nun schweige und
eile wie der Wind — denke daran, daß von der
Schnelle Deiner Sohlen das Leben vieler Edeln ab=
hängt. Die Bücher könnte ich Dir selbst mitgeben!"
fügte sie hinzu, in einen anstoßenden Raum eilend.
„Hier, eine ganze Traglast Bücher — und nun hin=
weg!"

„Hinweg — Abio, Signora — sonst sind sie
morgen früh enthauptet, Alle!"

Obwohl auch der Alte diese Worte fast unhör=
bar flüsterte, raunte ihm Maria doch noch leiser
zu: „Nun schweige ganz, Battista, und laufe —
lauf'!" —

Die Warnung, vorsichtig zu schweigen, war nicht
unnütz, denn eben als die vornehme Frau selbst dem
Alten die Thür öffnete, weil dieser mit beiden Ar=
men den Stoß Folianten umschlang, erschien von der

Treppe her im Vorzimmer die schlanke, feine Gestalt
Gibertis.

Battista schien zu zaudern, ob er die Signorina
mit dem ihm fremden Herrn allein lassen solle; aber
Maria winkte ihn hinweg mit den Worten: „Trage
nur die Bücher fort, Alter, dieser Herr ist mir wohl=
bekannt und willkommen."

Ihr Antlitz freilich verrieth nichts von dem,
was ihr Mund versicherte. Denn es war beim ersten
plötzlichen Anblick Gibertis erbleicht und gleich darauf
erglüht.

Auch dem Vertrauten Herrn Giulios mochte das
nicht entgangen sein, denn er sagte, sobald Battista
verschwunden war, mit tiefer Verbeugung: „Ich bitte
um Vergebung, Madonna, wenn ich unerwartet ein=
trete. Aber das Gebot meines gnädigen Herrn
sendet mich eiligst hierher zu Euch. Er vergaß näm=
lich vorhin, unter dem tiefen Eindruck der ernsten Ge=
spräche, welche Ihr führtet, Euch einen Beweis seiner
dankbaren Huld zu geben, und sandte mich sogleich
ab, das Versäumte nachzuholen. Darf ich vielleicht
die Gabe auf jenen Tisch stellen?" Dabei deutete
die Rechte Gibertis durch die offene Thür in das
Gemach Marias.

„Gewiß, Messer — entschuldigt, daß ich Euch

noch nicht in das Zimmer führte, Euch noch keinen
Stuhl bot" — sie that Beides und rief dabei hastig
und verwirrt: „Mein Onkel ist viel zu gnädig gegen
mich. Giovanni und ich erfüllten ihm doch nur die
Pflicht von Blutsverwandten!"

Giberto hatte inzwischen die Hülle von dem
Gegenstande abgestreift, welchen er hereingetragen
hatte, und diesen auf den Tisch gestellt. Ein
Kästchen von edlem Metall kam zum Vorschein,
welches der Vertreter des Cardinals nun öffnete.

Der wunderbarste Perlen- und Goldschmuck —
alte, fast hundertjährige Arbeit von edelster Feinheit — strahlte der erstaunten Maria daraus entgegen, und auch der kleine Cosimo, welcher auf einen
Stuhl geklettert war, schaute vergnügt auf die glänzenden Kostbarkeiten. Die Mutter zog ihn auf den
Schoß und ließ die Herrlichkeiten einzeln vor ihm
in der Sonne spielen.

„Das ist ein königlicher Schmuck, Messer," rief
Maria entzückt.

„Gerade gut genug für die schönste und edelste
Frau Italiens!" versicherte Giberti warm.

„Doch schon sein Werth allein ist so groß, daß
ich — auch wenn die fürstliche Gabe aus der Hand
meines Oheims kommt — erst meinen Herrn Ge-

mahl um Zuſtimmung fragen muß, ehe ich die
Ketten und Spangen des Herrn Cardinals tragen
darf," verſetzte Maria zögernd.

„Madonna wird dies nicht für nöthig halten,
wenn ſie die Huld hat, anzuhören, was Seine Eminenz durch mich ausrichten läßt. ‚Für eine Mediceerin,‘ ſagte Herr Giulio, ‚kommt der Gold-,
Juwelen- und Kunſtwerth dieſes Schmuckes über-
haupt nicht in Betracht.‘"

„Nicht alle Glieder des Geſchlechtes können ſo
geringſchätzig von dem gleißenden Metall denken,
welches die Welt beherrſcht."

„So verſtand Euer Herr Oheim ſeine Worte
auch nicht, Madonna. Denn er ſprach nicht bloß
vom Werthe des Goldes und der Juwelen, ſondern
auch vom Kunſtwerth. Dieſen aber wird gewiß
keine Mediceerin geringſchätzen."

„Auch der Kunſtwerth läßt ſich in Geld ſchätzen,"
erwiderte Maria hartnäckig.

„Gewiß, Madonna, und der Kunſtwerth mag
in dieſem Falle noch bedeutender ſein, als der Werth
der Perlen, der Steine, des Goldes. Denn der un-
ſterbliche ältere Giberti, Lorenzo, der Goldſchmied,
Erzgießer und Bildhauer, hat mit dieſem Schmucke
und den reizvollen Erzfeldern dieſes Käſtchens einen

Theil seines Weltruhms begründet. Aber dennoch
ist das Wort Eures Onkels wahr, wenn Ihr's rich=
tig versteht. Denn er will nur sagen: jeder Maßstab
gewöhnlicher menschlicher und künstlerischer Schätzung
des Werthes dieser Schmucksachen tritt für eine
Tochter Eures erlauchten Hauses zurück, weit zurück
vor dem Liebeswerth — dem pretium affectionis,
wie die Römer sagten, welchen dieses Geschmeide für
Euch haben muß. Denn es ward einst gefertigt für
die Gattin des großen Cosimo, von welchem Ihr
stammt, und ward seither immer nur getragen von
der Gattin des jeweilig herrschenden Fürsten des
Hauses Medici. Solch' ein Geschenk, ehrwürdig
durch die ihm anhaftenden theuren Erinnerungen,
und fast noch bedeutsamer als Symbol der Hoheits=
rechte Eures Hauses, dürft und werdet Ihr nicht
ausschlagen, Madonna. Sondern Ihr werdet viel=
mehr geneigt sein, daran zu erkennen, wie hochsinnig
Euer Ohm das Gelübde zu lösen gedenkt, welches er
vorhin Eurem edeln Gatten gab, und wie groß er
von Euch selbst denkt.“

Die Kinderhand des kleinen Principe hatte sich
unter diesen Worten in die Perlenschnur verwickelt
— welche nach der Versicherung Gibertis das Sym=
bol der Hoheitsrechte des Hauses Medici verkör=

perte —, und drohte dieses Symbol zu zerreißen.
Während die Mutter die Hand ihres Kindes aus der
köstlichen Verstrickung löste und die Unversehrtheit des
gerühmten Symbolums dadurch rettete, erschien ihr
auch dieser zufällige Vorgang von symbolischer Be=
deutung.

„Der Cardinal hoffte durch diese Gabe Deine
mitleidige Seele zu bestricken — mindestens durch
den Glanz des ehrwürdigen Geschmeides Dich zu
fesseln in den Minuten, welche für das Schicksal der
unglücklichen Jünglinge entscheidend sein mögen. Aber,
so Gott will, kommst Du zu spät, Oheim!"

Das Lächeln der schönen Frau bei diesen ge=
heimen Gedanken faßte Giberti als Beweis, daß auch
Maria Salviati eine echte Evatochter sei, und den
Reizen dieses Schmuckes nicht widerstehen könne.
Und ebenso deutete er weiter ihre Antwort auf seine
schöne Rede.

„Ihr habt Recht, Messer! Unter solchen Um=
ständen wäre es nahezu ein Frevel, das Geschmeide
auszuschlagen, auch es nur mit Vorbehalt anzuneh=
men. Ueberbringt dem theuren Geber einstweilen
meinen innigen Dank. Ich werde diesen noch per=
sönlich aussprechen, ehe ich reise."

„Die Signorina gedenkt zu reisen?"

„Ja, morgen."

„So ließt Ihr den erlauchten Gemahl allein nach San Casciano zurückreiten?"

„Allerdings. Sein Ritt hatte, wie Ihr wißt, die größte Eile."

„So würde ich Herrn Giulio vielleicht zugleich die freudige Nachricht überbringen können, daß Ihr und Euer prächtiger Principe ihm zum Frühstück und Mittagessen Gesellschaft leisten werdet, Madonna?"

„Zu gern möchten sie Dich sogleich und den Tag über unter Augen haben, Maria!" überlegte sie und entgegnete: „Meldet meinem Ohm auch für diese gütige Aufmerksamkeit verbindlichen Dank. Aber ich bedürfe aller heutigen Tagesstunden, um die morgige Abreise zu rüsten. Denn ich muß heute meine eigene Dienerin sein, da die treffliche Ermina nach San Casciano geeilt ist, um ihren verwundeten Dittimario zu pflegen."

„Seine Eminenz wird sogleich einige seiner Diener senden, um der Signorina behülflich zu sein —"

„Seiner Spione, meint Ihr," dachte Maria. „O, an Dienern fehlt es nicht im Hause Rucellai, Messer," versetzte sie laut. „Aber Kind, Gepäck,

Einkäufe muß ich allein und gleichzeitig überwachen. Das kann Niemand für mich thun, da die Ermina fort ist, wie ich schon sagte."

In diesem Augenblicke schob Fiametta den dunklen Krauskopf durch die Thürspalte und blieb mit sprach= losem Erstaunen und offenem Munde stehen, als sie gewahrte, daß die Signorina inzwischen den Besuch eines vornehmen Herrn in guten Jahren und ein prachtvolles Geschenk erhalten habe.

„Caspita!" murmelte die Zofe ärgerlich. „Da wäre ich doch besser hier vorn geblieben, als im Seitenflügel auf Girillos Possen und Zärtlichkeiten zu lauschen. Nun soll Eins noch einer vornehmen Frau in Florenz trauen! Aber meine Zunge soll nicht rasten, bis die ganze Stadt weiß, was ich hier geschaut habe!"

Und als sie der Herrin Auge fragend auf sich gerichtet sah, sagte sie dreist: „Die Signorina möge die unwillkommene Störung verzeihen, aber Herr Cosimino Rucellai wartet schon die längste Zeit auf die Gnädige."

„Du brauchtest nur zu erscheinen, Fiametta, um mich an die Seite des Vetters zu rufen, statt dessen aber schwatztest Du wahrscheinlich wieder mit Girillo," versetzte Maria kühl und vornehm. „Ihr hörtet, was

sie sagte, Messer Giberti. Ich werde von meinem
gütigen Wirth erwartet. So grüßt also meinen
Onkel, den Cardinal, entschuldigt mein Ausbleiben,
und dankt ihm für sein köstliches Geschenk. Gegen
Abend werde ich selbst erscheinen."

Giberti empfahl sich.

Fiametta stand noch verdutzter bei diesem ein=
fach harmlosen Ende des beargwöhnten Stelldicheins,
als bei ihrem Eintritt. Ihre Zunge war wieder
einmal um den dankbarsten Stoff betrogen.

Dem harrenden Vetter vertraute Maria in lei=
sem Geflüster, welcher furchtbare Verdacht und welche
Todesnoth auf den Jünglingen laste, welche bis da=
hin die Gärten des Hauses Rucellai allabendlich
besucht hatten. Sie gab ihm Kenntniß von ihrer
Botschaft an Buonaccorsi und beschwor den Vetter,
den Verschworenen Geldmittel zur Flucht zu senden.

Cosimino's edler Sinn war sofort dazu bereit.
Unauffällig trug eine Zofe des Hauses Rucellai gleich
darauf eine goldgestickte Börse der Frau des Zanobi
Buondelmonti zu, des einzigen Verheiratheten unter
den Jünglingen.

Eine Stunde später trat der treue Buonaccorsi
durch eine Hinterthüre ein und gab Bericht. Er
hatte nach Empfang der Botschaft des alten Battista

alsbald das Haus verlassen. Aber schon alle Späher des Cardinals und alle Reiter des Rathes hatte er an ihrer blutigen Spürarbeit gesehen. Gleichwohl war ihm geglückt, dem in die Verschwörung muth= maßlich am tiefsten verwickelten Dichter Luigi Ala= manni, welcher sich gerade auf dem Lande aufhielt, einen warnenden Boten zu senden. Dieser hatte die erwünschte Nachricht zurückgebracht, der Verfehmte sei sofort nach Empfang des Winkes zu seinem Freunde Ludovico Ariosto nach Garfagnana ent= flohen. Ebenso erfolgreich hatte Buonaccorsi zwei Andere gewarnt, den Filippo de'Nerli und den Za= nobi Buondelmonti. Diese schlenderten arglos durch eine Seitengasse der Stadt, als der ehemalige Se= cretär der Acht ihnen zuraunte, daß Alles entdeckt sei. Sie traten unbemerkt bei Frau Buondelmonti ein, um sich zu verstecken. Aber die kluge Frau traute der Sicherheit ihres Hauses heute nicht. Zum Glück hatte sie soeben Rucellais reiche Gabe erhal= ten, und diese verhalf ihren beiden Schützlingen zur Flucht.

Das waren glückliche Berichte. Aber die düste= ren folgten. Zwei der Jünglinge: den Jacopo da Diacceto und den Luigi di Tommaso Alamanni, den Vetter des entflohenen Dichters, hatte Buonaccorsi gefangen einbringen sehen. Ihr Schicksal konnte nicht zweifelhaft sein, wenn der von Marias Gatten festgehaltene Mamolino die Unglücklichen irgend belastete, sobald er nach Florenz geführt wurde. Und wenn er oder die Gefangenen leugnen wollten, so sorgte die Folter für die unumwundensten Geständnisse!

———

VIII.

Im Palaste des Cardinals Giulio herrschte inzwischen nicht geringere Aufregung, vielmehr noch lebhafteres Kommen und Gehen von Boten, als im Hause Rucellai.

Herr Giulio hatte mit scheinbarem Wohlgefallen den Bericht Gibertis vernommen, daß Frau Maria Salviati keinerlei Theilnahme und Fürsorge für die Verschworenen verrathen habe. Trotz dieser erfreulichen Nachricht aber blieb die Stirn des Cardinals in düsteren Falten. Nach dem Frühstück überließ er dem Vertrauten Giberti die Unterhaltung seines Gastes Machiavelli und zog sich unter dem Vorgeben eines Unwohlseins zurück.

Giberti und der Kanzler glaubten den Sitz dieses Unwohlseins zu erkennen: das von Aufregung und unbefriedigtem Rachedurst kranke Herz des Gewaltigen. Und eben so klar war Beiden der wirk-

liche Beweggrund seines Verschwindens: er wollte
dem Gaste den Anblick und die Namen der Ver=
trauten verborgen halten, welche ihm in Florenz
heimliche Dienste leisteten.

Aber auch zur Zeit der Mittagstafel war die
Stimmung Herrn Giulios nicht besser geworden.
Denn von allen Verdächtigen waren bis dahin nur
die Beiden verhaftet, welche Buonaccorsi bereits
am Morgen gefangen hatte einbringen sehen. Alle
Uebrigen waren unbegreiflicher Weise entflohen. Und
gegen die beiden Gefangenen konnte eine bestimmte
Anklage erst erhoben werden, wenn Mamolino
von San Casciano her gefesselt eingeliefert war,
und wenn der Cardinal die diesem Gefangenen
abgenommenen Briefe im eigenen Gewahrsam
hatte.

„Seltsamer Weise jedoch zögert Giovanni bis
jetzt mit der Erfüllung dieses Versprechens!“ rief
Giulio ungeduldig, obwohl ich ihm die besten Mannen
meiner deutschen Wache schickte, und diese, sammt
meinem zu Dittimarios Beistand entsendeten Arzt,
seit einer Stunde zurück sein könnten.“

„Der deutsche Hauptmann hatte, wie ich Dir
bereits sagte, den besten Arzt schon zur Stelle,
lange ehe Du den Deinen sandtest, Giulio,“ bemerkte

Giberti heiter, indem er eine saftige Feige zum Nachtisch verspeiste — „seine Ermina.“

„Wahrhaftig? Ist sie zu ihm in das öde Schloß gestiegen?“ rief Machiavelli launig. „Sie ist treu wie Gold und ginge ins Fegefeuer für Diejenigen, welche sie liebt.“

Starke Tritte dröhnten auf dem Marmorboden des Vorzimmers, Waffengerassel mischte sich drein, und fröhlich rief der Cardinal: „Ah, da sind meine Wachen zurück! Und der verruchte Mamolino sitzt zur Stunde jedenfalls schon im Kerker, welchen er nur mit dem Schaffote vertauschen wird!“

Die Thür des Speisesaales öffnete sich, und in derselben erschien ein einzelner Reisiger, das schmucke Gewand mit getrocknetem Blute befleckt, ein Pflaster über der Stirn und dem linken Auge, ein paar frische Schrammen auf der Wange, die linke Hand verbunden, sonst aber unversehrt.

„Dittimario!“ riefen die drei Tafelgenossen gleichzeitig bei seinem unerwarteten Eintritt.

„Mein Tapferer! Du hast Dich selbst an die Spitze meiner Wachen gesetzt, um den Verbrecher hierher zu führen, dem Du auflauertest?“ fügte der Cardinal freundlich hinzu. „Du erscheinst hier, um mir diese willkommene Botschaft zugleich mit dem

freudigen Anblick Deines Wohlbefindens zu Theil
werden zu laſſen?"

"Nein, Eminenz," verſetzte Dittmar finſter.

"‚Nein‘, ſagſt Du? Was willſt Du verneinen?
Dein Wohlbefinden, wie mir ſcheint. Denn Du biſt
bleich und zitterſt ein wenig — eine natürliche Folge
des Blutverluſtes, mein Sohn. Setze Dich und
trinke ein Glas Lacrymae mit uns. Aber den Ma=
molino habt Ihr Deutſchen doch zweifellos hierher
gebracht?"

"Nein, Eminenz!" wiederholte Dittmar ſcharf,
ohne ſich von der Stelle zu rühren.

"Caspito! Dann möchte ich wohl wiſſen, welcher
Anlaß mir das Vergnügen verſchafft, Dich hier zu
ſehen?" fuhr der Cardinal auf.

"Dieſes Vergnügen dankt Ihr meinem Wunſche,
Genugthuung und Recht von Euch zu fordern," rief
Dittmar herb.

"Genugthuung und Recht? Gegen wen?"

"Ich hoffe, Eure Eminenz macht die Gewährung
meines Verlangens nicht von den Namen derjenigen
Menſchen abhängig, gegen welche Genugthuung und
Recht gefordert wird — ſondern wird die Strenge
des Geſetzes üben gegen Jedermann!"

"Ich erbitte mir, Dittimario, daß Du meine

Worte nicht anders deutest als sie lauten!" rief der Cardinal, scharf verweisend. „Wenn Du mich um Genugthuung und Recht anrufst, muß ich doch wissen, gegen wen? Denn nur so kann ich erkennen, ob der Verklagte im Bereiche meiner geringen Macht sich befindet."

„O, daran fehlt es nicht, Eminenz."

„Nun, so sage uns endlich, um was es sich handelt. Wir haben noch Anderes zu thun."

„Das kann ich mir wohl denken!" rief Dittmar bitter lachend. „Aber ich werde Euch mit meinen Kleinigkeiten nicht lange aufhalten, Herr. Denn Landfriedensbruch und Menschenraub gehören ja doch wohl zu den Kleinigkeiten in diesem gesegneten Lande? Nicht wahr?"

Die drei italischen Männer warfen sich und dem Deutschen bei diesen Worten besorgte Blicke zu, und der Cardinal fragte forschend: „Die Leute der schwarzen Bande schlugen Dich wohl heftig auf den Kopf gestern Abend?"

„Allerdings, Eminenz. Aber beruhigt Euch. Der liebe Gott setzte mir den Verstand unter ein dichtes und hartes Dach, so daß ich zur Stunde, trotz der Hiebe der Bande, noch Gutes und Böses, Schwarz und Weiß, Richter und Räuber und deren

Helfershelfer unterscheiden kann! Eben deshalb komme ich hierher — um Eure Eminenz zu fragen: in welcher Weise sie die mir widerfahrene Gewaltthat zu rächen gedenkt?"

„Die Sache hat zwei Seiten, Dittimario. Denn auch Du schlugst Jene und warfest drei der Ihrigen nieder."

„In lauterer Nothwehr, Herr, und in Eurem Dienst obendrein," rief Dittmar aufbrausend.

„Gut, die Sache soll streng untersucht werden — aber denke auch daran: das Schwert der Justitia ist eine zweischneidige Waffe."

Dittmar hatte ein Wort voll zornigen Hohnes auf den Lippen. Er wollte entgegnen: „Er habe die Redeweise und das Schwert der Dame Justitia von Florenz nun sattsam kennen gelernt und gefunden, daß ihr Versprechen: „die Sache streng zu untersuchen" jedesmal darauf hinauslaufe, einen Schurken entwischen zu lassen, während dessen Strafe gewiß sei, wenn die Justitia schweigend ans Werk gehe." Aber Dittmar würgte die verletzenden Worte hinunter, ohne sie auszusprechen.

Der Cardinal beobachtete den inneren Kampf seines Hauptmannes und deutete dessen Gedanken dahin: der Deutsche entsinne sich wieder der Pflicht

des Gehorsams und der Zucht, nachdem ihn der
Grimm über eine erlittene Unbill übermannt hatte.
So sagte er denn im Tone bestimmter Erwar=
tung:

„Du bist befriedigt, Dittimario, nicht wahr?"

„In diesem Punkte ja, Eminenz. In einem
zweiten, weit wichtigeren, kann ich mich jedoch nicht
an den Tisch des Rathes der Acht weisen lassen,
Herr, sondern muß, wie Ihr erkennen werdet, um
unmittelbare Hülfe Eurer Herrlichkeit bitten, damit
das Schlimmste verhütet wird."

Die Blässe in Dittmars Antlitz war bei diesen
Worten einer fliegenden Röthe gewichen. Und auch
der Ton seiner Stimme war dabei ein durchaus
anderer geworden. Vorher hatte höhnischer Trotz
und bitterer Zorn aus ihm geredet. Jetzt ließ sich
der Klang des Edelmetalls eines im Innersten be=
wegten Herzens und Gemüthes vernehmen. Der
Cardinal kannte diesen Klang sehr wohl und hörte
ihn gern. Denn dieser tiefe, warme Ton erinnerte
den Herrn an die besten Eigenschaften und Thaten
des trefflichen Dieners. Zugleich aber verrieth dieser
Klang den außerordentlichen Ernst des Ereignisses,
auf welches Dittmar anspielte.

„Du erschreckst mich, Dittimario, mit Deinen

dunklen Worten," rief Giulio gütig. Was hat es gegeben? Rede!"

„Ihr wißt wohl, Herr, daß meine Braut Hermina am heutigen Morgen in das verlassene Schloß über San Casciano kam, in welchem die schwarze Bande seit gestern Nacht ihr Wesen treibt?"

„Ich weiß es, Dittimario. Sie ging hinauf, um Dich zu pflegen."

„Sie machte mich gesund, Herr. Als ich sie sah, waren Schmerz und Schwäche abgethan, obwohl mich der Roßarzt des Bergnestes mit seinen Pferde= curen arg heruntergebracht hatte. Denn er hatte mir, unter dem Vorwand mir die Hitze zu ver= treiben, bei einigen Aderlässen noch vollends das bischen Blut abgezapft, welches mir die schwarzen Strolche Eures Herrn Neffen übrig gelassen hatten. Er hatte mir durch seine Pillen die Eingeweide um= gewendet und war bereits auf den großen Gedanken verfallen, die Geschwulst meines linken Auges in derselben Weise zu behandeln, wie der Leibarzt des deutschen Königs Albrecht von Habsburg vor zwei Jahrhunderten seinen Herrn, indem er mich an einem Bein aufhinge, den Kopf nach unten."

Die drei Tafelgenossen lachten laut.

„Wie schlug die Cur bei dem deutschen König an, Dittimario?" fragte der Cardinal.

„Er verlor wohl nur ein Auge dabei, sein Leben jedenfalls erst später, nicht durch seinen Arzt, sondern durch seinen Neffen Johann von Schwaben," versetzte Dittmar mit unerschütterlichem Ernst. „Ich aber spottete der Erneuerung dieser Wundercur, sobald Hermina im Schlosse einzog. Ich sagte ihr, ich fühle mich stark genug, heim zu reiten. Und wir kamen überein, den Weg gemeinsam im Schritt zurückzulegen, in zwei Abschnitten. Im Arbergaccio des Messer Machiavelli wollten wir Halt machen.

„In diesem Augenblick trat plötzlich Euer Neffe, Herr Giovanni Medici, in mein Zimmer, Eminenz. Er sagte mir, er sei im schärfsten Trabe von Florenz hier herauf geritten, und sein erster Schritt sei an mein Lager, um nach meinem Befinden zu fragen. Er brachte mir Grüße von Euch und die Botschaft, Ihr würdet die Gnade haben, mir Euren Leibarzt zu senden.

„Während er diese Worte zu mir sprach, wanderte sein Auge häufig von mir weg und ruhte mit unheimlicher Glut auf der Jungfrau, welche mir verlobt ist und sich bei seinem Eintritt an das Fenster zurückgezogen hatte und in den Hof hinab=

blickte. Da ich in Italien lebe, und daher auch des höchstbestimmten Gerüchtes theilhaftig geworden bin, welches Euren Herrn Neffen, mit Verlaub, als einen schamlosen Wüstling bezeichnet, so empfand ich die Glutblicke, welche er meiner Braut zuwarf, als schwere Beleidigung für sie und für mich, und antwortete auf seine vielen süßen Worte kurz: ‚Ich danke für Eure Nachfrage, Herr, ich bin genesen. Ich werde auch des Arztes Eures Herrn Oheims nicht mehr bedürfen. Ich war eben im Begriff, mich reisefertig zu machen.'

„Das ist Euer Ernst nicht, Capitano; jede zu frühe Anstrengung kann Euer Leben gefährden!' rief er lebhaft. ‚Mein Oheim wünscht, daß Ihr Euch völlig erholt. Nur so ist mir möglich, durch meine Fürsorge einen Theil des Unrechtes gut zu machen, welches meine hitzigen Jungen an Euch begingen und für das sie noch büßen sollen. Mein Oheim bedarf Eurer zudem für heute und morgen gar nicht. Deshalb sendet er seinen Arzt allein, keine Krankenträger, und seine besten deutschen Wachen nur, um den Verräther Mamolino, nicht um Euch hier abzuholen. Uebrigens, Capitano, scheint mir die rasche Besserung in Eurem Befinden kein Wunder — wenn man eine solche liebe Pflegerin hat, wie

Ihr? Das schöne Kind ist Eure Braut, wie man mir sagte?‘

„‚Ach, Du liebe Einfalt!‘ dachte ich, mit Verlaub, von Eurem Herrn Neffen. ‚Du bist wohl lange nicht in Florenz gewesen. Denn dort lügen sie bedeutend besser als Du. Nur Carpi ist ihnen über. Dein erster Schritt in dieses Gemach galt nicht Deinem verwundeten Gast, sondern dem Anblick seiner Braut, von deren Schönheit schon Deine schwarzen Kerle geblendet waren. Und Erminas wegen möchtest Du mich hier festhalten, um irgend einen Teufelsstreich gegen sie zu spielen. Mich könnte der Roßarzt unterdessen an den Beinen aufhängen. Nein, mein Herr Giovanni, Dein Streich soll Dir nicht gelingen!‘ So dachte ich mir.

„Hermina hatte bei seinen Worten ihr volles Antlitz, von Roth übergossen, mir zugewendet. Sie kannte den übeln Ruf Eures Herrn Neffen aus dem Munde ihrer edeln Herrin, der Frau Maria Salviati, und ahnte ebenso wenig Gutes hinter seinen glatten Worten als ich. Denn sie blickte bald mich flehentlich an, bald wieder in die blaue Ferne aus dem Fenster, als wolle sie sagen: bleibe fest, nimm Deine Kraft zusammen, zieh mit mir von hinnen.

„‚Ihr wurdet recht berichtet, Herr,‘ antwortete

ich ihm. ‚Die Jungfrau ist mir versprochen. Euer
Oheim hat sie ausgestattet, Messer Machiavelli hat
sie erzogen. Sie ist aus gutem Hause und wird
mir angetraut, so bald der neue Bußprediger der
Wollweberzunft, der Patronin von San Maria del
Fiore, mein Freund Fra Rovaio, von Florenz ein=
trifft. Er ist schon unterwegs.‘"

„Von dieser Absicht meines Hauptmanns Ditti=
mario weiß ich selbst ja noch gar nichts. Zu ihrer
Ausführung gehört nicht nur der Segen des Mön=
ches, auch meine Zustimmung!" rief Cardinal Giulio
launig.

„Ich rede nicht von meinen Absichten, sondern
nur von dem, was ich Eurem Herrn Neffen ant=
wortete," versetzte Dittmar schlagfertig. „Und ich
fügte hinzu: ‚Dieses Haus ist kein Aufenthalt für
meine Braut, denn es birgt nur Männer, außer
einem einzigen Weibe, das übel zu ihr paßt.‘ Ich
meinte die Dirne, die freche spanische Zigeunerin,
welche Euer Herr Neffe ins Schloß mitnahm; sie
hatte vergebens schön mit mir gethan, während er
in Florenz war.

„Er verstand mich auch wohl, denn er runzelte
die Stirn und schoß einige Glutblicke auf mich ab.
Ich aber fuhr gelassen fort: ‚Wenn ich also nicht

ohnehin genug Kraft besäße, um mit meiner Ermina
sofort nach Florenz zurückzukehren, so würde ich
mir diese Kraft ertrotzen und zusammenbeißen, Herr
Giovanni, um ihr beizustehen, wie sie mir beigestan=
den hat.'

„Seine düstern Augen gingen einige Secunden
lang, bald grimmig, bald lüstern hin und her, je
nachdem sie mir oder Hermina galten. Dann rief
er plötzlich: ‚Ihr habt recht. Macht Euch fertig.
Während Ihr Euch ankleidet, wird Eure Braut die
geringe Gesellschaft der Zingara sich gefallen lassen.
Ich aber werde dem Schurken Mamolino empfehlen,
sich bereit zu halten, in die Hände der Vergeltung
überzugehen und mit seinem verbrauchten Leben ab=
zuschließen!'

„Er rief der Zingara, und als sie erschien,
reichte er mir die Hand, verbeugte sich vor Hermina
und schritt hinaus. Als seine Schritte verhallt waren,
entschwebten die Weiber, und ich kleidete mich an, so
gut es mit einem Arme und bei meiner Schwäche
anging.“

„Du solltest sitzen und trinken, Dittimario,“
mahnte der Cardinal. „Ich sagte es schon einmal.“

Der Hauptmann war wieder erheblich blässer
geworden, und seine Hand zuckte. Er mochte jetzt

selbst einsehen, daß er seine Kräfte überschätzt habe;
er gehorchte der dringenden Aufforderung des Herrn,
ließ sich nieder und that einen tiefen Zug aus dem
feurigen Trank, welchen der Cardinal aufgestellt
hatte.

Dann fuhr er fort: „Als ich angekleidet war,
rief ich nach Hermina. Keine Antwort. In den
Nebenzimmern, welche ich öffnete, kein Laut, keine
Seele. Ich schritt vorsichtig die Treppe hinab in
den Hof.

„Die schwarze Bande, welche am Abend zuvor
durch Uebermacht mich gefällt hatte, war vollzählig
versammelt und betrachtete offenbar behaglich die
Spuren ihrer Gewaltthaten an meinem Leibe, be-
handelte mich aber, vielleicht auf besonderen Befehl
Eures Neffen, und vielleicht auch in frischer Erinnerung meiner Hiebe, höflich und aufmerksam. Ein
halbes Dutzend der Strolche führte mir mein Roß
gesattelt und gezäumt vor; es wieherte fröhlich, als
es mich wiedersah. Eben so viele halfen mir in den
Sattel und schickten sich an, mich und das Thier vor
den Schloßhof zu begleiten.

„Ich aber zog den Zügel an und fragte: ‚Wo
ist die blonde Signora, welche heute hierher kam?‘

„Die Mehrzahl der Schwarzen schüttelte die

wilden Köpfe, als wüßten sie's nicht. Einige beson=
ders Verschlagene aber erklärten dreist: ,die blonde
Schöne ging schon vor einer Weile mit der Zingara
die Straße gen Florenz voraus, um Euch zu er=
warten, Capitano.'

„Daß Ermina freiwillig die Dirne Eures
Neffen sich zur Begleitung erwählt haben sollte,
erschien mir unglaubhaft. Dagegen konnte das ge=
schmeidige Wesen sich ihr aufgedrängt haben, wenn
Ermina wirklich nach dem Arbergaccio vorausge=
eilt war.

„Ich gab dem Rößlein also die Sporen und
jagte, noch etwas wirr im Haupt und schwank im
Sattel, die Strada Romana abwärts, dem Arber=
gaccio zu. Nirgends aber gewahrte ich etwas von
Ermina und von ihrer angeblichen Begleiterin. Auch
im Arbergaccio wußte man nichts von ihr.

„Nun ritt ich sofort, höchlich ergrimmt über den
mir gespielten Betrug, in scharfem Trab wieder
nach San Casciano zur Schloßhöhe zurück. Ich
fand das Thor geschlossen. In den schwarzen
Strolchen Eures Herrn Neffen hielt der Teufel
Kirchweih, als sie mich durch die Thorfensterchen
wiedersahen.

„,Ei, ist Eure Excellenza schon wieder zurück?'

fragten sie höhnisch. ‚Excellenza haben gewiß etwas
zu vergessen geruht? Können wir's vielleicht durch
das Thorfenster reichen? Denn Euch selbst herein-
zulassen, haben wir keinen Befehl.‘

„Dem Vordersten der Spötter, welcher mir dabei
die Zunge durch die Oeffnung entgegenstreckte, schleuderte ich, nach der in Italien erlernten Kunst,
aus der flachen Hand plötzlich mein Dolchmesser
in den Schlund, daß es ihm hinten im Ge-
nick wieder herauskam und er lautlos zusammen-
brach.

„Bei der tiefen Stille, welche sein Fall erzwang,
rief ich unter die Menge: ‚Schafft mir Euren Herrn
zur Stelle, oder Ihr sterbt Alle, wie dieser Bube.
Die deutschen Wachen des Cardinals sind im Anzug,
und sie werden ihrem Hauptmann folgen, wohin er
sie führt.‘

„‚Was wünscht Ihr?‘ rief in diesem Augenblick
Euer Herr Neffe hinter dem Thorfenster.

„‚Meine Braut, Herr. Eure Leute logen, sie
sei voraus auf dem Wege nach Florenz. Ihr haltet
sie aber noch im Schlosse.‘

„‚Ja, das thue ich,‘ rief Herr Giovanni üppig.
‚Sie wird hier bleiben und die Gemächer für meine
Gemahlin und mein Kind herrichten. Sie ist —

wie Du vielleicht weißt — die Dienerin der Signora Maria Salviati.'

„‚Aber nicht deren Sklavin, und noch weniger die Eurige!‘ rief ich zurück. ‚Gebt Ihr sie nicht frei, so werde ich mit meinen Deutschen das Schloß stürmen.‘

„‚Wenn Du nicht augenblicklich abziehst, so lasse ich Dich niederschießen wie einen Rohrsperling,‘ drohte Euer trefflicher Herr Neffe.

„In diesem Augenblick, da sich schon Feuerwaffen aus den Schießscharten des Thores auf mich richteten und der leichte Rauch der Lunten emporwirbelte, tönte ein geller Aufschrei vom obersten Söller des Schlosses nieder, und ich erblickte oben Hermina, bleich, aber stark wie immer. Sie rief mir auf deutsch zu, ich möge getrost abreiten und Euch, Eminenz, von ihrer Lage Kunde geben, Eure Hülfe anrufen. Sie selbst werde ihre Ehre zu vertheidigen wissen, oder im Nothfall zugleich mit ihrem Bedränger sterben. Denn sie habe den Dolch bei sich und die dicke Eichenthür des luftigen Gemaches, in welches sie entflohen sei, hinter sich abgeschlossen.

„‚Ich werde handeln, wie Du räthst, Hermina,‘ rief ich italienisch hinauf. ‚Wird Dir ein Haar gekrümmt, so müssen sie Alle sterben! Ich rufe die Hülfe des Cardinals Giulio an, ich darf auf sie zählen.'"

„Was entgegnete darauf mein Neffe, Dittimario?" fragte der Cardinal unruhig, fast ängstlich.

Dittimario zögerte mit der Antwort. Dann sagte er fest: „Euer Neffe antwortete mir höhnisch: ,Gut, reite Capitano, reite schnell, der Weg ist von Glas, und sage meinem Oheim, bei seinem ersten Versuch, sich in meine Angelegenheiten in diesem Schlosse einzumischen, lasse ich den Mamolino laufen und verbrenne die bei dem Verräther aufgegriffenen Briefe. Mein Oheim weiß, daß ich Wort halte.'"

„Warum berichtest Du mir diese Antwort, Dittimario?" fragte der Cardinal forschend.

„Weil es die Wahrheit ist und Ihr danach fruget."

„Du logst doch meinem Neffen und Anderen, wenn es Dein Vortheil war, warum nicht mir?"

„Ihr seid mein Herr, Ihr wart bisher mein Stab und mein Vertrauen. Ich will Euch nicht im Dunkel lassen, aber auch von Euch nicht im Dunkel gelassen werden. Ihr sollt die Entscheidung treffen so wie der Fall wirklich liegt. Nicht anders. Danach treff' ich die meinige."

„Gut," versetzte der Cardinal. „Erst noch eine

Frage. Du triffst die deutschen Wachen auf dem Wege nach San Casciano? Du nickst? — Was sagtest Du ihnen?"

„Ich gab ihnen Kenntniß von Herrn Giovannis letzter Rede, und darauf ritten sie zurück, ohne den nutzlosen Versuch, den Mamolino abzuholen."

„Gut. Nun höre, was ich denke, Dittimario. Ich sage, Du übertreibst in eifersüchtiger Liebe und wilder Einbildung die Gefahr Herminas," erklärte der Cardinal nach einiger Ueberlegung.

„Und meine Freunde denken dasselbe," fügte er nach einem Umblick auf Machiavelli und Giberti hinzu, welche ihm zunickten.

„Ich bitte mir eben so offene Karten aus, als die meinigen sind!" rief Dittmar scharf. „An diesen Trost glauben die drei Herren selbst nicht."

„Wär' es so, Dittimario — angenommen, aber nicht zugegeben, es wäre so — Deine schlimmsten Befürchtungen wären begründet, so handelt es sich für uns doch um zwei Dinge, nicht bloß um eines, wie für Dich. Wir wollen bereitwilligst die Sorge um Hermina von Deiner Seele nehmen und Dir die Jungfrau unversehrt zurückgeben. Aber wir müssen von Giovanni auch den Mamolino und die Briefe heraushaben. Wir können nicht um der Jungfrau willen auf diese verzichten. So aber stellt mein Neffe die Wahl!"

„Dacht' ich mir's doch, alter Fuchs, Du werdest nicht höher hinauf kriechen mit Deinen Gedanken," knirschte Dittmar deutsch durch die Zähne.

„Schon wieder zornig wie ein Zinshahn, Dittimario?" rief der Cardinal verweisend.

„Der Teufel bleibt kaltblütig, wenn man ihm Hörner aufsetzt."

„Und mein Dittimario wird wieder ruhig und heiter werden, wenn ich ihm ein Mittel verrathe, wie er ohne Gefahr und Gefecht Ermina und Mamolino sammt den Briefen von meinem Neffen unversehrt überliefert erhalten wird."

„Auf dieses Mittel bin ich sehr neugierig, Eminenz," rief Dittmar fast spöttisch.

Auch Giberti und Machiavelli hefteten die Augen mit Spannung auf den Cardinal.

„Nun, die Frage ist ein einfaches Rechenkunststück, wie die meisten anderen Fragen, über welche die Gelehrten vergeblich grübeln und über welche die Weisen und Heißblütigen oft an Himmel und Hölle irre werden," erklärte Giulio mit überlegener Sicherheit.

„Richtig!" rief Machiavelli. „Es kommt nur

darauf an, Deinem Neffen einen Preis zu bieten, welcher ihm so viel gilt, als seine beiden Gefangenen und die Briefe zusammengenommen, so tauscht er beide Werthe Zug um Zug aus."

„So ist es. Du verstehst mit Menschenherzen zu rechnen, Coletto!" Und zu Dittmar gewandt, sprach Giulio bestimmt: „Ich kenne den Werth, welcher dem Giovanni noch mehr gilt, als Alles, was wir von ihm verlangen. Und wenn Du willst, kannst Du diesen Gegenwerth Dir aneignen und ihn meinem heißblütigen Neffen bieten."

Da fuhr Dittmars Lockenhaupt rasch nach dem Gebieter herum, und beklommen fragte er: „Was meint Ihr, Herr? Wie läge solches in meiner Macht?"

„Bleibe ruhig und höre mich an. Mein Neffe Giovanni ist ein wilder, sittenloser Soldat. Darin hast Du recht. Sein Weib ist von ihm gegangen, weil er seinen unreinen Neigungen nicht entsagen wollte. Aber dennoch liebt er Weib und Kind über Alles. Nun nimm an, ich fände einen Anlaß, seine Gattin hierher in meinen Palast zu rufen. Du setztest Dich, sobald sie hier ist, an die Spitze Deiner Deutschen und drängest mit diesen in den Palast Rucellai, welcher als Schlupfwinkel der Verschwörer

ohnehin verdächtig ist. Dort nähmst Du das Kind
Giovannis, den kleinen Cosimino, in den Arm, höbest
ihn auf Dein Pferd und nun sprengtet Ihr nach
San Casciano vor das Schloß. Du setztest am Thor
dem Kleinen den Dolch auf die Brust und stelltest
dem Vater eine ebenso grausame Wahl, wie er Dir:
Ermina, den Mamolino und die Briefe, Zug um
Zug, gegen das Leben des Kindes. Inzwischen hätte
natürlich auch Madonna Maria, während sie bei mir
verweilt, durch ihre bestürzten Zofen von dem Kindes=
raub erfahren. Dann durch mich von dem muth=
maßlichen Thäter und seinen wahrscheinlichen Ab=
sichten. In dem Augenblicke der höchsten Gefahr
für Cosimino erschiene sie in heller Verzweiflung auf
dem Schauplatz in San Casciano und vereinte ihre
Bitten und Thränen mit Deinen Forderungen. So
wäre, ehe die Sonne sinkt, Alles erreicht, was wir
wünschen."

In ungestümer Erregung sprang Dittmar bei
diesen Worten vom Sessel empor, welcher auf den
Marmorboden stürzte.

„Pfui über Euch," rief er dem Cardinal zornig
zu, die Rechte ballend, „dreimal pfui, daß Ihr
Eurem treuen Knecht ein solches Bubenstück gegen
Euer eigen Fleisch und Blut ansinnt — gegen das

schuldlose Kind, gegen die edle Mutter, welche meiner
Hermina die gütigste Herrin und Freundin war.
Nimmermehr wird der reine Stahl meiner Waffe,
wenn auch nur zum Schein, gegen ein Kinderherz
gerichtet. Nimmer vergelte ich die gemeine Ruch=
losigkeit Eures Neffen mit der größeren, sein und
seiner Gattin Herz durch den Anblick zu zerfleischen,
welchen Ihr ausmaltet."

„Aber es gereicht ja nur der Heiligkeit dieser
Ehe, dem Frieden beider Ehegatten und Dir selbst
und Ermina zum Segen," mahnte der Cardinal den
Wüthenden.

„Ihr redet zu mir, wie in der Mandragola des
Messer Machiavelli der Fra Timoteo zur Donna
Lucrezia redet," gab Dittmar zornig zurück. „Wenn
Ihr die Feinheit und Tugend dieser geistlichen Be=
redtsamkeit noch nicht kennen solltet, so wird der Herr
Kanzler —"

„Schweig, Dittimario!" rief Machiavelli ernst.
„Folge unverzüglich dem Rathschlag Deines Herrn!
Denn es handelt sich um weit mehr als Du ahnst.
Die Geschicke Italiens hängen am einträchtigen Zu=
sammenwirken Deines Herrn mit seinem Neffen Gio=
vanni!"

„Darum handelt es sich?" rief Dittmar, grim=

mig lachend. „Ich werde Dir nun zeigen, um
was es sich bei dieser Sache für Dich in Wahrheit
handelt!" —

Damit schritt er eilig zur Thür, öffnete diese
ein wenig, und rief ein einziges Wort hinaus,
welches keinem der drei Tafelgäste Dittmars Vor=
haben deutlich machte, da dieses Wort italienischen
Ohren unverständlich war; es lautete: „Mägele!"

Erst als Dittmar den Schwaben in den Speise=
saal hereinführte, erkannten der Cardinal und Giberti
in dem Träger dieses unholden Namens Schombergs
Diener, welchen sie Magellino nannten.

Der arme Mann schien gegen früher ganz ver=
fallen. Offensichtlich hatte ihm der Erzbischof sein
Wort gehalten, ihm gezeigt, „welche Disteln in=
zwischen zu Florenz für ihn gewachsen seien" — ihm
nur so viel Speise und Trank gereicht, daß der Die=
ner vor dem Verhungern und Verschmachten nur
eben geschützt ward.

Nur bei Dittmar hatte der in Ungnade Ge=
fallene Mitleid und leibliche Stärkung gefunden, und
dafür hatte er dem ehedem feindlichen deutschen
Landsmann volles Vertrauen zugewendet und ihm
sein ganzes hartes Lebensläufel haarklein erzählt.

Machiavelli sah den Schwaben zum ersten Mal

dicht vor sich stehen — und dennoch war er sicher,
diese Züge und Gestalt vor langer Zeit schon ein=
mal gesehen zu haben. Wo und wann aber, wußte
er nicht zu sagen.

„Was soll der Mann bei unseren Verhand=
lungen, Dittimario?" fragte der Cardinal verweisend,
als Dittmar dem Schwaben den umgestürzten Sessel
zum Sitz anwies und sich selbst in einen bequemen
Lehnstuhl versenkte.

„Eure Eminenz wird sofort erkennen, daß der
Landsmann so gut zur Sache gehört, welche uns
beschäftigt, als wir selbst. Denn dieser Mann,
Blasi Mägele, welchen Ihr Biagio Magellino nennt,
ist hier, um dem Messer Machiavelli zu zeigen, um
was es sich für ihn und für uns handelt. Da des
Schwaben Italienisch aber, trotz seines fünfzehn=
jährigen Aufenthaltes im Lande, immer noch mehr
von der rauhen Alb an sich hat, als von dem mil=
den Garten Toskanas, so werde ich für ihn reden.

„Er ist also gekommen, um Euch zu sagen: daß
in den Adern der Jungfrau, deren Rettung und
Ehre Messer Machiavelli preisgibt, edles florenti=
nisches Blut fließt — ja daß sie mit demselben
Messer Machiavelli nahe verwandt ist."

„Als meine Pflegetochter, meinst Du? Um mir

das zu sagen, bedurfte es dieses Propheten von der rauhen Alb nicht," rief Machiavelli lachend.

„Lacht später, Messer, wenn Ihr den Muth dazu findet," versetzte Dittmar scharf, mit düsterem Ausdruck. „Hört nun das Nähere über Eure Ver= wandtschaft mit der Jungfrau."

„Es mögen jetzt etwa zwanzig Jahre her sein oder etwas mehr — Ihr werdet das besser wissen, Messer Machiavelli, als Magellino es weiß — da sandte Euch der Gonfaloniere Soderini als Ge= sandten der Republik Florenz nach Forli zu Cata= rina Sforza, der Gräfin von Imola und Forli, in einer ihrer zahlreichen Ehen mit Giovanni Pier Francesco de Medici vermählt, und durch diesen Mutter des trefflichen Herrn Giovanni de Medici, von welchem wir heute bereits so viel sprechen mußten. Ich brauche den Herren nicht zu sagen, welchen männlichen Geist die Gräfin von Forli be= saß und welche treffliche Streitmacht sie zum Schutze ihres kleinen Gebietes unterhielt; insbesondere wird sich Messer Machiavelli deutlich erinnern, daß ein alter deutscher Hauptmann aus Bozen, „der alte Andreas" geheißen, damals der beste Soldat der Gräfin war und dessen Tochter Agathe das schönste Mädchen im gräflichen Schlosse."

Machiavelli schien sich dessen in der That zu erinnern, aber nicht mit ungemischter Freude, denn er blickte unruhig und gespannt bald auf den Sprecher, bald vor sich nieder.

„Ich weiß nicht, wie es kam,“ fuhr Dittmar fort, „kurz, der Gesandte der Republik Florenz gewann die Liebe und das Vertrauen des schönen deutschen Kindes und bethörte es. Sie erzählte später, der Gesandte habe ihr die Ehe versprochen.“

„Das ist nicht wahr!“ rief Machiavelli lebhaft.

„Dem sei, wie ihm wolle — sicher ist, daß der Gesandte sie bethörte, und daß sie nur durch ihrer Herrin, der Gräfin von Forli, eigenes Dazwischentreten ihr Leben vor dem Schwert ihres ergrimmten Vaters Andreas rettete, nachdem sie diesem ihre Unehre bekannt hatte. Sie ward Mutter eines Mädchens, welches Hermina genannt ward. Es ist die Jungfrau, von welcher wir reden. Der Vater wird sich seiner Tochter annehmen, da er nun weiß, daß sie seine Tochter ist.“

„Es weiß?“ rief Machiavelli erregt. „Sage vielmehr: er hört, daß Du es behauptest.“

„Ja, er hat Recht — wie willst Du diese seltsame Behauptung beweisen, Dittimario?“ entschied der Cardinal.

„Zunächst durch das Siegel der Natur," rief
Dittmar.

„Die Jungfrau ist das Ebenbild des Kanzlers,
ihres Vaters. Stellt Beide nebeneinander und Ihr
werdet erstaunt sein über die Aehnlichkeit der Ge=
sichtslinien Beider. Aber wir besitzen noch andere
Beweise. Agathes Vater kehrte mit ihr und dem
kleinen Enkelkind in die heimathlichen Berge zurück
und starb dort beruhigt, nachdem dieser Mann hier,
Blasi Mägele, damals Waffenknecht des Kaisers Max,
der Agathe die Hand zum Ehebund gereicht hatte,
obwohl er ihr Leid kannte. Ihr könnt Euch denken,
daß die junge Frau nun allen Grund hatte, von der
Vergangenheit zu schweigen, auch gegen den Mann,
welcher sie trotz ihres Makels gefreit hatte. Aber
dennoch sprach sie zweimal in ihrem Leben davon,
unter so eigenthümlichen Umständen, daß an der
Wahrheit ihrer Worte wohl keiner von Euch zweifeln
wird.

„Das erste Mal vor etwa siebzehn Jahren zu
Bozen. Damals ritt Messer Niccolo Machiavelli,
als Gesandter der Republik Florenz, dorthin an den
Hof des Kaisers Max. Frau Agathe erblickte ihn
plötzlich in den Straßen der Stadt, als sie, ihr Kind
auf dem Arm, an der Seite ihres Mannes einher=

ging. Sie erbleichte, schwankte, und wäre sammt
dem Kinde fast umgesunken. ‚Was ist Dir?‘ fragte
Mägele, sie stützend. ‚Schau, den Mann dort, es
ist der Vater der Hermina, der Kanzler Machiavelli,‘
versetzte sie.“

„Ist das so, Magellino?“ fragte der Cardinal.

„Es ist so, wörtlich so, Eminenz.“

Machiavelli drehte an einem Brotkügelchen.

„Der zweite Vorfall trug sich vor zehn Jahren
in Prato zu,“ fuhr Dittmar fort. „Mägele war
dort in die Dienste der Stadt Florenz getreten und
sorgte für die Einübung der Volkswehr. Er hatte
die Begegnung zu Bozen längst vergessen, auch das
Gesicht und den Namen des Mannes, welchen sein
Weib dort als den Vater ihres Kindes bezeichnete.
Denn niemals wieder hatte die Frau von Jenem
gesprochen. Wenige Wochen, ehe die Spanier Prato
stürmten, traf nun aber die Frau Magellinos, zu
ihrem Unglück, in der verlorenen Stadt ein — und
abermals sah sie hier den Kanzler der Republik
Florenz einreiten, diesmal als den Schöpfer des
Volksheeres, über dessen Fortschritte und Schulung
er sich unterrichten wollte. Diesmal schaute Frau
Agathe beim Anblick des Kanzlers erst scheu nach
der halberwachsenen Tochter, und erst, als sie sah,

daß diese nur für das bunte Soldatenspiel Augen
hatte, flüsterte sie ihrem Manne zu: „Da führt uns
das Schicksal den Vater Herminas von Neuem in
den Weg!" Sie sah ihn zum letzten Mal. Denn,
wie mir Messer Machiavelli selbst erzählte, ward sie
nach Erstürmung der Stadt von den Siegern er=
mordet. Die gütige und gerechte Hand Gottes aber
führte ihre Waise dem Vater zu, welcher damals
dem unglücklichen unbekannten Kinde ein edleres und
besseres Herz zeigte, als heute der unverleugbaren
Tochter!"

„Sind diese Dinge wahr, Magellino?" fragte
Herr Giulio abermals.

„Bei Eiden, sie sind so geschehen, wie Euer
Hauptmann sagt!" betheuerte der Schwabe.

„Was sagst Du dazu, Kanzler?" forschte der
Cardinal.

„Ich sage, daß nichts bewiesen ist, Principe,
nichts als das Geschwätz dieses Schwaben und allen=
falls noch das seines Weibes, welches seit zehn Jah=
ren nicht mehr reden kann."

„Pfui!" rief Dittmar flammenden Auges, sich
erhebend.

„Ruhig!" gebot Giulio vornehm dem Haupt=
mann. Dann wandte er sich von Neuem an Machia=

velli: „Nimm an, sie redeten wahr, Coletto, was würdest Du mir solchenfalls rathen zu thun?"

Machiavelli zuckte krampfhaft bei diesen Worten, als empfinde und überwinde er heftigen Schmerz. Dann erhob er sich langsam, bleich, doch mit düster leuchtenden Augen, und sprach:

„Vortrefflich, Principe, Du stellst die Frage auf ihre Höhe! Nehmen wir an, sie reden wahr. Jeder Mensch ist schwach. Auch ich war und bin es. Ich liebte die Agatha, die Tochter des deutschen Schloß= hauptmanns Andrea zu Forli. Möglich, daß ihre Tochter Ermina mein Kind ist" — er stockte; aber= mals ging das Zucken eines Krampfes über sein Antlitz, durch seine Glieder.

„Was räthst Du mir zu thun, wenn es so ist?" fragte Giulio von Neuem.

„Dasselbe wie zuvor, Principe," versetzte Machia= velli mit eisiger Kälte, so daß Giberti erschauerte und selbst der Cardinal ein Grausen empfand über die Herzenshärtigkeit des Vaters, welcher sein Kind preisgab in der höchsten Noth.

„Dasselbe wie zuvor, Principe!" wieder= holte der Kanzler mit erhobener Stimme. „Glaubt Ihr, die Römerfeldherren, welche gegen die Feinde

heranzogen, in deren Händen sie ihre Kinder als
gemarterte Geiseln wußten, hätten kein Herz gehabt?
Meint Ihr, jene Väter, welche ihre Söhne den
Ruthenbeilen der Lictoren überlieferten, hätten keinen
Schmerz empfunden? Sie ließen ihr Herz bluten,
wie ich das meinige bluten lasse! Aber sie kannten
nur eine Pflicht, welche über allen jenen Geboten
steht, denen schwächere Menschen gehorchen: die Hin=
gebung an den Staat, an das Vaterland! So denke
ich, Principe, gehoben und gestärkt durch das Vor=
bild unserer römischen Ahnen! Und ich wünsche und
hoffe, daß auch Du so handelst. Nichts darf das
Haupt Italiens mehr trennen von dessen Arm und
Schwert, nichts darf Dich trennen von Giovanni!
Nun handle, mein Principe! Dieser deutsche Hitzkopf
hier wird Dir Alles verderben, wenn er frei bleibt.
Du hast zunächst die Pflicht und das Recht, ihn
greifen zu lassen!"

Bei diesen Worten fuhr Dittmars Hand nach
dem Schwert. Aber er stieß die Waffe wieder zurück
und fragte bleich, mit bebenden Lippen: „Folgt die
Eminenz seinem Rathschlage?"

Ohne zu antworten, rührte Herr Giulio die
silberne Klingel und gebot dem Diener: „Meine
Wachen, sofort!"

„Bis auf die Posten der Schloßwache, erfüllen sie bereits die Vorzimmer, Herr."

„Herein mit ihnen! Wir werden sehen, ob ihnen geschworene Eide gelten oder nicht. Herein mit Euch, Ihr Deutschen!"

Laut rief's der Cardinal und hoheitvoll richtete er sich auf. Insgeheim aber lockerte er den Dolch.

Das Gemach füllte sich mit Bewaffneten, welche dem Gebieter auch jetzt noch den üblichen ehrerbietigen Gruß darbrachten. Vor ihnen stand Dittmar regungslos, mit gekreuzten Armen.

„Greift mir Den hier!" befahl der Cardinal festen Blickes, auf Dittmar deutend, als Alle versammelt waren.

Keine Hand regte sich, kein Laut.

„Weshalb seid Ihr hier?" fragte Giulio zornig.

„Um unseren Abschied zu fordern," versetzte Dittmar, indem er die Mediceerkugeln von der Brust riß. „Unseren Abschied und unsere Löhnung."

„Unseren Abschied und unsere Löhnung," wiederholte die Schar einmüthig.

„Den Abschied habt Ihr, Gesellen, und Euer Lohn soll Euch werden."

„Wir verstehen mit Wechseln auf die Zukunft nichts auszurichten, Herr, wir fordern unsere Löhnung, ehe wir ziehen," sagte Dittmar fest.

„Ehe wir ziehen," wiederholte die Menge.

„Natürlich, ehe Ihr zieht," versetzte Giulio verächtlich. „So meinte ich es auch. Giberti, zahle die Trefflichen aus."

Giberti verschwand und erschien wieder mit mehreren Goldsäcken. Er zahlte Jedem die Löhnung in neugeprägten Ducaten.

Ein jeder der Waffenknechte steckte sein Theil ohne Wortverlust zu sich, trat an die vorige Stelle zurück und blieb stehen, da der Hauptmann Dittmar nicht abzog.

„Was begehrt Ihr noch?" fragte der Cardinal unsanft.

„Die Urkunde über unseren Abschied, mit der Clausula, daß wir ungehindert durch Italien heimkehren dürfen, auf welcher Straße uns belieben mag, sofern wir für die Bedürfnisse von Roß und Mann gebührende Zahlung leisten!"

„Ja, die Urkunde über unseren Abschied und über unser freies Geleit begehren wir," wiederholte der stattliche Menschenwald hinter Dittmar.

„Giberti, fertige die Urkunde aus, welche sie

heischen und hänge Wachs und Kapsel daran," befahl
der Cardinal.

Auch dies war rasch gethan. Giulio de Medici
setzte seinen Namen darunter. Dittmar prüfte den
Inhalt des Pergaments, nickte und schob es gerollt
in den Gürtel.

„Wir gehen," sagte er dann kühl. „Nach unserem
Vertrag sind die Pferde beim Abschied unser."

Der Cardinal nickte gleichgültig.

„Gut. So gehabt Euch wohl, Ihr Herren,"
fuhr Dittmar fort und streckte dem Cardinal die
Rechte zum Abschied hin. Dieser aber hatte sich
halb abgekehrt und that, als sehe er den Deutschen
nicht mehr.

„Ihr macht uns den Abschied leicht, Herr," ver=
setzte Dittmar kühl, die verschmähte Rechte einstem=
mend. „Denkt daran, wenn wir uns wiedersehen,
daß Ihr uns von dannen triebet, indem Ihr uns
Recht und Sühne abschlugt. Mög' es Euch niemals
gereuen!"

„Gereuen, Caspito, gereuen!" lachte Herr Giulio.
„Bildet Euch doch nicht ein, daß man Leute wie Euch
jemals vermissen werde. Aber seht Euch wohl vor,
wie weit Euer Freibrief reicht, wenn Ihr Euch in
diesem Lande etwa selbst Recht nehmen wollt!" rief

der Cardinal drohend hinter sich, ohne die Deutschen eines Blickes zu würdigen.

„Seid unbesorgt um uns!" gab Dittmar fröhlich und fest zurück. „Wollten wir Uebles thun, so wäre die Ohnmacht Eurer Eminenz, uns davon abzuhalten, und dafür zu strafen, in dieser letzten Stunde uns zur Genüge offenbar geworden. Fahrt wohl!"

„Fahrt wohl, Herr!" wiederholte die Mannschaft.

Aber ohne Gegengruß vom Herrentisch, schritten die Deutschen waffenklirrend hinaus, auch Blasi Mägele mit ihnen.

Eben als die Schildwachen des Hauses Medici mit dem deutschen Haufen abzogen, zum Erstaunen des an dem aufgeregten Tage vor dem Palast dicht gescharten Volkes, ertönte die Vesperglocke. Herr Giulio erschauerte leise, da er daran dachte, daß diese Glocke der Stunde seines Todes hatte rufen sollen, und daß nun keine Leibwache mehr die Dolche der Verschwörer und der Volksrache von ihm abwehre.

Machiavelli aber, welcher die Gedanken seines Principe errieth, hob das Glas und rief freudig: „Ein glückseliges Zeichen, Giulio, daß Du den Frem-

den die Bewachung Deiner geweihten Person an
demselben Tage entziehst, da Du Italien Dein Wort
gabst!" —

„Horch, tausendstimmige Rufe von der Straße
und vom Platze her, was mögen sie bedeuten?"
unterbrach der Cardinal den feurigen Redner.

Herbeieilende Diener brachten schon die Antwort
auf diese Frage des Gebieters.

„Mit Jauchzen bemerkt das Volk, daß Eure
Eminenz heute, wo eine Verschwörung gegen Euer
Leben entdeckt sein soll, alle fremden Wachen vom
Thor entfernt hat. Begeisterte Rufe auf Euer Wohl
erfüllen die Piazza, und die edle Jugend von Florenz
verlangt ungestüm, zu Eurem Schutze an die Stelle
der abgezogenen Schloßwache zu treten!" berichteten
die Diener.

„Palle, Palle!"*) hörten nun auch der Cardinal
und seine Gäste vom Eingang des Schlosses her deutlich rufen — die Losung, welche die treuen Anhänger
des herrschenden Geschlechtes seit einem Jahrhundert
daheim zu Florenz, wie vor dem Feinde, ertönen
ließen, wenn sie dem Führer huldigten — in guten
und bösen Tagen.

---

*) Palle, Palle = Kugeln, Kugeln (im Wappenzeichen
der Mediceer).

Der Cardinal fühlte sich durch den herzlichen Zuruf der Volksseele mächtig gehoben.

„Zeige Dich dem treuen Volke, Principe!" rief der Kanzler freudig. „Und gönne Giberti und mir die Ehre, an Deine Seite zu treten. Das ist ein würdiger Abschluß des Tages, da Du Italien Dein Gelübde gabst!"

„Du hast recht, Trefflicher! Brechen wir auf, und treten wir unter das Volk!" versetzte der Cardinal, dem Ausgang zuschreitend.

IX.

Der deutsche Haufe, Reiter und Fußgänger, war inzwischen unter Dittmars Führung im Eil= schritt und in geschlossenen Reihen, auf Umwegen — um über das Ziel seines Marsches zu täuschen — über den Ponte alla Carraja der Porta Romana zugezogen.

Nur zweimal ward der Zug auf diesem Wege aufgehalten.

Das erste Mal durch eine Sänfte, welche von Dienern in den Farben des Hauses Rucellai ge= tragen wurde, und in welcher die Dame Maria Salviati mit ihrem Knäblein saß.

Dittmar wollte rasch vorübertraben, als er Her= minas Herrin erkannte. Sie aber sprach ihn an und zeigte sich erstaunt, ihn gesund in Florenz zu sehen, während seine Braut nach San Casciano geeilt sei, ihn zu pflegen, und sie fragte ihn deshalb, wohin er ziehe?

Dittmar nahm rasch einige Nothlügen zusam=
men, indem er versicherte, Hermina richte einige Ge=
mächer des öden Schlosses für Frau Maria und
deren Knäblein her, und der deutsche Haufe ziehe
vor das nämliche Schloß, um den Mamolino abzu=
holen. Darauf trug die Donna Grüße an ihren
Gemahl auf und erschrak über den Ausdruck wilder
Freude in Dittmars Antlitz, als dieser versprach, den
Gruß zu bestellen. Aber ehe sie eine weitere Frage
an den Hauptmann richten konnte, war dieser wieder
an die Spitze seines Haufens geritten. Zurück=
gewendet, sah Dittmar die Sänfte in der Richtung
des Mediceerpalastes verschwinden.

Nahe dem römischen Thor entstand dem deut=
schen Hauptmann der zweite Aufenthalt. Hier hielt
nämlich mitten in der Straße auf einem Maulthier
ein Mönch, welcher unbekümmert um die höhnischen
und lustigen Rufe des ihn umringenden Volkes, die
anliegenden Bauwerke und Gärten und die Kirche
San Piero in Gattolino betrachtete.

Als der dichte Menschenknäuel, welcher den Bar=
füßer und dessen Thier umwickelte, vor dem reisigen
Haufen der Deutschen sich entwirrte, gebot Dittmar
dem Klosterbruder ungeduldig, freie Bahn zu geben,
da dieser immer noch regungslos wie eine Bild=

säule inmitten der Straße verharrte und eben in der
Richtung des Pitti=Palastes das trunkene Auge
schweifen ließ.

Bei Dittmars Anruf kam wenigstens in das
Haupt des Regungslosen plötzliches Leben. Ein
bleiches Antlitz wandte sich dem deutschen Haupt=
mann zu, und erstaunt und freudig zugleich rief eine
Stimme: „Dittimario!"

„Rovaio, Du!" schallte es zurück, und Dittmars
Stahlhand drückte kräftig die weißen zarten Finger
des Mönchs. „Bist Du von Carpi schon angelangt?"

„Ja, Theuerster. O wie herrlich ist doch die
Welt! Wie unvergleichlich schön diese Stadt, Ditti=
mario! Ich hätte mir solches nie träumen lassen.
Und doch haben die Menschen hier kein Auge und
Gefühl für alle diese Wunderwerke der Kunst und
Natur. Sie lachen und spotten nur über mich, von
der Porta San Gallo an, durch welche ich einritt,
bis zu dieser Stelle. Du willst doch die Stadt nicht
verlassen, Dittimario, da Deine Leute soeben durch
die Porta Romana ziehen?"

„Allerdings will und muß ich das, Freund,"
versetzte Dittmar finster und ungestüm — „und so
bestrickend der Reiz von Florenz auf Deine welt=
fremden Augen wirken mag, so sollte Dir doch Deine

Freundespflicht und Dein ehrwürdiges geistliches Amt gebieten, mich zu begleiten."

„Meine Freundschaft würde mich allezeit an Deine Seite ziehen, mein Dittimario. Aber was verlangst Du auf Deinem Ritt von meinem geistlichen Amte, Theurer? Die deutschen Söldner, welche Du anführst, rücken doch schwerlich aus, um eine Messe zu hören oder um die Vesperandacht auswärts zu halten?"

„Dennoch aber, um ein frommes, heiliges Werk zu vollbringen, Rovaio, für welches zu schlagen und zu sterben sie bereit sind. Du kannst die geistlichen Weihen, deren Du theilhaftig bist, in dreifacher Weise bethätigen, wenn Du mit uns ziehest: Du kannst Buße predigen; Du kannst uns mit der letzten Tröstung versehen, wenn wir fallen, und uns eine Nachrede halten, wenn wir ins Grab sinken; Du kannst aber auch Deinem Freunde die geliebte Braut am Altar zur Gattin geben, wenn wir glücklich unser Vorhaben bestehen."

Rovaio horchte gespannt auf die dunkeln, hastigen Worte Dittmars. Längst schon hatte er seinem Thier die nackten Hacken in die Rippen gestoßen, um an der Seite des Freundes zu bleiben, welcher dem vorauseilenden deutschen Haufen durch die Porta

Romana nachgesprengt war. Dann sagte er, sich bekreuzend: „Das Wasser von Florenz scheint den heidnischen Dämonen der Vorzeit noch zum Tummelplatz zu dienen, da es die klarsten Köpfe dieser Stadt also verwirrt."

„Ich habe sehr wenig Wasser getrunken, so lange ich in Florenz weilte," rief Dittmar lachend zurück. „Und von Dämonen habe ich darin nie etwas verspürt. Aber Du sollst klar erkennen, Rovaio, zu welchem Ziele ich Deine Mitwirkung begehre, und Du sollst frei entscheiden, ob Du uns auf unserem schweren Wege folgen willst oder nicht."

Nach diesen Worten offenbarte Dittmar dem Mönch Alles, was bereits geschehen war und noch geschehen sollte, und Rovaio trabte rüstig zur Linken des deutschen Hauptmanns weiter, ohne nach Florenz umzuschauen oder gar dorthin zurückzukehren.

Die Sonne berührte bereits den Scheitel der Lucheser Berge im Westen, als die Freunde durch die Porta Romana geritten waren. Nach kurzem, flammendem Abendroth brach die italienische Nacht herein. So ward der bei weitem größte Theil des Weges im Dunkel zurückgelegt. In Sant' Andrea wurden die Reitthiere bewacht zurückgelassen. Alles zog zu Fuße weiter.

Beim Anzug der Schar gegen San Casciano löschten dunkle Gewitterwolken das zitternde Dämmerlicht der Sterne aus, und heranrollender Donner, brausender Sturmwind, verschlang den Schall der leisen Schritte und das verstohlene Klirren der Waffen, als die Deutschen sich einzeln gegen das Hofthor des feindlichen Schlosses heranschlichen und dort im tiefen Schatten des Hügelwaldes verschwanden.

Blasi Mägele, welchen sein grollender Herr in die dunklen Farben eines dienenden geistlichen Bruders gekleidet hatte, trat jetzt, nur mit einem Horn bewaffnet, neben dem Mönch Rovaio vor das verschlossene Thor, und ließ den Einlaß fordernden Hornruf ertönen.

„Wer ist draußen?" rief die Wache von innen.

„Ein Mönch und ein dienender Bruder," versetzte Rovaio.

„Was begehrt Ihr hier?"

„Ein Lager für die Nacht, Bruder."

„Wir liegen selbst auf der blanken Erde, Minorit," riefen andere Stimmen von innen. „Solch ein Bett kannst Du da draußen so gut haben, als innerhalb der Schloßmauer."

„Ihr scherzet," gab Rovaio zurück. „Ihr werdet Euch vor dem heraufgezogenen Unwetter doch

ins Schloß flüchten. Gönnt uns nur ein Plätzchen
an Eurer Seite."

„Du kennst das alte Nest nicht, Barfüßer, wenn
Du's ein Schloß nennst. Ein alter Steinhaufen
ist's, fast ohne Dach und Fach. In die Gemächer
bringen Regen und Wind so ungehindert ein, wie
hierher in den Hof. Aber hier ist man wenigstens
sicher davor, daß der Bau Einem nicht über dem
Kopf zusammenstürzt. Steigt nach San Casciano
hinab, Frati, dort sind die Leute auf Besucher Eures
Schlages eingerichtet."

„Wir werden Eurem freundlichen Rathe folgen,
Bruder," fuhr Rovaio fort, ohne sich von der Stelle
zu rühren. „Zunächst aber muß ich hier noch eine
geistliche Pflicht erfüllen."

„Hoho, Pater, da bist Du weit irr gegangen!"
riefen die wilden Kriegsgesellen, höhnisch lachend,
und dabei leuchtete einiger Fackelschein durch die
Thorfenster über die Draußenstehenden hin, um zu
ergründen, ob diese etwa betrunken seien, oder Spaß=
macher, oder gar listige Feinde, welche diesen selt=
samsten aller Vorwände gebrauchten, um sich den
verweigerten Einlaß ins Schloß zu erschleichen.

Das Fackellicht gab der Besatzung jedoch die
Gewißheit, daß der wortführende Franziskaner ein

ernſthaft ruhiges Geſicht zeigte, welches keineswegs
zu ſcherzen ſchien, und daß der dienende Bruder an
des Mönches Seite mit gläubiger Ehrfurcht zu die=
ſem aufblickte, endlich daß Beide unbewaffnet und
allein im Regen und Sturm vor dem Thor ſtanden.

Um ſo übermüthiger wurden die Söldner.

„Ja, da ſeid Ihr übel irre gegangen, Frati,
hierorts begehrt Niemand die Erfüllung geiſtlicher
Pflichten von Euch!“ wiederholten die Spötter.

„Ihr irrt Euch, Ihr allein,“ verſetzte Rovaio
mit ruhiger Beſtimmtheit. „Euer Herr iſt doch
wohl der Feldhauptmann Giovanni de Medici, nicht
wahr? Ich komme hierher, ihm Buße zu predigen
und ſeine Beichte zu hören.“

„O, Caspita, das wird ein herrlicher Spaß!“
riefen Einige.

„Du ſollſt einmal ſehen, Mönch, wie er ſich von
Dir zerknirſchen läßt, welche Art von Beichte er Dir
in die Ohren ſäuſelt, und wieviel Paternoſter und
Roſenkränze er abbetet, um die heißbegehrte Abſo=
lution von Dir zu erlangen,“ ſchrieen Andere.

„Horch, ſoeben beichtet er ſchon — wenn auch
nicht einem Pfaffen, ſo doch einer ſchönen Jungfer.
Er ſcheint auch Willens, ihr auf ſeine Art die Meſſe

zu lesen. Er ist schon beim Introitus! Hörst Du
die Axtschläge gegen der Dirne verrammelte Thür?"
schrieen wieder andere Stimmen.

Dittmar hielt sich unter dem vorspringenden
Eckthurm, auf dessen Söller er die Geliebte zuletzt
gesehen, zunächst dem Thore hinter dem Stamm
einer uralten Ulme verborgen. Aus der Höhe ver=
nahm er mit Grausen die Axtschläge, welche den
zuchtlosen Söldnern Ergötzen zu bereiten schienen.
Und in demselben Augenblick zeigte ihm ein greller
Blitz hoch oben in der Thür, welche Herminas Zu=
fluchtsstätte von dem Söller schied, ihre bewegte
lichte Gestalt.

Und unter dem nachhallenden Donner rief sie
laut in das Gemach, dessen Eichenthür nun von den
Aexten ihrer Bedränger bearbeitet wurde: „Ich klage
Euch an vor Gott, Elende, da kein fühlender Mensch
mich hört! Gott hört mich, und er wird Euch strafen.
Mir aber wird er Kraft verleihen, zu sterben. Wenn
Ihr die Thüre sprengt, findet Ihr mich nicht lebend.
Ich stürze mich in die Tiefe!"

Wildes Lachen aus dem Innern des Schlosses
und aus dem Hofe war die Antwort auf diese letzte
Klage verzweifelnder Unschuld. Und Dittmar setzte

schon den Finger an den Mund, um den ver=
borgenen Genossen das Zeichen zum Angriff auf das
Schloßthor zu geben, da dieses sich Rovaios List
nicht geöffnet hatte.

Aber eben in diesem Augenblicke rasselten die
Riegel der kleinen Seitenpforte, diese wurde auf=
gerissen, und helles Fackellicht fiel aus der geöffneten
schmalen Thür auf den Vorplatz, wo Rovaio und
Mägele standen.

Das rohe Verlangen der Söldner, den Mönch
in ihrer Mitte noch besser zu höhnen und zu quälen,
ihn von ihrem wilden Führer höhnen und quälen zu
lassen, hatte gesiegt über Herrn Giovannis strenges
Gebot, das Thor des Hauses für Jedermann ver=
schlossen zu halten.

„Jetzt zeig Dich in Dei'm beschte Glanz, wie
vor'm höchschtselige Kaiser Max," mahnte der Schwabe
sich selbst.

Und sofort trat er, mit scheinbar demüthigem
Dank und Gruß, vor die Söldner in die offene
Thür, und lud den Mönch mit ausdrucksvollen Ge=
bärden ein, ihm zu folgen. Dabei klemmte er sich
aber fest ein zwischen Thür und Angel, entschlossen,
sich hier zu behaupten, bis die Deutschen herankämen.

Rovaio dagegen zögerte einzutreten. Denn nun, da die List geglückt war, welche er unternommen, um die bedrohte Unschuld zu retten und das Blut ihrer Befreier zu schonen, kam ihm die furchtbare Ahnung, daß dennoch Blut in Strömen fließen werde; daß seine erfolgreiche Nothlüge am Thor Schuldige und Schuldlose in den Tod stürze.

Schaudernd über die eigene vermeintliche Verworfenheit, fühlte er sich mit dämonischer Gewalt an die Stelle gebannt. Plötzlich aber machte ein großherziger Entschluß der verzweifelten Stimmung ein Ende.

„Du, der Schuldbeladene, mußt als Vermittler, und, wenn es Gott gefällt, als Sühnopfer, zwischen die feindlichen Haufen treten, und sie am Blutvergießen hindern!" entschied er.

Und sofort ließ er den die Qual seiner Seele lösenden Gedanken zur That werden, indem er sich an Blasi's Seite stellte und mit einer Stimme, welche Gewitter und Sturm übertönte, den schwarzen und den blonden Haufen zurief: „Friede sei mit Euch!"

Aber Rovaios Worte verhallten durchaus ohne die von ihm gehoffte Wirkung.

Denn in den wenigen Augenblicken, während

der Mönch mit sich und seinem Gott rang, hatte
Dittmar das von seinen Treuen ersehnte Zeichen
zum Sturm gegeben. Sofort wurden alle Büsche
und Baumschatten vor dem Schloßthor lebendig.
Waffen klirrten im Dunkel, hastige Männertritte
eilten der geöffneten Pforte zu, und ein Eisenwald
von Hellebarden, Spießen, Schwértern und Hand=
rohren streckte sich durch das Thor den Schwarzen
entgegen.

„Ha, der deutsche Hauptmann! Verrath! Zu
den Waffen! Tod dem verruchten Mönch und seinem
verlogenen Gesellen!" rief es bestürzt und wild unter
der Besatzung.

Und sicherlich wäre Rovaio, seinem heißen
Wunsche gemäß, in der ersten Erbitterung des
Kampfes als Sühnopfer gefallen, wenn nicht Ditt=
mars Schwert die nach dem Haupte des Mönchs
geführten Streiche aufgefangen und blutig vergolten
hätte. Auch Mägele stand ihm kräftig bei. Denn
er hatte eine hinter dem Thor lehnende vergessene
Hellebarde erwischt, und wehrte die gegen Rovaio
und ihn selbst geführten Stöße mit dem für solche
Fälle vorräthigen schwäbischen Kampfgrimm und
Hohn ab.

Doch nur mit sanfter Gewalt und durch das

Versprechen, mild und barmherzig mit dem Feinde zu verfahren, vermochte Dittmar den tobbegehrenden Mönch aus der Vorderreihe der Kämpfenden zurückzudrängen.

Dieses Gelöbniß hoffte Dittmar erfüllen zu können, da die Deutschen in doppelter Stärke der überdies, bei dem plötzlichen Ueberfall, nur unvollkommen bewaffneten Hofbesatzung gegenüberstanden und diese bereits umzingelt hatten. Das Kampfgetöse durchdringend, rief seine Stimme: „Ergebt Euch! Legt die Waffen ab! Ich verpfände meine Ehre für Euren sicheren freien Abzug mit all' Eurem Gut!"

Aber nur wilden Zorn und Hohn aus der unbesiegten schwarzen Schar Giovannis erweckten diese Worte.

„Beschimpfst Du so unsere ungebrochene Waffenehre, deutscher Hund?" schrieen sie. „Versuchst Du eine neue bübische List, Elender, nachdem Dir mönchische Verschlagenheit das Thor ohne Mühe geöffnet hat? Wir kämpfen zu lang in italienischen Fehden, um uns den Kinderspott zu sparen, daß wir Ehrenworten und Eiden glaubten. Die Waffen geben die Schwarzen nur mit dem Leben ab. Hole sie Dir, wenn Du kannst!"

Zugleich mit diesen wilden Worten krachten aus
dem umzingelten Kreise die Schüsse der wenigen
Feuerrohre. Sie streckten Mägele und einige andere
fromme Landsknechte nieder, zerrissen Dittmar das
Wamms und verletzten ihm den verbundenen linken
Arm von Neuem.

Das tropfende Blut des Führers und der Fall
des tapferen Schwaben und mehrerer Kampfgenossen
entflammte den deutschen Waffengrimm zum Aeußer=
sten. In wenigen Minuten war die ganze Besatzung
des Hofes niedergehauen und erstochen. Nur ein
Einziger vermochte in den Thurm zu entrinnen.

Aus den erstarrenden Händen der erschlagenen
Feinde, von den mit Regen und Blut überschwemmten
Steinplatten des Hofes, nahmen die Sieger die ver=
löschenden Fackeln, als Leuchten zur Verfolgung des
einzigen Entronnenen, beim Andringen auf der
Wendeltreppe des vorspringenden Eckthurmes. Den
Flüchtigen aber vermochten sie nicht mehr zu er=
reichen.

Erschüttert stand Rovaio auf der blutigen Wahl=
statt, deren grausiges Dunkel nun bloß noch von
grellen Blitzen erhellt ward. Mit Bangen sah er
die Deutschen in geschlossener Ordnung, mit kriege=
rischem Ernste, die Schloßtreppe aufwärts ziehen.

„Barmherziger Gott, laß genug sein des Mordens!" stammelte er. „Mehre die Zahl Derer nicht, welche vor Deinem Thron Deinen verworfenen Knecht anklagen, daß er sie unbußfertig in den Tod sinken ließ! Gönne mir Zeit und Kraft zur Sühne meiner Schuld, zu versöhnendem Liebeswerk!"

Ein schweres Röcheln unterbrach das Gebet des Mönches. Mit inbrünstiger Menschenliebe wandte sich Rovaio dem Klagenden zu, dem Einzigen unter den Gefallenen, welcher noch athmete. Gottes Finger schien aus dem donnernden Himmel dem verzweifelten Beter ein dem Allmächtigen gefälliges Werk der Barmherzigkeit zu zeigen.

Auf eine niedrige Steinbank des Hofes setzte sich Rovaio in Sturm und Regen, legte das Haupt des Schwaben in seinen Schoß, suchte den Blutstrom der Brustwunde zu hemmen, und kühlte die brennenden Lippen mit dem Inhalt seiner Pilgerflasche.

„Ich sterbe glücklich, für das Kind des Weibes, welches ich liebte!" rief Mägele plötzlich, dem Mönch die Hand drückend. Dabei beleuchtete der flammende Himmel ein sieghaftes Lächeln — und dann lag Alles in Nacht und Schweigen. Die Schatten des Todes umhüllten das Haupt, welches in Rovaios Schoß ruhte.

„Leicht sei Dir die italienische Erde, Du Wacke=
rer!" rief Rovaio gerührt. „Ich werde Dir ein ge=
weihtes Grab stiften." —

Vorwärts und aufwärts führte inzwischen Ditt=
mar seine Schar, ohne von dem Feind nur einen
Laut zu hören.

Auf der Höhe des dritten Stockwerks hemmte
eine verschlossene Thür den Aufstieg. Lag hinter
derselben der Feind gedeckt, zur Abwehr gerüstet?

Mit verhaltenem Athem lauschten Dittmars frische
Gesellen vor der Thür, ob nicht ein Flüstern oder
Klirren die verborgene Anwesenheit der Krieger Gio=
vannis verrathe. Aber nichts regte sich. Todtenstille
herrschte hier wie im Hofe. Das geheimnißvolle
Schweigen bedrückte die Seelen der Deutschen mehr
als lautes Kampfgetöse.

Plötzlich aber gab ein furchtbarer Ruf Klarheit
über das Räthsel und zugleich die Gewißheit, daß
die Feinde verschwunden seien. Denn aus weiter
Höhe erscholl der verzweifelte Ruf einer Männer=
stimme: „Feuer! Feuer! Zu Hülfe! Zu Hülfe! Ich
ersticke!"

Dittmar erkannte die Stimme Mamolinos.

„Feuer! Feuer! Rettet mich denn Niemand?"
rief nun auch Hermina klagend.

„Die Verruchten! Sie waren zu feige, mit uns zu kämpfen! Sie stahlen sich leise davon. Zuvor aber setzten sie den morschen Bau in Brand, um ihre Flucht zu sichern, und um die Jungfrau zu ersticken, zu deren Erlösung wir die Hälfte der Bande im Hofe niedermetzelten!" rief Dittmar zornglühend. „Hinein, hinauf, Brüder! Wir müssen die Unglücklichen retten!"

Die Stöße von wuchtigen Eisen, Beilrücken und stahlharten Menschenkörpern brachen die morsche Thür in Trümmer, und hindurch stürmte die deutsche Schar. Aber heiße Brandlohe, erstickender Rauch hemmten einen Augenblick ihr Vordringen. Der Feind schien die Strohlager der Thurmwachen entzündet zu haben. Von diesem Zündstoff hatte das spärliche Holzwerk des Thurmbaues Feuer gefangen.

Der Zug stockte.

Doch mit dem Rufe: „Hinauf! Rettet, rettet!" durchdrang Dittmar an der Spitze der Seinen den dichten Brandqualm. Mühsam athmend, folgten ihm die Treuen.

Nun standen sie im Zinnenraum des Thurmes.

Dieser Raum enthielt nur zwei Gemächer. Eines zur Linken, mit unversehrter Thür, aus welchem Mamolinos Jammerstimme ertönte, und eines zur

Rechten, hinter dessen starkbeschädigter Eichenthüre Hermina sich bergen mußte.

Aber sie rief und klagte nicht mehr. Der ganze Brandqualm, welcher nach oben wirbelte, suchte durch die Risse und Splitter dieser Thür und durch die wenigen Oeffnungen des regendurchnäßten Daches seinen Ausweg.

In bangster Sorge um die verstummte Geliebte, legte Dittmar den Mund an eine der Thürspalten und rief hinein: „Hermina, Theure, lebst Du? Oeffne, der Feind ist geschlagen. Meine treue deutsche Schar hält das Schloß. Du bist gerettet, frei und sicher!"

Bei diesen Worten sah Dittmar, unter dem Zucken der Blitze, eine lichte Gestalt draußen, von der freien Luft der Zinnenbrüstung her, in das raucherfüllte Gemach stürzen. Er hörte jetzt im Innern die Eisenriegel rasseln, das Schloß drehen und die Thür in den verrosteten Angeln kreischen, und diese harten Töne klangen ihm wie die süßeste Musik.

Im nämlichen Augenblicke aber, da die Thür sich öffnete, drang der athemraubende Qualm in dichten Schwaden auf Hermina ein. Die von der Treppentiefe nach oben strömende Zugluft hatte in

Herminas Gemach einen Ausweg gefunden, schürte die bereits verlöschenden Flammen des Holzwerks von Neuem an, wie ein Blasebalg, und jagte sie in der Richtung der geöffneten Thür dieses Gemachs, wie in einen Schornstein.

Herminas Sinne verwirrten sich bei dem erstickenden Rauch, welchen sie athmete, bei der züngelnden Lohe, welche aus der Tiefe emporschoß, und das ganze Treppenhaus in Flammenschein tauchte. Schon hatte sie die Arme erhoben, um den geliebten Retter zu umfassen. Da schwankte sie, Nacht umhüllte ihre Augen; sie wäre zu Boden gestürzt, wenn Dittmar die Ohnmächtige nicht aufgefangen hätte.

Seinen Tapfern vertraute er die theure Last, welche er eiligst in das beste Gemach des ersten Stockwerks hinabzutragen befahl, in welchem Giovanni seit gestern gehaust hatte. Alsdann versprach Dittmar zu folgen.

Um das Feuer zu dämpfen, gebot er, Herminas Gemach wieder zu schließen. Dagegen ließ er das Gefängniß des unglücklichen Mamolino öffnen, welches nicht auf eine freie Zinne hinausführte.

Als der Florentiner bei Fackelschein die wohlbekannte deutsche Wache Herrn Giulios plötzlich vor

sich sah, meinte er, sie erlöse ihn vom Erstickungs=
tode nur, um ihn zum Schaffot zu geleiten.

Aber Dittmar rief ihm zu: „Du bist frei. Du
magst gehen, wohin Du willst. Wir haben dem
Schergendienst des Cardinals abgesagt und uns das
verweigerte Recht an der schwarzen Bande selbst ge=
nommen. Willst Du von dannen reiten, so ziehe
Dein Roß aus dem Stall und reite. Willst Du in
unserm starken Geleit von den Ufern des Arno bis
zu den Alpen mit uns ziehen, so bist Du uns will=
kommen."

„Ich ziehe mit Euch, Ihr Trefflichen!" rief der
Gerettete jubelnd.

Die schwellende Fluth seiner Dankesworte aber
drang kaum an Dittmars Ohr, als dieser, an Ma=
molinos Seite, die Treppen abwärts stieg, um zu
Hermina zu eilen. Nur das Ausgießen und Aus=
treten der letzten Brandherde durch die Kampf=
genossen beachtete der Führer bei diesem schleunigen
Abstieg.

Als Dittmar allein das von einer Wachskerze
erhellte Gemach betrat, in welchem Hermina ruhte,
fuhr diese jäh erschrocken in die Höhe. Beim An=
blick des Geliebten aber kam ihr das Bewußtsein
sicherer Freiheit und der bessere Theil der alten

Kraft zurück. Rasch und leicht erhob sie sich vom
Lager und breitete die Arme um den geliebten
Mann, in seligem Glück und bebender Erschütterung.

Dittmar fühlte, wie sie an seiner Brust zitterte,
und leitete sie zu den Sesseln an den Tisch, welcher
mit Speise und Trank noch wohlbesetzt war. „Du
wirst lange gefastet haben, mein Lieb," sagte er, ihr
den bequemsten Stuhl bietend.

„Seit dem Frühmorgen," seufzte sie, während
ihr Auge beim Anblick der aufgestellten Herrlich=
keiten erglänzte.

„So lange, Du Aermste!" rief Dittmar eifrig,
ihr das Beste darreichend. „So labe Dich an den
guten Dingen, welche für Deinen entflohenen Be=
dränger bestimmt waren. Ich erzähle Dir dabei die
schweren Ereignisse dieses Tages."

Mit schmerzlicher Spannung lauschte Hermina
seinen Worten, welche so Ungeahntes, so viel Schreck=
liches und Ungeheures enthüllten: das Geheimniß
ihrer Geburt, die Verleugnung und Preisgebung der
Tochter durch den eigenen Vater.

Fast verzweifelt, und zugleich von hoher Röthe
übergossen, rief sie endlich: „Was soll aus mir
werden? Ich habe nirgends eine Heimath mehr!
Denn zu meiner gütigen Herrin, der Gattin des

Verruchten, darf ich so wenig zurück, als zu dem
herzlosen Vater, welcher mich opferte!"

„Du bist mein Weib, Hermina. An meinem
Herzen ist Dein Heim!" rief Dittmar glühend.

„Dein Weib?" stammelte die Jungfrau. „Deine
Verlobte."

„Ja, meine Verlobte, Theuerste, und deshalb
mein Weib. Denn nach uraltem deutschem Recht
bindet das gewechselte Treuwort Mann und Weib
für immer, so ehrlich und rechtschaffen, wie nur je
die Litanei eines Geistlichen in Italien. Aber Du
erwuchsest in diesem Lande, Hermina, kennst nur
dessen Sitten und Gebräuche; deshalb sorgte ich da=
für, daß unserem Ehebund auch die geistliche Weihe
nicht fehle. Mein Freund Rovaio von Carpi, von
welchem ich Dir so viel erzählte, ist zur Stelle.
Auch er wagte Leib und Leben für Deine Befreiung.
Er wird uns ehelich zusammengeben, kraft seines
Amtes. Denn als ehelich Verbundene müssen wir
von hinnen ziehen, da Du hier keine Heimath mehr
hast. Und noch heute Nacht, denn meine Treuen
müssen mit mir beim Frühroth der toskanischen
Grenze schon nahe sein, um den Häschern und Streif=
scharen des Cardinals zu entgehen. Deine Aus=
steuer aber wird Fra Rovaio beim Monte delle

Fanciulle zu Florenz erheben und uns nachsenden.
Die soll dem Cardinal nicht geschenkt sein."

„Aber wo sind die Zeugen unseres Ehebundes,
Dittmar?" mahnte die Jungfrau besorgt. „Nur der
Bruder Rovaio, welcher fern von uns hier bleibt,
und dann Deine unsteten Leute, welche jeder Tag
nach allen Richtungen zerstreuen kann, vermöchten
dereinst von unserer Verbindung Kunde zu geben."

„Du bist die rechte Tochter Deines vorsichtigen
Vaters!" rief Dittmar heiter. „Aber hier sind Zeugen in Haufen zur Stelle! Schau!"

Dabei riß er das Fenster auf und wies auf
den Hof. „Da rückt halb San Casciano an: der
Podesta, der Ortspfarrer mit dem Küster, die be-
wehrte Bürgerschaft. Der Brand des alten Schlosses
hat sie vermuthlich angelockt, da die Capelle den
starken Heiligen der Gegend birgt, und da die Wall-
fahrt zu seinen Gebeinen angeblich alle Krankheiten
heilt und unzweifelhaft viel Geld in der Gemeinde
zurückläßt. Steigen wir abwärts, Hermina, um die
lieben Trauzeugen und den Bruder Rovaio zu begrüßen!"

Es geschah.

Der Podesta von San Casciano überreichte
dem tapferen Hauptmann in beweglichen Worten

gleichsam die Bürgerkrone des Gebirgsortes, zum
Lohne dafür, daß die Deutschen eine so stattliche
Schar von Briganten erschlugen, welche die Hammel=
und Schweineherden und das Federvieh der lieben
Ortschaft mitten im Frieden lichteten, und weiter
zum Lohn dafür, daß Dittmars Schaar die Gebeine
des Nothhelfers der Gegend vor der Lohe der Brand=
fackel rettete.

Während dieser wundervollen Rede hielt Fra
Rovaio die tiefen Augen nur auf die liebliche Braut
des Freundes geheftet. Und die Gewissenspein,
welche ihn gequält hatte, als er durch die mit List
geöffnete Schloßpforte eingetreten war, und als er
dann Zeuge des blutigen Gefechtes im Hofe hatte
sein müssen, ward merklich geringer, als er die Jung=
frau schaute, für deren Freiheit und Ehre so viele
Leben auf beiden Seiten eingesetzt wurden.

„Hat der hohe Gott nicht selbst in diesem Streit
entschieden, für die Unschuld, gegen die Frevler?"
überlegte er getrösteter. „So wird Er auch Deinen
Antheil an diesem Ereigniß in seiner unendlichen
Barmherzigkeit milde richten, Rovaio!"

Den Freund Dittmar hörte er inzwischen mit
dem Podesta und dem Ortspfarrer halblaut reden,
und es klang ihm so, als ob der Anhänger des

großen deutschen Ketzers ganz dreist der weltlichen und geistlichen Gewalt von San Casciano versichere: „Der urkräftige Heilige habe heute sein größtes Wunder verrichtet, indem er die bedrohte Braut Dittmars aus den Fängen übermächtiger Verfolger errettet und diese zu ruhmloser Flucht gezwungen habe. Deßhalb wolle der Sieger sofort und an keiner anderen Stätte als vor dem Altar des wunder= thätigen Heiligen sein Ehegelübde ablegen, und der ehrwürdige Fra Rovaio von Carpi, der Beisitzer im hohen Rathe der Franziskaner, müsse ihm den Segen spenden."

Die Worte konnten nicht mißverstanden sein, denn die Häupter der Bürgerschaft von San Casciano und die Bürger selbst erhoben laute Jubelrufe, er= griffen den Mönch brüderlich am Arm, und zogen ihn mit sich zur Schloßcapelle, in welcher der Hei= lige ruhte. Der größte Theil der deutschen Schar schloß sich ihnen an.

„Sie schmücken den Altar, vor welchen wir bald treten werden, Hermina," rief Dittmar freudig. „Die ringsum blühende Myrthe wird Dir den Brautkranz spenden."

In diesem Augenblicke fuhr ein Wagen vor das Schloßthor. Eine klagende Frauenstimme nahte dem

blutgetränkten Hofe. Und hinter der nun plötzlich
eilig hereinstürzenden lichten Frauengestalt hielten
zwei Diener in den Farben des Hauses Rucellai die
Fackeln hoch empor über der reichen Ernte des
Todes.

„Mein Gott, Madonna Maria Salviati!" schrie
Hermina auf, der geliebten Herrin zufliegend. „Seid
getrost! Euer Gemahl liegt nicht unter den Todten,
Signorina; er hat am Kampfe nicht theilgenommen,
ist entflohen."

„Der Cardinal hat die Unglückliche von dem
unterrichtet, was hier vorging, um durch ihr Er=
scheinen Alles so zu wenden, wie er wünschte!" über=
legte Dittmar grimmig. „Nun kommt sie zu spät.
Fluch dem Herzlosen!"

Als der Hauptmann näher herantrat, sah er,
wie die hohe Frau die Arme um Hermina breitete
und sie leidenschaftlich küßte. Und dabei hörte er,
wie sie schluchzend klagte: „Du, Ermina, empfindest
den ganzen Schmerz, welcher meine Seele während
meiner Fahrt von Florenz bis hierher marterte.
Alle Furien jagten mir zur Seite, in wildem Kampf
untereinander und in mir selbst: Eifersucht, sittliche
Empörung über des Gatten schmachvolles Handeln,
Verachtung seiner That und Gesinnung, daneben die

grausige Sorge, ich käme zu spät für immer: er
könne schon todt und starr sein, ehe ein letztes ver=
söhnendes Liebeswort uns beschieden wäre! Und Du,
Du Reine, Treue, gibst in Deiner dankbaren Liebe
zu mir als erstes Wort des schweren Wiedersehens
mir die Gewißheit, daß Dein Bedränger unversehrt
entkam, daß ich der bitteren Sorge um sein Leben
ledig sei! Aber wohin gedenkst Du Dich zu wenden,
meine Theure? Ich frage so, weil ich Alles weiß.
O, daß ich in meinem Schmerz erst jetzt an Dich
denke, meine Ermina!"

„Hier steht der feste Stab meiner Zukunft,
Madonna!" rief Hermina freudig, Dittmar um=
schlingend. „Sorgt Euch nicht um mich. In der
Schloßcapelle, am Altar des Heiligen, bereiten ehr=
würdige Geistliche und tüchtige Bürger und Krieger
unsere Hochzeit vor, da wir die Nacht durch vor
Eurem Oheim fliehen müssen. Würde die Hoheit
uns wohl die Freude gönnen, Trauzeugin zu sein?"

„Meinst Du, sie könne sich selbst diese reine
Freude versagen, Du Böse?" fragte Maria. „Aber
sie muß mehr thun, sie muß die Braut auch schmücken,
so gut es geht. Folge mir, Ermina. Das soll mein
letzter bittender Befehl sein, dem auch der gewaltige
Herr Capitano sich fügen muß, welcher von sich

rühmen darf, daß er Herrn Giovanni de Medici
zum ersten Mal in die Flucht trieb."

Dittmar verbeugte sich mit herzlichem Dankes-
wort und sah die Braut an Marias Arm im Hause
verschwinden.

Er trat zu seinen Wachen und gab die Befehle
für den sofortigen Aufbruch der deutschen Schar
nach der Trauung, für die Herbeischaffung der Reitthiere und für das Begräbniß des tapferen Schwaben und der gefallenen Brüder im rauschenden Hügel-
wald des Schlosses.

Als er in den Hof zurückkehrte, hatte sich eine
glänzende Zeile von Fackelträgern von der Schloßtreppe bis zur Capelle aufgestellt, Italiener und
Deutsche in brüderlicher Eintracht, welche seiner und
der Braut harrten.

Beim unerwarteten Anblick der Prinzessin Maria
Salviati-Medici entblößten sich die Häupter.

Und auch die Braut war geschmückt wie eine
Prinzessin. Maria hatte ihr den eigenen silberdurch-
wirkten Schleier angethan, ihr den Myrthenkranz
um das Haupt geschlungen, ihr eine Perlenschnur
um den Hals gelegt und goldene Spangen um die
Arme.

Es war eine wundersame Hochzeit.

Kein Fenster der Wetterseite war mehr ganz in dem ehrwürdigen verfallenden Bau. Die Winde hatten Pflanzensamen aller Art in die geweihte Stätte hereingetragen, und hier waren sie unter der günstigen italischen Sonne aufgesprossen. Sogar ein blühender Rosenstrauch hatte in den Grabstätten der ehemaligen Schloßherren seinen Nährboden gefunden, und schaukelte die wilden duftigen Blumen und Knospen im Nachtwind.

An den Dachbalken und Steinsimsen hatten sich Schwalben, Rothkehlchen und Finken angebaut und umkreisten, durch den flammenden Fackelschein aufgescheucht, ängstlich zwitschernd die Nester.

Statt der Orgel tönte von draußen das hohe Lied der Nachtigallen in die heilige Handlung.

Der verwilderte Schloßgarten hatte Blüthen, grüne Blätter und Zweige in Fülle hergeben müssen, um den Altar, die belobte Gnadenstätte des Heiligen, Säulen und Steinflur der Kirche zu schmücken. Kerzen flammten auf dem Altar, und darüber schwebte das geheimnißvolle Halblicht der ewigen Lampe.

Mühevoll bändigte Rovaio den heißen Drang seines Innern, Alles auszusprechen, was sein Herz in dieser Stunde, nach solchem Tage, beim Anblick

dieses Brautpaares und dieser Versammlung bewegte.
Aber die herkömmliche Liturgie seiner Kirche verbannte
die Traurede. Und den ehrlichen Leuten aus San
Casciano durfte er die erschütternden Ereignisse dieses
Tages nicht enthüllen.

Als der Trauact vorüber war, schloß Maria die
Neuvermählte ungestüm in die Arme und flüsterte
ihr zu: „Sei glücklich, glücklicher als ich — glück=
licher als wir armen Italiener, Ermina! Es wird
Dir nicht fehlen. Denn rein und treu ist Eure
Liebe! Nimm das Geleit meines Segens mit Dir.
Laß mich an dieser Gnadenstätte für Dich beten,
ganz allein, während die Andern Dich zum Abschied
begleiten.“

Dittmar küßte der Gnädigen die Hand und schied
von ihr.

Alle entschwanden mit den Neuvermählten aus
dem Heiligthum, auch Rovaio. Nur die wenigen
Kerzen und die ewige Lampe spendeten nun der weiten
Halle noch ihr Dämmerlicht.

Da sank Maria Salviati vor dem Altar, welcher
den Trauschwur des deutschen Paares eben vernom=
men hatte, in die Kniee und betete.

„Großer Gott, welcher Tag liegt hinter uns!
Wie selig war sein Anfang, wie furchtbar sein Abend

— wie ist er so voll von Zeichen und Lehren! Als ich im Strahl der goldenen Morgensonne noch auf dem Lager ruhte und mit dem rosigen Bübchen spielte — da stürmte mein wilder Giovanni herein, reumüthig sank er mir zu Füßen und in heißen Schwüren versprach er ein neues großes Leben. Dann errangen wir Beide vereint das entscheidende Gelöbniß des Onkels Giulio, er wolle das Haupt Italiens werden und meinen Gatten zum Feldherrn Italiens erheben, ihn das Schwert ziehen lassen zum entscheidenden Siege. Zu diesem Bunde sprach Niccolo Machiavelli seinen bedeutsamen Segen. Auch auf Deinen höchsten Segen hofften wir, Allmächtiger! —

„Ach, und mit welchen Freveln haben sich Alle versündigt an diesem Tage, Alle, welche diesen Bund schlossen, und viele Andere mit ihnen!

„Die Jünglinge, welche ich nur von reiner Begeisterung erfüllt glaubte, scheuten nicht zurück vor gemeinem Mord. Der Cardinal, welcher täglich mit dem Heiland betet: ‚Vergieb uns unsere Schuld, wie wir vergeben unsern Schuldigern‘, er schwelgte so sehr in Rachelust gegen die Verschworenen, daß er der bedrohten Unschuld Schutz und Recht versagte. Ja, nach der Erzählung meiner wahrhaftigen Ermina, suchte er den ehrlichen Dittmar zum Raube meines theuren Kindes anzustiften! Der Kanzler, welchem das feurigste und reinste Herz für Italien im Busen schlägt, ließ die bedrohte Tochter in den Händen des Verführers — im Namen des Vaterlandes! Und mein Gatte, welcher Italiens Feldherr und Befreier werden will, beginnt die hohe Bahn mit dem Versuch, durch List und Gewalt eine Jungfrau zu verderben. Diesem Verbrechen opferte er die Hälfte seiner Mannschaft — und beinahe auch das Leben seiner Gefangenen durch ruchlos gelegten Brand! —

„Habe ich selbst Schuld an ihrem Thun, hoher Gott? — Deshalb etwa, weil ich die Verschworenen dem Henkerschwert entzog? — Oder deshalb, weil ich des Kanzlers Buch ‚vom Fürsten‘ billigte und belobte, in welchem alle diese Sünden und noch viele andere als nothwendige Uebel gepriesen werden — so strafe Du mich, mich allein, rächender Gott, nicht mein Volk, nicht Italien! Nimm von dem herrlichen Lande den Fluch, daß solche Greuel sich tagtäglich und überall auf italischem Boden ereignen! Und gieb mir die Erleuchtung, woher dieses unser Verhängniß stammt, und wie es abgewendet werden kann!“ —

„Ich will Dir’s sagen, Madonna Maria,“

sprach eine tiefe männliche Stimme hinter ihr. „Ich
weiß es, da ein Größerer mir die Binde von den
Augen gerissen hat. Auch er stellte Deine Frage:
‚woher es komme, daß solche Dinge tagtäglich auf
unserem Boden in allen Kreisen spielen?‘ und er
antwortete mit dem schneidenden Bekenntniß: ‚weil
uns das Gewissen abhanden gekommen ist, das
Bewußtsein unserer Sünden und unseres Elends.
Darum sind wir ein ohnmächtiges, zerrissenes
Volk, der Spielplatz und die Beute der Fremden.
Ein furchtbares Gottesgericht wird über uns kom=
men, um uns zu strafen und zu ermannen, wenn
wir nicht selbst die Kraft finden, uns aufzuraffen.‘“

„Wer sagte das, Fra Rovaio?“ fragte Maria,
erschrocken und gespannt zu dem Mönch aufblickend.

„Der Kanzler Niccolo Machiavelli sagte es zu
Carpi, Madonna!“

„Wie — Er, welcher selbst sein Gewissen heute
schmachvoll verleugnete — Du wirst vernommen haben,
in welch’ entsetzlicher Weise!“

„Er, Madonna, Er. Ach, er bewies dadurch
ja nur, daß bei uns in Italien heute und seit
langem höchste Geistesklarheit sich wohl verträgt
mit der Verleugnung und Verachtung der heilig=
sten Herzens= und Menschenpflicht! O, Madonna,

wo sollen wir die Kraft unserer Erhebung finden,
wenn das große Gericht über uns kommt, welches
Gott uns senden wird? Nur auf seine Gnade
dürfen wir hoffen! Was ist Euch, Madonna? Ihr
sinkt!"

Er hielt eine Ohnmächtige in dem starken Arm.

X.

Die milde römische Novembersonne leuchtete in eine weite helle Fensternische des Vaticans und erquickte den Papst Clemens und seinen Gast mit ihren warmen Strahlen.

Wohlgefällig ruhte des Papstes Auge auf einem dicken Stoß beschriebener Blätter. Das erste derselben enthielt nur die Worte ‚Geschichte von Florenz‘, und als die mit dem Fischerring geschmückte Hand es umwandte, gewahrte Clemens mit freudiger Ueberraschung, daß die folgenden Blätter das stattliche Werk ihm selbst widmeten.

Sichtbare Sorge dagegen glitt über seine Züge, als er von den Blättern aufsah und seines Gastes Antlitz und Haltung prüfend betrachtete. Dieser blickte schwermüthig nach der Engelsburg hinüber, während der Papst die Blätter durchflog.

„Vier Winter und ein Sommer sind vergangen,

Niccolo," begann Clemens mit warmer Stimme, „seitdem Du mir mit jener Urkunde, welche Du mir von Carpi brachtest, eine Freude bereitetest, welche derjenigen dieser Stunde gleichkommt, da Du mir Dein großes Geschichtswerk vollendet überreichst und gar meinen Namen an die eherne Pforte seines Ein= ganges setzest. Und wer uns Beide von ferne schaut, mich mit dem fast weißen Haar und Bart, Dich mit dem noch immer glänzenden schwarzen Haupthaar, möchte nicht glauben, daß ich der Jüngere sei. Aber wer Dich genauer und mit den Augen des alten Freundes betrachtet, mein Coletto, der muß erschrecken darüber, wie Du Dich verwandelt hast. Seitdem ich vor drei Jahren in Florenz von Dir schied, nachdem sie Deinen Giulio zum Papst gewählt, hat die kurze Spanne Zeit Dir schärfere Striche ins Antlitz ge= zeichnet, als wenn Du in Schlachten gerungen hättest. Fieberhafte Lohe flammt aus Deinen Augen, verdäch= tige Röthe glüht in Deinen Wangen. Ich hoffe nicht, daß dieses Werk Dich drängte, mit Ueber= anstrengung Deiner Kräfte und ohne Rücksicht auf das Ruhebedürfniß Deiner Jahre zu arbeiten. Um diesen Preis wäre mir die köstliche Gabe viel zu theuer erkauft."

„O nein, heiliger Vater, dieses Werk hat mich

eher verjüngt als gealtert," rief Machiavelli, schmerz=
lich zuckend.

„„Heiliger Vater', sagst Du? Thust Du mir
gegenüber abermals fremd mit Titeln — obwohl Du
diesen ‚heiligen Vater', als er ein Knabe war, durch=
geprügelt hast. Willst Du mich nur mit meinen
Würden und Ehren anreden, so werde auch ich nicht
mehr sagen ‚mein Niccolo', sondern ‚Domine Pro=
visor Murorum', ‚Herr Kanzler der Befestigungsbe=
hörde von Florenz'."

Machiavellis düstere Züge erhellten sich flüchtig.

„Ja, das ist meine neueste Würde, der Provisor
Murorum zu sein, an der Seite Michelangelo Buo=
narotis. Und, in völligem Einvernehmen mit ihm,
lasse ich, nach dem von dem herrlichen Künstler ent=
worfenen Plan, die neuen Wehren von Florenz er=
stehen. Mögen die Feinde Italiens uns nur die Zeit
gönnen, sie zu vollenden!"

Mit tiefem Seufzer entrangen sich dem Kanzler
die letzten Worte.

„Hier also sitzt die Wurzel Deines Grams?
Hier wohl auch die Ursache Deines fieberhaften Zu=
standes, Coletto? Denn in allen Dingen, welche Ita=
lien betreffen, besitzest Du die Ungeduld von Knaben,
die tagtäglich nachgraben, um zu erforschen, ob das

Bäumlein, welches sie pflanzten, bereits Wurzel ge=
faßt habe."

„Kennst Du einen Mann in Italien, Giulio de
Medici, welcher weniger das Recht hat, der sorgen=
vollen Ungeduld der Freunde Italiens zu spotten,
als Clemens der Siebente?" rief Machiavelli bitter
und flammenden Auges. „Seit länger als vier Jah=
ren ziehe ich rastlos durch Italien im Dienste des
Principe, welcher an jenem Junimorgen zu Florenz
uns schwur, des Vaterlandes Haupt zu werden. —
Durch Hitze, Nässe und Kälte, über rauhe Gebirge
und durch Fiebersümpfe führt mein Weg jahraus
jahrein, bei Tag und Nacht. Du magst Recht haben,
wenn Du meinst, einen vom Tode Gezeichneten vor
Dir zu sehen. Denn ich fühle es selbst: meine Kraft
ist nahezu aufgezehrt durch das Fieber, welches mir
so viele Jahre hindurch das Blut erhitzt und das
Hirn entzündet, durch das Fieber der Sorge um
Italien und um sein Haupt, den Principe, welcher
von hundert Gelegenheiten bisher jede verscherzte, um
jene herrliche irdische Krone zu gewinnen, welche
an Glanz und Ehren dreifach die dreifache Papst=
krone überstrahlt! Ich weiß, ich rede heute zum
letzten Male zu Dir, Giulio, und in der letzten
Stunde der Entscheidung! Höre meinen Rath noch

dieses eine Mal — und folge ihm zum ersten
Male!"

Mit Glut und Hast wurden die Worte ausge=
stoßen. Unheimlich glänzend funkelten dabei die dun=
keln Augen, und des Kanzlers dünne, welke Finger
bemächtigten sich der Rechten des Papstes, und hielten
sie inbrünstig umspannt.

Fast ängstlich blickte Giulio auf den Erregten,
dessen eisige Ruhe ihn ehedem oftmals verwundert und
erschreckt hatte. Er legte die freie Linke, wie lieb=
kosend und segnend, auf das Haupt des Kanzlers, in
Wahrheit um zu prüfen, wie heiß wohl die Stirn des
Fiebernden sein möge.

Dann sagte er mild und gütig: „Rede, mein
Niccolo, rede. Was immer Du sagen magst, ich werde
Dich aufmerksam hören. Denn Bedeutendes redest Du
immer. Und heute muß es etwas besonders Wichtiges
sein, da mein treuer Giucciardin mir schrieb, Du rei=
test von seiner Seite aus dem Feldlager von Cremona
nach Rom, um mir Einiges zu sagen, was sich nicht
schreiben lasse. Die Gabe, welche den Vorwand
Deines Besuches bildete, soll mir darum nicht minder
werth sein."

„Ja, das Größte und Dringendste muß ich
Dir sagen. Ich danke Dir, daß Du es hören willst,

Giulio!" rief Machiavelli etwas ruhiger. „Nur wie das Neueste kam und was zu thun ist, laß mich sagen."

„Ich höre begierig, mein Niccolo."

„Die Welt steht vor einem Entscheidungskampf ohne Gleichen, Herr. Seit dem wunderbaren Siege von Pavia, im Februar des vorigen Jahres, spinnen die spanischen Räthe des Kaisers Karl die hochfliegenden Pläne jenes Weltreiches, in welchem die Sonne nicht untergeht. Und noch weiter fliegen die Träume des jungen Kaisers. Im Geiste sieht er sich schon vor Konstantinopel, vor Jerusalem. In Dir aber, Giulio, erkannten die Sieger von Pavia immer deutlicher den Mittelpunkt der von ihnen noch ungebrochenen Mächte."

Giulio nickte befriedigt.

„Ja, endlich schwangst Du Dich ganz zur Höhe Deiner Aufgabe empor, Principe, als Du im Mai dieses Jahres zu Cognac den Bund mit dem befreiten König von Frankreich und Venedig zur Bewältigung der kaiserlichen Uebermacht schlossest. Eine ungeheure Begeisterung durchflammte Italien, und sie stieg auf den Gipfel, als man im Juni erfuhr, Du habest auch die glimpflichen Bedingungen, welche Dir der Kaiser als Preis Deines Abfalls von unserer Sache bot, völlig von der Hand gewiesen."

„Etwas von Deinem „Principe" hat Dein alter Giulio doch an sich!" rief der Papst selbstbewußt.

„Etwas — aber die Ereignisse der letzten Monate sollten ihn belehren: wie wenig!" versetzte Machiavelli scharf. „Seit dem Juni schon hättest Du Deinen Sitz in das Heerlager Italiens verlegen müssen. Dort nur konntest Du die große Rolle des Oberhauptes von Italien würdig und sicher spielen. Aber der Papst, der Statthalter Petri, konnte sich natürlich von Rom nicht trennen. Und hier überfielen ihn die Colonna, welche durch seine päpstlichen Fehden in das Lager der Feinde Italiens getrieben waren, sie nahmen Herrn Clemens gefangen und ließen ihn seine Freiheit mit dreihunderttausend Ducaten und einem Waffenstillstand mit dem Kaiser bezahlen, so daß zu Wasser und zu Lande die gesammte italienische Wehrkraft gelähmt ist, während der Feind die gewaltigsten Kräfte gegen Italien sammelt und heranführt. Du hast Dich wie ein Kind fangen lassen, Giulio, und das Garn so verwirrt, daß Niemand es wieder in Ordnung bringen kann."

„Ich habe die Thorheit hart gebüßt, wie Du selbst schon sagtest," rief der Papst mit schwerem Seufzer, seiner Ducaten gedenkend. „Aber das Eine

kann Dir nicht verborgen sein, daß dieser mir ab=
gezwungene Waffenstillstand keine italienische Lanze
oder Galeere entwaffnete. Nicht eine Stunde länger,
als es mir nützlich schien, ward er gehalten. Gegen
die Colonna und Neapel, gegen Mailand und Genua
bringen meine Heere an."

„Laß mich diesen Deinen entschlossenen Willen
auch dem Führer unseres Haupttheeres um Cremona,
dem Herzog von Urbino, überbringen. Denn immer
sucht der zaudernde venetianische Feldherr einen Vor=
wand, um dem Feind fern zu bleiben."

„Ich fertige Dir den Befehl eigenhändig für
ihn aus!"

„Es ist hochnothwendig, Giulio. Denn wie ich
schon sagte, rüstet der Kaiser, trotz Deines Waffen=
ruhevertrages, die ganze Macht des deutschen Reiches
gegen uns. Durch kluge Duldsamkeit gegen die
deutschen Ketzer, hat er den Reichstag zu Speier
einmüthig zum Römerzug gegen den Papst entflammt.
Seine Aufgebote reden eine Sprache, deren sich der
Fra Martino von Wittenberg nicht zu schämen
brauchte. Er stellt sich verwundert, ‚daß der Papst,
um irgend eines Besitzthums willen, Blutvergießen
veranlasse, völlig entgegen der Lehre des Evan=
geliums‘. Er bittet die Cardinäle, den Statthalter

Petri daran zu erinnern, daß dieser nicht ‚um die
Waffen zu führen, noch zum Verderben des christ=
lichen Volkes, den priesterlichen Thron inne habe‘.
Er schlägt die Tiara mit ihren eigenen Waffen.
Wie gedenkst Du ihn zu schlagen, Clemens?“

„Ich hörte von diesen frechen Worten schon mit
Entrüstung, und halte Bann und Interdict für ihn
bereit!“

„Bann und Interdict?“ rief Machiavelli, bitter
lachend. „Wenn Dich der Wahn bethören sollte,
nach diesem verbrauchten Rüstzeug der Kirche zu
greifen, so mehrst Du sein Heer um Tausende und
Abertausende! Denn in vielen seiner Heerführer, in Un=
zähligen seiner Krieger, frohlockt der deutsche Glaube
wider Rom. Und auch Karl der Fünfte ist kein
Heinrich der Vierte mehr. Kein Fürst unserer Tage
wird jemals wieder, durch Bann und Interdict ge=
brochen, nach Canossa pilgern! Wirf den Papst bei
Seite und wappne Dich zum König von Italien,
Principe! Schaffe uns Kanonen, Büchsenschützen,
Reiter, Heerführer, statt Bannbullen! Vor Allem
aber lege · die Leitung unserer Heere in die Hand
Deines Neffen Giovanni de Medici. Er hätte schon
dem Tage von Pavia eine andere Wendung gegeben,
wenn ihn sein Groll gegen Dich und das Mißtrauen

der Franzosen nicht eine Stunde vom Schlachtfeld entfernt gehalten hätte."

„Du weißt, daß er mir seit dem unseligen Abend von San Casciano grundlos zürnte, weil er dem Wahne lebte, der tolle Dittimario habe damals in meinem geheimen Auftrag das alte Schloß gestürmt. Aber der klugen Maria Salviati gelang es, den Frieden zwischen mir und ihm herzustellen. Während Du mir vorwirfst, Niccolo, daß ich den besten Heerführer Italiens nicht zu verwenden wisse, zieht er an der Spitze seiner schwarzen Scharen, zur Seite der Gattin und des Söhnleins, bereits den Bannern Italiens unter dem Herzog von Urbino zu. Ja, er muß sich mit diesem bereits vereinigt haben."

„Wahrlich, eine trostreiche Botschaft!" rief Machiavelli freudig, die Hand des Papstes drückend. „Aber auch ein Gebot bitterster Nothwendigkeit. Denn Ihr im fernen südlichen Rom ahnt nicht, wie nahe und mächtig der Feind schon heranzieht. Vornehmlich um das Dir zu melden, eilte ich von der bedrohten Nordgrenze Italiens hierher."

Unruhig rückte Clemens in seinem Sessel.

„Du willst mit Deinen Worten doch nicht etwa andeuten, Niccolo, daß diese schwerfälligen Deutschen

daran denken könnten, uns vor der Schneeschmelze
der Alpen, im Mai oder Juni des kommenden Jah=
res, heimzusuchen?" rief Clemens entschieden. „Denn
auch die Geldnoth der Habsburger ist diesem fünften
Karl treu geblieben. Ich habe gute Nachrichten von
Bozen und Meran, den Musterplätzen der deutschen
Reichstruppen. Wohl waren dort zu Anfang dieses
Monats an elftausend Mann zusammengelaufen. Aber
das Dinggeld fehlte. Fünfundbreißigtausend Gulden
hätte der halbe Monatssold ,mit dem Lauf' betragen
für diese Scharen. Und nur zweitausend Gulden
hatten die Musterungsbeamten dem alten Landsknecht=
führer Frundsberg darzuleihen, ,damit er doch etwas
in Händen hätte', und Frundsberg hatte die lächer=
liche Summe ,mit überlaufenen Augen' angenommen.
Wird Dir bei diesem Schauspiel nicht selbst das
Wort lebendig, Niccolo, welches Du einst an die
Signoria zu Florenz schriebst, als Du Gesandter
bei Kaiser Maximilian warst — Dein Wort, welches
seither sprüchwörtlich geworden ist in Italien:
,Deutschland ist wohl so reich an Menschen und
Waffen, daß ihm, wenn es einig wäre, kein Staat
würde widerstehen können. Allein, wenn der Kaiser
Truppen und Geld vom Reiche fordert, so bezahlen
ihn die Deutschen mit Reichstagen; hat er Truppen

gesammelt, so laufen sie ihm wieder auseinander, weil es an Sold fehlt; kurz, Deutschlands Macht ist groß, aber so, daß man sie nicht gebrauchen kann!'"

"So schrieb ich vor zweiundzwanzig Jahren, ja, und damals traf wohl jedes meiner Worte zu. Aber seit jenem Tage ist Alles neu geworden in Deutsch= land! Der Geist der Alten, welcher bei uns nur Wissenschaft und Kunst erblühen ließ, und nur die Reichen und Gebildeten erfaßte, ist dort auch in die Tiefen der niederen Stände gedrungen, und hat dieses unergründliche Volk mit einer schwärmerischen Ahnung seiner Kraft und Bestimmung erfüllt. Dieser Geist der Alten hat sie getrieben, die Bibel in ihre rauhe Sprache zu übertragen, die alte innere Zwie= tracht abzuthun, und mit der ungebrochenen Riesen= kraft ihrer Unschuld und ihres freien Gewissens gegen die Pforten der Hölle zu donnern. Hölle und Rom aber ist ihnen gleichbedeutend. Wehe Dir, Papst, wenn sie vor Dir erscheinen!"

"Niccolo, Niccolo, halt ein! Du redest aus den Wahngebilden Deines Fiebers!" rief Giulio, halb ärgerlich, halb belustigt. "Laß mir diese ganze ketzerische Bewegung Deutschlands ganz und gar bei Seite. Betrachte Dir vielmehr, wenn Deine tos= kanische Einbildungskraft und Erfahrung solches über=

haupt vermag, das Bild der Alpen in diesen No=
vembertagen! Wie sollen Truppen mit Rossen und
Geschütz diese jetzt bis zum Thale unwegsamen
Schnee= und Eiswüsten übersteigen, um zu uns
hinabzubringen?"

„Und dennoch haben sie es unternommen und
vollendet!" versicherte Machiavelli düster.

„Unternommen — vollendet? Du träumst,
Niccolo?" rief der Papst, den Freund am Arm schüt=
telnd, als wolle er ihn aus dem Traum reißen.

„Jawohl, unternommen und vollendet, Giulio!"
wiederholte der Kanzler bestimmt. „Von welchem
Geiste sie beseelt sind, magst Du daraus erkennen,
daß außer den elftausend Söldnern, welche Du zähl=
test, noch viertausend Streiter ohne alle Löhnung sich
unter Frundsbergs Bannern zusammenfanden: ‚ein
auserlesener Haufe, wie er bei Menschengedenken nicht
gesehen worden‘, berichten unsere Kundschafter von
ihm. Auch unser alter Freund Dittimario ist darunter,
als einer der obersten Anführer."

„Wohl gar mit Deinem verleugneten Töchterlein,
Niccolo?" warf der Papst spöttisch ein.

„Mit seinem Weibe Ermina, ja. Doch verlassen
wir die persönlichen Dinge. Reden wir weiter von
der wichtigsten Angelegenheit Italiens.

„In Trient angekommen, rathschlagt Frunds=
berg, auf welcher Straße er sein Heer über die Alpen
führen solle. Die veroneser Klause hatten wir ihm
trefflich gesperrt. Auf sauren und gefahrvollen Wegen
führt er seine Scharen über die Sarkaberge nach
Lobrone, der Herrschaft seines Schwagers. Diese
liegt aber auch erst am jenseitigen Fuße der Alpen!
Hier stärken sich die Erschöpften, vernehmen aber zu
ihrem Schrecken, daß der einzige Alpenkamm zur
Rechten, über welchen ein von einer Kerntruppe auch
im November noch allenfalls zu erzwingender Weg
führt, durch das Geschütz unserer Besatzung an der
Klause von Anfo verschlossen ist. Ueber das Hoch=
gebirge zur Linken führt nur ein Fußsteig an himmel=
hohen Felswänden und Abgründen dahin. Ein ein=
ziger unserer Bauern hätte ihn unwegsam machen
können — wir aber hatten diesen Paß nicht beob=
achtet, ihn dem Feind offen gelassen!“

„Sie werden doch diesen Todespfad nicht ge=
schritten sein?“ rief Giulio entsetzt.

„Doch, gerade dort hinauf zogen sie! Der alte
Frundsberg voran, unter Führung seines Schwagers,
welcher in der Nähe seines Stammschlosses dort oben
die Gemsen jagt, und daher Weg und Steg kennt.
Dieser führte das Heer drei Meilen weit von Lobrone

aufwärts, bis zum hohen Gebirg. Nur wenige
Pferde konnte man mitnehmen, und auch von diesen
stürzten manche die Klüfte hinab, über denen der
Lämmergeier kreist, und rissen die Führer mit sich
in die Tiefe. Wer in die schauerlichen Abgründe
unter sich blickte, dem schwindelte, und haltlos folgte
er, abstürzend, dem Winke des Todes.

„Den greisen Frundsberg und die Feldhaupt=
leute nahmen einige bergfeste Knechte in die Mitte.
Ihre langen Spieße senkten sich an den gefährlich=
sten Stellen in die schmalen vereisten Grasbänder
und bildeten so eine dürftige Lehne, nach welcher der
Schwindelnde greifen konnte. Oftmals faßte der
greise Frundsberg wohl den Vordermann am Koller,
der Hintermann schob ihn; so ging es über Gletscher
und klaffende Felsspalten.

„Des Abends gelangten sie nach Aa, am fol=
genden Tage nach Sabbio. Am dritten Tage er=
schienen sie bereits am Fuße des Gebirges, beim
Marktflecken Gavardo im Gebiete von Brescia. Be=
reits war das letzte Brot verzehrt und der letzte
Trunk gethan. Da fanden sie guten Farnatzer Wein
im Ort, trieben Tausende von Viehhäuptern zusam=
men, und stärkten sich nach der ungeheuren An=
strengung und langen Entbehrung.“

„Madonna!" rief der Papst entsetzt. „Das Alles klingt wie ein Märchen. Bist Du der Sache sicher, Niccolo? Wer brachte Euch diese Nachrichten?"

„Fliehende Bürger von Gavardo und klagende Bauern aus dem Vorland, welches die Deutschen alsbald durchzogen."

„Aber sie können doch nur einen elenden Bruchtheil ihres Auszuges von fünfzehntausend Mann über die furchtbaren Schründe gerettet haben?" rief Giulio zuversichtlich.

„Im Gegentheil, sie verloren nur Wenige. Aber die Ehre ihres Erfolges gönnen sie Gott allein. Ueberall verkünden sie: ‚Gott selbst habe ihnen den Weg über die Alpen gewiesen, über die hohen Felsen und Eisfelder, über welche sie, wie die Gemsen, einer nach dem anderen gestiegen seien.' Und sie vermessen sich: ‚Den, der sich selbst zum Gott auf Erden erhoben, nun durch die Macht des eifrigen Gottes niederzulegen'."

„Laß sie lästern, Niccolo! Die Thoren gedenken doch nicht, ohne Reiterei und Geschütz gegen Rom zu ziehen?" fragte Clemens spöttisch.

„Nein, zunächst wandten sie sich nach Südwesten, in der Richtung von Mailand; in der Hoffnung, sich dort mit dem französischen Verräther, dem

Herzog von Bourbon, vereinigen zu können! Aber unser Feldherr, der Herzog von Urbino, verlegte ihnen mit großer Uebermacht die Flußübergänge. Alle unsere Städte sind in trefflichem Vertheidigungs= zustand. Ohne Geschütz können die Deutschen ihnen nicht nahen. Aber ihr Verbündeter, der Herzog von Ferrara, wird ihnen, fürchte ich, Geschütz senden; und deshalb sage ich Dir, Giulio, Du mußt den Herzog um jeden Preis gewinnen. Denn auch ihn trieben Deine päpstlichen Machtgelüste ins Lager der Feinde Italiens!"

„Jetzt sähe ein Versuch dieser Art wie Furcht und Schwäche aus, Niccolo, und würde uns schaden. Zudem aber liegt Ferrara weit ab von Brescia. Unsere Heere sperren die verbindenden Straßen und Flüsse. Fühlst Du Dich wohl stark genug, Niccolo, sofort zurückzureisen, um dem Herzog von Urbino und meinem Neffen Giovanni meine Befehle zu über= bringen? Natürlich fährt Dich von hier bis zum Heere mein bester Viererzug in meiner bequemsten Karosse."

„Ich sagte Dir schon, daß ich im Dienste Ita= liens keine Müdigkeit kenne, keine Rast."

„Italien dankt Dir, Niccolo! So kehre denn zu den Feldherren zurück und sage ihnen: der Deutsche

wird ohne Geld bald Hunger leiden, außerhalb der
Städte bald frieren. Sein durch den glücklichen
Alpenübergang erzeugter üppiger Muth wird noch
eher verraucht sein, als sein Rausch nach dem guten
Farnatzer von Gavardo. Dann kommt mit hohlen
Augen die Ernüchterung heran, die Entbehrung —
endlich die Verzweiflung oder die Meuterei. Auf
Schritt und Tritt sollen Urbino und Giovanni dem
Feinde folgen, ihn umschwärmen und umzingeln, ihm
nimmer Ruhe gönnen, ihn täglich schwächen. Und
wenn die Gelegenheit besonders günstig ist, mag der
Herzog zur Vernichtungsschlacht schreiten."

„Zur Vernichtungsschlacht?" rief Machiavelli
geringschätzig. „Caspita! Kennst Du den Urbinaten
so wenig? Wir wollen mit ihm schon ganz zufrieden
sein, wenn er den Feind täglich ein wenig neckt und
aus der Ferne beschießt. Aber eine entscheidende
Schlacht ist nicht seine Sache. Warum läßt Du
diesen feigen Zauderer in so entscheidender Stunde
unsere Heere führen, Giulio?"

„Er ist der Feldhauptmann unseres mächtigsten
italienischen Bundesgenossen, Venedigs, und der Sohn
des kriegerischen Papstes Julius des Zweiten. Ich
kann ihn nicht abberufen, ohne die Herren von San
Marco tödtlich zu beleidigen, und ohne den ehr=

geizigen Herzog in das Lager der Feinde zu trei=
ben. Aber mein Neffe Giovanni wird ihn schon
aufrütteln."

„Aufrütteln? Womit? Durch nichts, Giulio,
außer wenn Du Herrn Giovanni de Medici ge=
stattest, den thatlosen Nepoten des kriegerischen
Papstes ein wenig mit der Spitze seines Dolches zu
kitzeln."

Clemens warf einen scharfen Blick auf den
Kanzler, als wolle er dessen innerste Meinung er=
forschen. Dann sagte er flüsternd: „Es könnte sein,
daß Giovanni diese Erlaubniß hätte; und wenn
dem Urbinaten der Dolch etwas tiefer dränge,
oder wenn im Gefecht zufällig eine Kugel ihn träfe,
so würde natürlich Giovanni die Heere Italiens
führen."

„Ich verstehe, Principe," nickte der Kanzler be=
friedigt, „und ich eile von dannen. Gedrückten
Muthes kam ich hierher. Hoffnungsfreudig ziehe ich
der Wahlstatt entgegen. Fahre wohl! Sei glücklich,
Principe!"

„Fahr' wohl, mein Niccolo! Gott segne Dich!
Gott segne Italien!" rief der Papst, den Scheiden=
den umarmend und küssend.

Hocherhobenen Hauptes flog der Kanzler die

Palasttreppe abwärts, welche er vor einigen Stun=
den keuchend erstiegen hatte.

Die Kämmerlinge und Soldaten des heiligen
Vaters meinten, dieser habe ein hohes Wunder an
dem Greise verrichtet.

Machiavelli aber sprach halblaut für sich jene
stolzen Verse Petrarcas, welche der Kanzler an den
Schluß seines ‚Buches vom Fürsten‘ gesetzt hatte:

> „Es kann der Sieg nicht fehlen,
> Wenn edler Muth kämpft gegen wilde Rohheit;
> Und in italienischen Seelen
> Noch nicht der Sinn erstarb der alten Hoheit.“

XI.

In sausendem Trabe jagte des Papstes behag=
lichster Reisewagen, von den vier besten Rennern
der vaticanischen Ställe gezogen, nach Norden, Tag
für Tag, stets nur mit kurzer Nachtrast, fast eine
Woche lang. Unzählige römische Flüche der Rosse=
lenker des heiligen Vaters verhallten draußen in der
wirbelnden Luft, unvernommen von den Ohren des
ungeduldigen Fahrgastes.

Keine Vorstellung, keine Bitte: „Des Papstes
bestes Geschirr und Gespann nicht dem sicheren Ver=
derben zu überliefern," beachtete der unheimliche
Greis mit den flammenden Fieberaugen.

Als ein päpstlicher Balestriere von Norden her
das Fuhrwerk kreuzte, in den Wagen schaute, den
Hut zog, dem Insassen ein versiegelt Schreiben
übergab, und dann weiter nach Süden jagte, meinten
die Diener Herrn Giulios, endlich einen den Thieren
und dem bedenklichen Fahrgast gleich förderlichen

Anlaß zu langsamerer Weiterfahrt gewonnen zu haben; denn so konnte die Excellenza das mächtige Schreiben ohne Stoß und Schaukeln lesen.

Aber sofort öffnete sich das Klappfenster nach dem Kutschersitz, und von innen rief drohend eine Donnerstimme: „Wenn Ihr Euch im Geringsten versäumt, lasse ich Euch in der nächsten Stadt in Eisen legen! Ihr nehmt fortan die kürzeste Straße nach Mantua. Und wehe Euch, wenn Ihr zu spät kommt! Eure faule Hand und das lässige Gestrampel Eurer Thiere soll wahrlich Italien nicht verderben, dessen Schicksal von Eurer Eile abhängt!"

Das Fenster flog zu; die Peitschen knallten und klatschten; die Viere flogen dahin und hüllten Alles in Staubwolken. Machiavelli aber las im Dämmerlicht des Innern der Karosse das Schreiben Giucciardins wieder und wieder.

„Eilt Euch, Herr Provisor Murorum, wenn Ihr noch Zeuge sein wollt von der Vernichtung der Feinde und theilzunehmen begehrt am großen Siegesfest auf der Wahlstatt," hieß es da. „Denn vor Mantua sind die Deutschen gestellt und umschlossen. Vor ihnen thut ein einziger Weg sich auf, der lange schmale Damm in der Landwehr der Festung. Er führt durch den einen der Seen, welchen der Mincio um die Stadt bildet. Auf diesem Damm müssen sie mit gelösten Gliedern vorwärts. In ihrem Rücken aber hat Urbino die italienische Uebermacht vereinigt und zermalmt Jene mit seinem Geschütz. Von solchem besitzen sie nichts als zwei elende Falkonettlein, welche der deutsche Lokotenent Dittimario von Bo=then, der Euch vor vier Jahren nach Carpi geleitete, in verwegenem Ritt bei Nacht von Ferrara ihnen zuführte. Aber keine Wendung und Umkehr ist ihnen möglich. Die Brücke über den Mincio bei Governolo, ihre einzige Zuflucht, hält Giovanni de Medici mit seinen schwarzen Banden; kampfbegierig, durstig nach Rache an dem Feind, welcher ihm die Schlappe von San Casciano beibrachte. So stehen die Dinge bei uns, Freund, und nun eilet!"

Unter dem tiefen Eindruck dieses Schreibens und unter den Drohungen des Kanzlers ging die Fahrt noch rastloser vorwärts, als bisher.

Aber als jenseits des Po die Mauern und Thürme von Ostiglia in der Mittagssonne aufstiegen, vermochte auch das beste römische Mundwerk die päpstliche Karosse nicht weiter zu bringen. Denn eine starke reisige Schar hielt den Wagen besetzt und wehrte dem Vordringen.

„Die in der Karosse thronende Excellenza muß

noch heute bis Mantua kommen. An unserer Eile
hängt das Schicksal von Italien!" riefen die Päpst=
lichen vornehm und wichtig den Reisigen zu, welche
durch vorgestreckte Lanzen jeden Schritt nach vorn
unmöglich machten.

Machiavelli hatte in den weichen Pfühlen kurze
Mittagsrast gehalten, als der Stillstand der Fahrt
und lautes Stimmengewirr ihn weckte. Die ersten
deutlichen Worte, welche er erfaßte, waren diejenigen
der Lakaien vom Schicksal Italiens.

„O, Ihr Papageien! Weh' uns, wenn das
Heiligste profan wird!" rief er grimmig, und wollte
abermals das Klappfenster öffnen, um die Leute
Seiner Heiligkeit auszuschelten.

Da sprach eine tiefe Stimme ernst zu den
Dienern: „Was wißt Ihr vom Schicksal Italiens!
Hat es jemals an Eurer Eile gehangen, so kommt
Ihr zu spät — es ist schon entschieden!"

Die mächtige Stimme kam dem Kanzler bekannt
vor. Noch tiefer aber als der Drang, den Sprecher
von Angesicht zu schauen, bewegte ihn der bedeut=
same Inhalt der vernommenen Worte. Eilig schlug
er die Vorhänge des Wagens zurück und erblickte
dicht neben sich, auf edlem gepanzertem Rosse, den
Fürsten Pio von Carpi, umgeben von Reisigen in

den Farben seines Hauses. Ungestüm öffnete der
Kanzler den Schlag und stürzte auf die von Be=
waffneten gefüllte Landstraße, dem Fürsten zu.

„Edler Herr von Carpi!" rief er glückstrahlend,
Pios Hand drückend. „Deine Anwesenheit kann uns
Allen nur Heil verkünden! Du sagtest, wir kämen
zu spät, um den Sieg mit anzuschauen — das
Schicksal Italiens sei bereits entschieden. Aber Dein
Wort ersetzt mir den versäumten Anblick. Erzähle
mir, wie der Sieg erstritten ward!"

Pio blickte erschrocken in die verwandelten Züge
des theuren Mannes, in den Fieberglanz seiner
Augen, auf die fliegende Röthe der Wangen in dem
welken Antlitz, und vorsichtig erwiderte er: „Ich
stünde nicht hier, Niccolo, wenn wir bei Mantua so
glücklich gewesen wären, als Du annimmst. Ich be=
setzte diese Höhe, um die Flüchtigen aufzunehmen
und um eine feste Wehr gegen den Feind zu
bilden."

„Ah, so ist Euch der Feind bei Mantua ent=
kommen und sucht fliehend die Pobrücke von Ostiglia
zu gewinnen? Vergeblich, mein Pio! Deine Eisen=
reiter werden ihn zerschellen!"

„Setze Dich wieder in Deinen Wagen, mein
Niccolo!" rief der Fürst, vom Roß abspringend

und den Kanzler geleitend. „Ich erzähle Dir, was geschehen ist."

Als Machiavelli Platz genommen hatte, stellte sich der Herr von Carpi, den Zügel des Rosses um die Linke geschlungen, dicht vor den offenen Wagenschlag und berichtete: „Wir Alle hofften heute auf einen Sieges- und Freudentag, Niccolo. Ich bewohnte dasselbe Haus mit Giovanni de Medici, seiner Gattin und seinem Prinzen.

„Als der Tag anbrach, kam das hohe Paar mir vor Augen, ehe wir Männer uns aufs Roß schwangen. Maria hatte sich auf den befehlenden Wunsch des Gatten festlich gekleidet und den edlen Schmuck der Herrscherinnen des Hauses Medici angelegt. Herzbewegend war der Abschied der Beiden — der Knabe Cosimo schlief noch — und an der Seite Giovannis ritt ich der Minciobrücke von Governolo zu, während meine Schar auf einer Höhe rückwärts mein Zeichen erwartete, um ihren Antheil an der Vernichtung des Feindes zu nehmen.

„Alles ging anfangs vortrefflich. In langer, gelöster Linie, sichtlich zögernd und beklommen, rückten die Deutschen, entlang dem schmalen Damm der Landwehr von Mantua, der Brücke bei Governolo zu. Wenn der Herzog von Urbino in ihrem

Rücken mit seiner Uebermacht nur ein wenig auf sie
gedrückt hätte, wären sie verloren gewesen. Er aber
begnügte sich damit, sie aus weiter Ferne zu be=
schießen.

„Mit dem Muthe der Verzweiflung warfen sie
sich nun, unter Führung Dittimarios, den ich deut=
lich erkannte, auf die Brücke, welche Giovanni hielt.
Als die beiden feindlichen Führer sich erblickten,
loderte in Beiden wilder Haß auf, und sie schickten
sich an, vor ihren Scharen gegen einander zu reiten,
um sich im Zweikampf zu messen. Aber gerade in
diesem Augenblicke traf unsern Führer Giovanni eine
Falkonettkugel und zerschmetterte ihm den Schenkel.
Er sank, und konnte noch eben aufgehoben und davon=
getragen werden, ehe die Deutschen, Alles nieder=
werfend und vernichtend, heranstürzten.

„Die Schwarzen flohen in wildem Ungestüm,
fast ohne Kampf; ich hieb mir durch sie Bahn zu
meiner Schar, um diese den Flüchtigen in den Weg
zu werfen, sie wieder zum Stehen zu bringen. Ver=
geblich! Die Feigen rissen die Tapferen mit sich.
Der Mincio ward preisgegeben, und die Deutschen
drängen nun schon gegen den Po nach.

„Dort siehst Du sie, Niccolo. Schau dort den
vielgewundenen Fluß, die Thürme von Ostiglia, die

Brücke. Dort drüben ziehen schon die Heerbanner der Deutschen. Auf der Brücke hat sich der Kern der Schwarzen zusammengeballt. Ihr Vortrupp schwenkt schon hier herauf."

„O wie traurig, wie unsäglich traurig!" rief Machiavell aus zerrissener Brust.

„Ja, an der Flucht der Schwarzen, nach dem Falle des Führers, erkennst Du das Abbild unseres armen Italiens, Niccolo," sagte Fürst Pio ernst, des Kanzlers Rechte erfassend. „Nur der Geist weniger Führer erhebt und befeuert unsere Massen zu gemeinsamer kühner That. Wird ihnen der Führer genommen, so gehorchen sie im Glücke nur dem thierischen Trieb des Genusses, im Unglücke nur dem der Selbsterhaltung. Unser Verhängniß ist, um einige Jahrhunderte zu früh geboren zu sein, Niccolo!"

„Bist Du selbst besser, als diese stumpfen Massen, Fürst, daß Du also redest!" grollte Machiavell vorwurfsvoll. „Seien wir doch stolz und froh, daß unser Jahrhundert uns auf unsere einsame Höhe stellt! Ziehen wir die Massen zu uns herauf, statt zu ihnen hinabzusinken! Wie könnte ein so unbedeutender Vorfall, wie dieses Scharmützel, unseren und unserer Tapfersten Muth beugen? Treten wir

ihnen entgegen, reden wir zu ihnen, Pio! Sagen
wir ihnen, ihr Führer Giovanni sei ja nur ver=
wundet und beschwöre sie durch uns, ihn zu rächen,
die Ehre seiner Feldzeichen zu behaupten! Er werde
sie von Neuem führen zu Sieg, Ruhm und Beute!"

„O Niccolo, sie wissen besser als wir, wie es
um den schwarzen Giovanni steht. Denn dort brin=
gen sie ihn getragen!"

Machiavellis schwache Augen folgten der deuten=
den Hand und erkannten, daß aus der Wegtiefe der
Höhe zu eine rohe Bahre von sechs reisigen Gesellen
getragen ward, um welche ein schwarzer Menschen=
wald sich lautlos und schweigend drängte und vor=
wärts schob, wie ein Todtengeleit. Nur eine einzige
lichte Gestalt ragte auf weißem Zelter hervor, deren
helle Gewänder und strahlender Schmuck in er=
schreckendem Gegensatze standen zu dem Trauerzuge:
Maria Salviati.

Jetzt stürzten einige wilde schwarze Gesellen
mit blutstarrenden Gesichtern dem Zuge voraus, der
Höhe zu, gerade auf den Kanzler los, und riefen
ungestüm: „Ah, Padre, gut, daß wir Euch finden!
Unser Hauptmann liegt im Sterben und ringt in
schwerer Seelennoth. Gönnt ihm die letzte Tröstung."

„Caspita, mein langes schwarzes Reisegewand

und mein Käpplein bringen ihnen die Meinung bei, ich trüge die Tonsur und sei ein Pfaffe. Aber trösten kann ich diesen Helden gewiß so gut wie ein Priester," murmelte Machiavelli für sich. Und laut sagte er: „Gern thue ich, was ich vermag, Leute! Führt mich zu Eurem Hauptmann."

Sie zogen ihn fort. Nicht weit. Denn der düstere Zug hatte die Höhe gewonnen. Die Bahre ward abgesetzt, und Machiavelli beugte sich bang über den Verwundeten, welcher mit geschlossenen Augen, anscheinend bewußtlos, leise röchelte. Ein über die Schenkel gebreitetes blutgetränktes Tuch verrieth die Stelle der Verwundung.

„Madonna, fasset Muth," wandte sich Machiavelli flüsternd zu der hohen Frau. „Gedenket daran, welche Hoffnungen wir Alle auf diesen starken Leib, auf dieses kühne Haupt setzen. Denkt auch an jenen seligen Traum, welchen wir zusammen am Brunnenbecken des Arbergaccio träumten: Daß die Krone Italiens über ihm schwebt, welche der Tod ihm nicht rauben soll! Bettet den Theuren in des Papstes Wagen, der mich hierher brachte, setzt Euch zum Gatten, ich werde zu Fuße gehen."

Betroffen blickte Maria auf den vermeintlichen Priester, welchen die Krieger aufgetrieben und hier-

her geleitet hatten. Ein Schauder ging durch ihre
Glieder, als sie in Machiavellis Züge blickte, seine
Stimme hörte, und sie entzog ihm die Hand, welche
er fassen wollte.

„Ihr seid gütig, Messer," erwiderte sie dann be=
klommen, „aber ich fürchte, Euer Anerbieten kommt
für meinen theuren Herrn zu spät."

„Nimmermehr, Madonna, der Wagen Eures
Onkels schaukelt sanft und rasch dahin, und die Aerzte
in Bologna vermögen viel!"

„Die Noth seiner sündigen Seele quält ihn zur
Stunde noch mehr, als der Schmerz seiner Wun=
den," klagte Maria verzweifelt. „Alle Unthaten
seines Lebens bedrängen sein Gewissen mit fürchter=
licher Pein, namentlich der Frevel von San Casciano.
Und auch Euren Namen, Messer, nennt er —"

Plötzlich verstummte sie, ohne auszusprechen.
Denn Giovanni hatte die rollenden Augen aufge=
schlagen, sie stier auf den Kanzler geheftet, und
sich unter dem Beistand seiner Krieger halb aufge=
richtet.

„Seid getrost, Herr, trauet Eurer Kraft und
erhaltet sie unserem Lande!" sprach Machiavelli ihm
tröstend zu, und suchte die erhobene Rechte des Ver=
wundeten zu fassen.

Giovanni aber schleuderte mit Anstrengung aller Kraft den Kanzler zurück, und schrie bleich und grimmig:

„Du Ausgeburt der Hölle! Nun, da ich Dich an meinem letzten Wege finde, weiß ich vollends gewiß, wohin ich fahre! Auch der gute Engel, welcher an Deiner Seite für mich betet, vermag mich vor der ewigen Verdammniß nicht zu retten! Welche Sündenmenge hast Du meiner armen Seele aufgebürdet, Du Scheusal! Dein Buch vom Fürsten ward mir der Lehrmeister zu jeder Niedertracht! — Für jedes Verbrechen hält es die glatte Vertheidigung des Teufelsadvocaten bereit! Schriebst Du dieses Buch, Verworfener? Rede!“

„Principe, Ihr fiebert! Schont Euch!“ flehte Machiavelli, statt einer Antwort.

„Giovanni, meine Seele, Du tödtest Dich selbst!“ klagte Maria, den Gatten umschlingend.

Das bleiche Antlitz des Verwundeten hatte sich mit fliegender Röthe bedeckt, die düstern Augen flammten, die bärtigen Lippen zuckten krampfhaft. Aber auch den Armen der Gattin wußte sich die trotzige Riesenkraft dieser Stahlmuskeln zu entwinden.

„Zurück, Maria,“ knirschte der Wilde — „zurück, wir richten jetzt den Verruchten!“

Und abermals gegen Machiavelli gewendet, fuhr er mit schriller und stoßweise anschwellender Stimme fort: „Hast Du nicht auch selbst die Rathschläge Deines verdammten Buches in Thaten umgesetzt, Verlorener? Hast Du etwa nicht den Papst dazu angestiftet, mir noch gestern den Eilreiter zu senden, welcher mir den geheimen Rathschlag brachte, den Herzog von Urbino zu ermorden? Rede, und —"

Röchelnde Athemnoth erstickte die weiteren Worte. Immer dunkler ward der Purpur des braunen Antlitzes.

„Aber, Herr Giovanni, der Papst selbst" — betheuerte Machiavelli —

„Schweig, erbärmlicher Lügner!" fuhr Giovanni, mit frisch gesammelter Lungenkraft, auf. „Gott kennt die Wahrheit und hört Dich! Wir treten zusammen vor seinen Richterstuhl, Mörder! Und nun das Letzte, das Schlimmste! Du wolltest die eigene Tochter meiner Lust opfern — Du ekelhafte Entartung eines Vaters! Du wolltest mein eigenes Kind dem Dolchstoß des deutschen Barbaren überliefern, Du — Du herzloser Tiger! Hier blitzt der rächende Dolch in meiner Rechten! Ha, wie bleich er wird, der Gerichtete! Brav, meine Schwarzen, haltet ihn fest! Näher heran mit ihm! Erweist Eurem Hauptmann den letzten Liebesdienst — daß der letzte Stoß meines Armes diesen Teufel vor mir zur Hölle sendet!"

Wohl war Machiavelli erbleicht bei den furcht- baren Anklagen Giovannis. Keineswegs aber vor Todesfurcht. Das bewies seine feste Haltung. Keine Bewegung zur Abwehr oder zur Flucht machte er. Kein Wort, kein Flehen der Hände bat um das ab- gesprochene Leben.

Stier und starr, als sei ihm alle eigene Sorge für die letzten Augenblicke seines Daseins entschwun- den, blickte er mit verzweifeltem Schmerz nur in die von Zorn und Wundfieber entstellten wilden Züge des gefallenen Helden Italiens. Widerstands- los ließ er die eigene Brust dem gezückten Dolche Giovannis darbieten. Dabei drangen nur die Worte über seine Lippen: „Du fluchst mir, Giovanni, Du — nach Allem, was ich für Dich und für Ita- lien gethan!"

In diesem verhängnißvollen Augenblick aber trat blutiger Schaum auf Giovannis Lippen, der er- hobene Dolch entfiel seiner zuckenden Hand, und röchelnd, mit geschlossenen Augen, sank er abermals auf sein Schmerzenslager zurück.

„Helft ihm, Brüder, rettet ihn!" rief Machiavelli schwankend.

„Erst wollen wir an Dir seinen letzten Befehl vollstrecken!" antwortete ein Dutzend der Schwarzen, und ebenso viele Dolche und Schwerter richteten sich gegen Machiavellis Brust.

Der Kanzler taumelte und sank in die Arme Fürst Pios, welcher mit einigen Reisigen herbeigeeilt war, um das dem Freunde drohende Verhängniß abzuwehren.

Gleichzeitig rief Maria, sich zwischen die Söldner und den Bedrohten drängend, mit flehender Stimme: „Entflammt nicht durch neue Unthat die Rache des großen Gottes, Krieger! Sein furchtbares Gericht hat bereits meinen theuren Gatten getroffen — ladet den himmlischen Zorn nicht auch noch auf das Haupt meines Kindes!"

„Dorthin kehrt Eure Waffen — dort naht der Feind!" gebot in diesem Augenblicke Fürst Pio vom Rücken seines Schlachtrosses mit machtvoller Stimme, und dabei deutete sein blinkendes Schwert gegen den Po, von woher lauter Trommelschlag und feuriger Drommetenklang ertönte.

„Die Deutschen, die Deutschen rücken an! Vorauf der wilde Dittimario!" schrieen die Schwar=

zen erschrocken — und im Nu stob Alles in wilde
Flucht, was von den Banden des Mediceers noch
athmete.

Nur die Bahre des sterbenden Hauptmanns vereinte noch die letzten Trümmer des einst so gewaltigen Haufens.

Den bewußtlosen Kanzler ließ Fürst Pio in die
päpstliche Karosse tragen. Dann jagte auch diese
hinter den Fliehenden drein.

———————

XII.

In den kühlsten Schatten des Arbergaccio, an die Seite des alterthümlichen Brunnenbeckens, hatten die Söhne das Tragbett des kranken Vaters am Frühmorgen gestellt. Hier wehrte die grüne Wölbung der Baumkronen die Strahlen der Junisonne ab, und die schräge Lage des Bettes gestattete dem Kraftlosen die Fernsicht auf die Stadt und ihr reizvolles Gelände.

Aus langem Schlummer erwachend, schaute Machiavelli in das besorgte Antlitz der Gattin und hörte sie sanft fragen: „Wie geht es Dir nun, mein Coletto?"

„Besser, Mona Marietta," versetzte er, matt lächelnd, und nach ihrer Hand tastend. „Ich fand endlich Schlaf, und träumte glücklich. Welcher Tag ist heute?"

„Der Zehntausenddrittertag, Coletto."

„Der Zehntausenddrittertag ei Tausend! Hat es jemals so viele und obendrein heilige Ritter gegeben? Mein armes Italien besitzt nicht den zehnten Theil davon. Aber da ich, wie Du weißt, mit den Heiligen auf üblem Fuße stehe, so sage mir lieber ganz einfach, welcher Monatstag heute ist."

„Der zweiundzwanzigste Juni, Coletto."

„Schon? So bin ich also bereits seit einer Woche krank, und meinte, es sei erst seit gestern. Du siehst, wie schnell mir die Zeit dahin geht. So schnell wie im Traum. Aber Traum und Wirklichkeit stehen mir Tag und Nacht auch in seltsamer Mischung vor Augen. Ich weiß nicht, welche meiner Gedanken und Worte an die Ohren meiner Lieben drangen, oder der leeren Luft zugerufen wurden, Marietta. Seit Tagen erfüllt mich der heiße Wunsch, mit einem Manne zu reden, welchem ich zutrauen könnte, daß er in dem schweren Verhängniß dieser Tage so denkt und fühlt wie ich. Ich sann und sann, wen ich aus Florenz rufen lassen könnte — aber ich fand nur Einen! Der hat mir einst in Carpi ein großes und starkes italienisches Herz offenbart, obwohl er nur ein Mönch war — der Fra Rovaio. Nannte ich Dir seinen Namen, Marietta?"

„Du nanntest ihn, mein lieber Coletto."

„Sagte ich, Du möchtest dem Mönche melden, der kranke Kanzler wünsche in seinem Gram und Schmerz um Italien mit Jenem zu reden?"

„Auch das sagtest Du, Coletto."

„Und sandtest Du nach dem Mönch Rovaio, Marietta?"

„Nach dem Mönch Rovaio? Das war er früher, Coletto. Jetzt ist er der Prediger der Domkirche San Maria del Fiore, ein vornehmer Mann, der Beichtvater der feinsten Leute zu Florenz, obwohl Manche sagen, er sei ein Ketzer."

„Um so leichter werden wir, er und ich, uns verständigen. Kommt er?"

„Ich sandte unsern Bernardo zu ihm, Coletto. Aber auch zu einem Arzt. Denn ein solcher wird Dir mehr helfen, als der beste Prediger."

„Nein, Marietta, ein Arzt nützt mir gar nichts," rief der Kranke unwillig. „Denn mein Leid sitzt tiefer, als dasjenige der Leute, welche sich von Aerzten behandeln lassen. Und ich will auch den Rovaio nicht als ‚Prediger‘, sondern als treuen Italiener hören und sprechen. Laß mich allein, Mona, ich werde weiter träumen."

Er schloß die Augen, und leise entschwebte Marietta.

Der Kanzler träumte in der That — aber mit offenen Augen. Und er träumte Dinge, welche sich wirklich ereignet hatten in sieben schweren Monden — doch so leicht und rasch wie ein Traum schwebte nun Alles noch einmal an ihm vorüber.

Mit einem Traume hatte diese im Schatten der Vergangenheit liegende Wirklichkeit begonnen.

In dem Fieberschlafe nämlich, in welchen der Kanzler nach seiner letzten Begegnung mit Giovanni von Medici verfallen war, schaute er sich selbst, wie vor einem Vierteljahrhundert, emporreitend zu einem Hochpaß der Alpen.

Da traf sein Auge auf ein armseliges Gräslein, welches, zur Seite des ewigen Eises und Schnees, auf einem starren Felsen in dürftigster Erdkrume die strahlenförmige Wurzel ausstreckte. Gegen alle Wetter= schrecken durch die gedrungene Festigkeit und Kürze seines Wuchses gewaffnet, fing es in seinen Wurzel= armen die aus dem Gletscher perlende Feuchtigkeit und die wenigen Erdkrümchen auf, welche das Wasser abwärts führte, und war zum Blühen gekommen. Diese Blüthen aber waren nicht die zarten Röhrchen und Stäubchen des Grassamens der Ebene, sondern zahlreiche, völlig entwickelte Wurzelknötchen, neue fertige Pflänzchen. Das erste kräftige Wehen riß dieselben von der Mutterpflanze los, versenkte ihre feinen Widerhäkchen in der nächsten Erdkrume, zauberte auch dort neues fröhliches Pflanzenleben aus dem todten Felsboden, und bereitete so kräftigeren Geschwistern des Pflanzengeschlechtes die erste Grundlage des Gedeihens.

„Seliger Traum, Du zeigtest mir das Sinnbild meiner Hoffnung!" rief Machiavelli damals, gestärkt erwachend. „Sie ist die zäheste aller irdischen Pflanzen, und im stärksten Herzen faßt sie die tiefsten Wurzeln! Meine Hoffnung auf Italiens Glück, Ruhm und Freiheit ist solch' eine zähe Wunderpflanze! Auch das verheerendste Wetter, auch der eisigste Wind soll sie nicht ausrotten — nur neue feste Wurzelklammern von ihr reißen, welche an anderer Stelle ein neues kräftiges Dasein suchen! Und auch Italiens Hoffnung rankt sich, trotz des Falles seines Kriegshelden, noch überall kräftig empor! Alles wird sich auch ohne ihn erfüllen, wie ich's sammt meinem Principe Giulio vorhergesehen: Mangel und Noth, gährende Meuterei im Lager der Feinde —, und an unserer Kunst soll's nicht fehlen, um die Flamme zum Brande zu schüren!"

Und Alles erfüllte sich so, genau so — lächeln=

den Mundes sah der Kranke diese wechselvollen
Bilder der Vergangenheit vorüberziehen.

Monate des Winterelends verrinnen den Feinden, ehe ihre Heere sich vereinigen können, und ehe
dann die wunderbarste Mischung aller Leidenschaften
die vereinten Massen auf der geradesten Straße nach
Rom fortreißt: ketzerischer Haß gegen den Papst, das
Verlangen, den Kaiser an Clemens zu rächen, der
alte italische Herrschertraum der Staufer und Ot-
tonen, die Sehnsucht nach dem seit Monaten rück-
ständigen Sold, Hunger, Entbehrung, die geile Gier
nach den ungeheuren Schätzen, welche die gläubige
Christenheit seit einem Jahrhundert aus aller Welt
in der ewigen Stadt zusammengetragen hat.

Aber weit bringt der Feind auch unter den
Flügeln dieser Furien nicht — nur bis vor Bologna.
Hier treten die Boten des Papstes den Kaiserlichen
in den Weg und halten diese auf mit der Doppel-
kunst, welche Clemens aus dem Buche vom Fürsten
gelernt hat.

Derselbe Don Ugo Moncada, des Kaisers Unter-
händler, welcher zuvor den Papst gezwungen hatte,
allen italienischen Heeren Waffenruhe zu gebieten, ist
nun, von Clemens geschlagen, in dieselbe peinliche
Lage versetzt. Er muß dem bis Bologna vorgedrun-

genen deutschen Heer die Umkehr in die Lombardei
gebieten. Seine und des Papstes Gesandte erscheinen
mit diesem Gebot gleichzeitig in Frundsbergs Lager;
die Päpstlichen aber noch mit dem geheimen Auf=
trag, die Spanier und Deutschen wegen des Umkehr=
gebotes und Soldmangels hinter die eigenen Haupt=
leute zu hetzen.

„Wie wunderbar gelang uns dieser Wurf!"
murmelte Machiavelli, indem sich noch jetzt seine
fahlen Wangen vor Freude rötheten. „Wie brüllte
das Lager auf in spanischen und deutschen Flüchen,
als die beiden Kriegsvölker sich verrathen glaubten!
Wie ein Feuerbrand im Sturm wälzte sich der Ruf
‚Verrath und Geld' durch die weiten Lagergassen.
Dann rotten sich die Eisenglieder um das Haupt=
mannszelt, vor welches des deutschen Kriegsvolks
alter Abgott, der greise Frundsberg, tritt. Gegen
seine Brust kehren sich die Spieße zum tödtlichen
Stoße. Verlacht und verspottet, verhallen seine Er=
mahnungen und Betheuerungen.

„Denn wir hatten noch besser gearbeitet, als er
redete," jubelte Machiavelli. „Und mit einem Schlage
verliert er Sprache und Bewußtsein und sinkt auf
eine Trommel nieder, noch lebend zwar, aber mit
völlig gebrochener Kraft.

„Ach, wir frohlockten dennoch zu früh!“ fuhr Machiavelli · seufzend fort. „Denn wenn die Meuterer auch seine Heldenkraft für immer zerstörten, so erfaßte doch wilder Jubel das reuige Heer, als er nach vier Tagen die Sprache wiedergewann und dem meineidigen Herzog von Bourbon gebot: ‚die Sache zu Ende zu führen und nicht abzustehen!‘ Da begrüßte das Heer die flatternden Feldzeichen mit dem stürmischen Rufe: ‚Fort, fort, nach Rom, nach Rom!‘ — und nach Rom zogen sie weiter!

„Nun folge ihnen, Herzog von Urbino, greife sie an, vernichte sie! An unseren Augen führst Du Dein Heer in Florenz vorüber, es ist gewaltig, glänzend, weit stärker und besser gerüstet, als dasjenige der Feinde!“

Die Stirn des Fiebernden umdüsterte sich.

„Ach, der unselige Nepote des kriegerischen Julius griff nicht an,“ klagte er. „Unversehrt läßt er die Barbaren durch die lachenden Gefilde und geplünderten Orte der ewigen Stadt sich zuwälzen. Und nun, zu Beginn des Mai, stehen sie vor Rom!“

Die gramvolle Stimme erstarb. Schwer und langsam ging der Athem des Kranken. Denn die schrecklichsten Bilder traumhafter Wirklichkeit schaute jetzt sein umflortes Auge.

Binnen wenigen Stunden ward, trotz der star=
renden Feuerschlünde und der Tausende von Schützen,
auf armseligen Leitern, welche aus den Zäunen der
Vorgärten Roms gefertigt und mit Weidenruthen
zusammengebunden waren, die Mauer der Stadt er=
stiegen. Der wilde Dittimario, an der Spitze seiner
alten Gesellen von San Casciano, sollte als der
Erste drüben in die leere römische Straße gesprungen
sein. Fast ohne Schwertstreich war ganz Rom eine
Stunde nach Sonnenuntergang in den Händen der
Barbaren.

Nur in der Engelsburg hielt sich noch der Papst,
der Principe Italiens. Zu seinen Füßen tobten Raub
und Plünderung so schlimm wie in den Tagen Ala=
richs. Zehn Millionen an Gut und Gold sanken in
die Taschen der deutschen und spanischen Knechte und
folgten dem losen Wort:

> Der Pfaffen Gut und Söldner Raub
> Fliegt Beides bald in Wind und Staub.

In dumpfer Gährung vernimmt Florenz die
Kunde des Elendes und der Schmach der alten ita=
lienischen Hauptstadt. Wildes Weh erfaßt den Kanzler
— aber auch der ganze Ernst des ungeheuren Ver=
hängnisses!

„Du mußt helfen, wenn es kein Anderer thut,

obwohl Du alt und schwach bist!" gebietet sein
Herz.

Und zum ersten Male seit Jahren sammelt sein
Gebot wieder die Jünglinge der Orti Oricellarii und
vertraute Freunde um sich, im Dunkel der Nacht, in
den Gärten der Rucellai — und als der Morgen
graut, sind ihrer Vierzig mit dem Kanzler schon weit
hinweg von Florenz, auf der Straße nach Rom, zu
jeder kühnen und verzweifelten That bereit.

Wenige Tage später stehen sie im Heerlager
Urbinos, dicht vor dem gefallenen Rom.

Deutlich flammt in der Nacht das Zeichen von
der Engelsburg, daß der Principe sich noch halte,
und auf Entsatz hoffe.

Der Kanzler tritt mit seiner Schar vor den
Zauberer und fleht ihn an, zu stürmen, da die vierzig
edlen Florentiner bereit seien, den vordersten ver=
lorenen Sturmhaufen zu bilden.

Der Urbinate aber verharrt eigensinnig bei sei=
nem kühlen Nein.

„Die Deutschen werden Rom schon besser ver=
theidigen, als der Papst," sagt er, die Brauen hoch=
ziehend. „Und warum sollte ich mich gerade für
diesen Papst erhitzen. Er war mir immer wider=
sinnig. Und aus seinem Neffen Giovanni hätte Alles

werden können: mein Nebenbuhler und sogar mein
Meuchelmörder, wenn Gott ihn nicht bei Zeiten
vorsorglich dahingerafft hätte in seiner Sünden Lenzes=
blüthe!"

„Du brauchst keine Gründe, um feig zu sein,
Duca," knirschte Machiavelli, ihm den Rücken keh=
rend. „Hinweg von diesem Elenden! Auf nach
Civitavecchia, wo der greise Seeheld Andrea Doria,
der Befreier von Genua, die päpstliche Flotte be=
fehligt!" ruft er ungebeugt seiner edlen Schar zu.
„Er muß uns einige Galeeren lassen, mit denen wir
bei Nacht den Tiber hinaufziehen, um beim Früh=
roth den Sturm allein zu wagen!"

Aber auch der wetterfeste Held Genuas schüttelt
besorgt und versagend das weiße Haupt. Wohl bietet
er den Kühnen eine Brigantine — aber nur zur
Heimfahrt nach Livorno.

Nun erlöschen die Feuerzeichen der Engelsburg!
Denn kein italienisches Herz regt sich mehr für den
Entsatz des bedrängten Principe.

Der Urbinate ist mit seinem unversehrten Heer
von Rom abgezogen, ohne einen Schwertstreich zu
wagen. Das letzte Bollwerk Roms fällt. Alle
festen Plätze der Romagna erhalten feindliche Be=
satzung. Vor den Gemächern des Papstes stellt

der deutsche Lokotenent Dittmar von Bothen die Wache.

Aber auch diese trauervolle Mähr, die letzte, welche vom Lande zu des Kanzlers segelfertiger Brigantine hinüberbringt, vermag dessen immergrüne Hoffnung nicht zu verderben.

Während das gute Schiff durch die Abria schaukelt, steht er am Bug, und stützt sich und die fernere Fahrt seines Lebens und Landes auf einen Anker, dessen eherne Kraft seit Machiavellis Jugendtagen, ja seit Jahrhunderten noch niemals versagt hat!

„Das reiche, feste, mächtige Florenz wird das Schicksal Italiens wenden!" ruft er sicher und getrost. „Es wird die zurückfluthenden feindlichen Heere aufhalten, allen italienischen Kriegern als Stütze dienen — und Du, der Provisor Murorum Deiner Vaterstadt, Du wirst nun Seele und Haupt dieses Heldenkampfes sein!"

Mit dieser starken Zuversicht zieht er ein in die alte liebe Stadt.

Er findet das Volk erregt und bewaffnet, und frohlockt über dessen kriegerische Stimmung. Denn eben erst hat es die jugendlichen Tyrannen, des Papstes Neffen, sammt ihrem Vormund verjagt, da

dieser im Verdachte des Einverständnisses mit dem
Landesfeind stand.

„So lasset mich denn meines Amtes walten!“
ruft er mit jugendlichem Feuer den neuen Würden=
trägern der Republik Florenz zu. „Euer Provisor Muro=
rum ist, wie Ihr seht, zur guten Stunde heimgekehrt!“

Aber nur stumm und lächelnd blicken die neuen
Gewalthaber sich und den alten Kanzler an, welcher
den schwierigsten und wichtigsten Dienst der drän=
genden Stunde für sich begehrt.

Und aus dem Hintergrunde des alten Raths=
saales schreitet Biagio Buonaccorsi auf den Freund
seiner Jugend zu, und spricht mit catonischer Strenge
und Gedankeneinfalt:

„Nur an treue Republikaner vermögen wir die
Aemter der Stadt zu vergeben. Du aber warst der
eifrigste Diener des mediceischen Papstes. Du ver=
riethest ihm vor fünf Jahren die beiden edlen Jüng=
linge, welche ohne Recht und Gehör auf dem Schaf=
fott starben. Die Republik hat keinerlei Würden
und Ehren an Dich zu hängen! Sei froh, daß man
Dein Gut nicht einzieht und Dich nicht verbannt,
wie Deinen Freund Giucciardin. Weiche heimwärts
nach Deinem Arbergaccio! Aber die Geschäfte von
Florenz laß Andere besorgen!“

Ein leiser Schrei entrang sich der gequälten
Brust des Fiebernden, als er diese Worte im wachen
Traum jetzt noch einmal zu hören glaubte. Denn
alle Wurzeln seiner Hoffnung hatten sie mit einem
Male zerrissen und durchschnitten.

„Daß Du Italien und seiner Freiheit, welche
Du so sehr geliebt, für welche Du so viel gelitten,
nicht mehr dienen darfst, Niccolo Machiavelli, das
muß Dich zum Tode führen!" rief er bang und
schmerzlich, jetzt, wie damals. „Diese Worte und
diese Behandlung warfen mich auf die Bahre, von
welcher ich nicht mehr erstehen werde!"

„Verzweifle nicht, Bruder," sprach in diesem
Augenblick eine tiefe Stimme an seiner Seite, und
Rovaios feine Hand ergriff die Rechte des Fiebern=
den. „Verzweifle nicht, Bruder, denn Gottes all=
mächtige Gnade steht über Dir und uns Allen."

„Fühlst Du sie, Mönch, diese Gnade?" rief
Machiavelli bitter. „Hast Du Beweise von ihr,
während ganz Italien nichts mehr von einer Vor=
sehung spürt! In der nächsten Stunde schon kann
der Feind vor Florenz stehen. Mehercle, da ist er
schon! Horch, vernimmst Du nicht die deutschen
Trommeln und Hörner?"

Rovaio horchte in das Val di Pesa hinaus.

„Sei ruhig, Bruder," sagte er dann. „Es wird eine Streifschar der Unsrigen sein. Hörner und Trommeln klingen in allen Kriegsvölkern gleich."

„In Euren Mönchsohren vielleicht. Ich aber sage Dir, es sind deutsche Trommeln, deutsche Hörner= zeichen, Rovaio!"

In diesem Augenblicke kam Mona Marietta sammt den Kindern aus dem Hause gestürzt, mit dem Schreckensrufe: „Die Deutschen, die Lands= knechte, ziehen von San Casciano auf der Strada Romana heran!"

Mit aller Kraft richtete sich Machiavell halb in die Höhe, und rief lebhaft und durchdringend: „Flieht in den Wald, bis sie vorüber sind. Bei Nacht schleicht Ihr Euch dann in die Stadt. Rasch, lebt wohl!"

„Aber Du, mein armer Coletto, was wird aus Dir?"

„Ja, was wird aus Dir, Vater?" klagten Gattin und Kinder vor seinem Lager.

„Ich bleibe bei ihm und werde mein Bestes für ihn thun," erklärte Rovaio entschlossen. „Flieht! Flieht!"

Doch schon kam diese Mahnung zu spät. Denn bereits dröhnten schwere Eisentritte von der Straße

her; durch die Bäume schimmerten die bunten Far=
ben und glänzenden Wehren der deutschen Waffen=
knechte, welche beim Hause Aufstellung genommen
hatten. Und näher noch kam jetzt der Führer der
Schar, an der Seite eines schönen, stattlichen Weibes,
gegen die Erschrockenen heran.

„Ermina!" riefen Frau Marietta und die Kin=
der plötzlich, in freudiger Wallung.

Ungestüm umarmte das junge Weib die einstige
Gebieterin und deren herangewachsene Tochter Baccia.
Dann aber gewahrte sie plötzlich den bleichen, kranken
Mann in dem Tragbett. Als sie ihn wieder er=
kannte, sank sie ihm mit lautem Klageruf zu Füßen,
und küßte seine welke Hand.

Besorgt, der nächste Augenblick könne den Kin=
dern plötzlich das dunkelste Geheimniß ihres Vaters
enthüllen, sandte Frau Marietta die herangewachsene
Jugend ins Haus, mit dem leisen Gebot, eine Er=
frischung dort bereit zu stellen.

„Eben noch zweifelte ich an Gottes Barmherzig=
keit, Ermina, und nun sendet er gnädig Dich zu
mir her, meine Tochter," sprach Machiavelli bewegt.
„So weiß ich doch, daß ich nicht mit dem Fluche
meines Kindes beladen, vor das himmlische Gericht
trete. Denn unversöhnt wärest Du nicht hierher

gekommen, sondern hätteſt Rache an mir genommen
für meine Miſſethat."

„Halt ein, lieber Vater!" rief Hermina entſetzt,
ſeine fahlen Wangen ſtreichelnd. „Du meinteſt, mich
opfern zu müſſen für das Vaterland, welches Du
mehr liebteſt, als Deine Seele!"

„Ja, mehr als meine Seele, Ermina," beſtätigte
der Kranke, mit erhobener Stimme, und freudigem
Blick auf das blühende Kind zu ſeinen Füßen.
„Wo iſt Dein Gatte Dittimario, Ermina?"

„Hier, Meſſer!" rief der kaiſerliche Führer, in=
dem er in prächtigem Waffenſchmuck aus dem Hinter=
grunde trat, und ſich neben Rovaio am Rande des
Brunnens niederließ, um dem Kranken ganz nahe
zu ſein.

Mit freudigem Glanze überflog das dunkle
Auge des Leidenden das herrliche junge Paar, und
ſeine Hand legte ſich ſegnend auf ihre Häupter.
Dann ſagte er: „Glaubſt Du noch immer an die
Lehren des Fra Martino von Wittenberg, Dittimario?"

„Mehr als je, Meſſer."

„Und dennoch dienſt Du dem Kaiſer, welcher
ſich die Ausrottung der deutſchen Ketzer zum Lebens=
ziel geſetzt hat?"

„Herr Carolus ſandte uns gegen unſeren Tod=

feind, den römischen Papst. Er wird uns diesen
Dienst nie vergessen, insbesondere unserem Glauben
nun Frieden und Duldung gönnen."

„Nimmermehr, Dittimario! Du kennst den
spanischen Karl noch wenig. Zu danken vergißt er
wohl; nie aber, daß man ihm trotzte! Ihr Deutschen
allesammt, Gläubige und Ketzer durcheinander, spannt
Euch jetzt vor seinen Kriegswagen, um das arme
Italien niederzuwerfen. Aber sowie er durch Eure
thörichte Hingebung der äußeren Feinde ledig ist
und die Welt beherrscht, wird er die heimischen Ketzer
vernichten. Denk' an mich, Dittimario, wenn Du
seinen Dank erntest.

„Und noch ein Anderes merke Dir und laß es
Kinder und Enkel noch wissen! Denn wenn es auch
in der Gegenwart verhallt, künftige Zeiten werden
es doch behalten und erfüllen! Deutschland und
Italien sind von Gott nicht berufen, sich zu be=
feinden und zu bekriegen, sondern zu friedlicher,
liebevoller und segensreicher Eintracht. Diese glück=
selige Zeit werden wir Beide nicht mehr schauen.
Aber Diejenigen, welche sie erleben, werden sagen:
‚Von hier ging das Weltglück aus — der stille,
große Friedenssegen für beide Völker, und für die
anderen auch!'"

Mit schwellender Stimme hatte der Kanzler diese Worte gesprochen. Weit öffneten sich seine von überirdischem Glanze leuchtenden Augen, als durchdringe sein Blick Jahrhunderte.

Dittmars Waffenkleid und kaiserliche Feldbinde erinnerten ihn aber plötzlich wieder an die Erniedrigung der Gegenwart, und mit leiser, bittender Stimme flüsterte er an Dittmars Ohr: „Jetzt seid Ihr noch die siegreichen Eroberer Italiens, Dittimario, nicht seine friedlichen Bundesgenossen. Nur Du allein hast Deinen Bund mit Italien schon geschlossen, indem Du meine Tochter zur Gattin nahmst. Vergiß es nie — sei mild und barmherzig gegen mein armes Volk und Land!"

„Ich war es und werde es sein, Vater," betheuerte Dittmar, die zitternde Hand des Kranken drückend. „Aber wir müssen scheiden, der Dienst ruft mich."

Nach herzlicher Umarmung schied das junge Paar vom Kanzler.

Frau Marietta geleitete es.

Rovaio blieb allein bei dem Kranken zurück.

Diesem hatte die tiefe Erregung beim plötzlichen Anzuge des feindlichen Heeres und bei der Begegnung mit der Tochter und mit Dittmar

viel von der noch vorräthigen Kraft hinwegge=
nommen.

Einige Minuten lang hatte die Leuchte seines
Geistes im alten strahlenden Glanze gebrannt. Nun
aber sank die von dem kleinen noch übrigen Theil
des Lebensöles zehrende Flamme plötzlich um so
tiefer.

Rovaio meinte schon in die Züge eines Sterben=
den zu blicken und sprach leise mahnend: „Deine
Seele bereitet sich, vor Gott zu treten, Theuerster.
Begehrst Du von meinem Amt oder von meinem
Herzen ein Wort des Trostes oder Gebetes in der
ernsten Stunde, so rede!"

„Du hörtest von meiner Tochter Ermina, daß
ich mein Vaterland mehr liebte, als meine Seele,
Fra Rovaio," versetzte der Kanzler leise, mühsam
athmend. „So sprich mir denn von Italien, nicht
von mir. Gieb mir den Trost seines künftigen
Glückes, wenn Du kannst, und gönne mir selbst nur
die eine Hoffnung, daß wenn auch mein Leben und
Wirken in dieser Schreckenszeit endet, es doch nicht
ganz verloren und unfruchtbar gewesen sei für glück=
lichere Tage meines Landes und Volkes!"

„Du forderst viel von mir, Bruder, aber doch
gerade nur so viel, als ich allein Dir unter allen

italienischen Männern verkünden und zusichern kann
in der Stunde ihres irdischen Todes!" rief Rovaio
erleuchtet.

„Das künftige Glück Italiens, seine Freiheit
und Einheit, wird kommen, unfehlbar kommen, und
in unseren gesegneten Gauen sich dauernd nieder=
lassen und wohnen, sobald Hoch und Niedrig bei
uns das Gewissen wiedergefunden hat, sobald Fürst
und Volk in der tiefen Erniedrigung der Fremd=
herrschaft und Zersplitterung gelernt haben werden,
Eines über Alles zu stellen: Das Vaterland, das
Wohl Italiens! Wir sind zu gescheut und begabt,
und auch zu heißblütig, als daß wir dieses Eine,
Nothwendigste nicht lernen sollten, Bruder Niccolo,
wenn auch nicht heute schon, so doch in Jahrzehnten,
und vielleicht erst in Jahrhunderten — vor Gott
aber ist die Ewigkeit nur ein Tag!"

Machiavelli seufzte, als sei der Trost des Mönchs
doch nur ein mäßiger, beinahe ungenügender.

Rovaio aber fuhr mit strahlendem Auge fort:
„Auf dieser Bahn zu seinem Glücke bedarf jedoch
unser Volk noch eines anderen Lehrmeisters, als den
seines herben Geschickes, welches die besten Italiener
unter dem Henkerbeil und in den stillen Kerkern
unserer Unterdrücker enden läßt. Unser Volk bedarf

eines hohen Vorbildes, welches selbst Alles opferte
für Italien. Es bedarf eines geschriebenen Evan-
geliums, welches die Heilswahrheit unserer Freiheit
und Einheit, die heiligen, unveräußerlichen Rechte
unseres Volksthums verkündet, mit gewaltiger, un-
widerstehlicher Beredsamkeit — und es kann dieses
Vorbild und diesen Lehrmeister nur in einem Einzigen finden: im Leben und in den Schriften Niccolo Machiavellis!"

„Schmeichle mir nicht an der Pforte des Todes!"
flehte die Grabesstimme des Kranken. „Denn ich
erkenne vor dieser schauerlichen Pforte nur zu wohl,
wie viel Sünde, Schuld und Greuel mein Leben und
Wirken befleckten."

„Ich schmeichle nicht, Bruder. Ich sage Dir,
was von Dir bleiben und gelten wird, wenn Du
längst zu Staub zerfallen bist. Und ich sage Dir
auch, warum.

„Gerade weil Du nicht besser warst, als die
Kinder Deiner Zeit, und weil Du nur in Deiner
Liebe zu Italien Alle überragtest, gerade deshalb
werden die kommenden Geschlechter dieses Landes in
Dir ein Wesen sehen von ihrem eigenen Fleisch und
Blut, Dein Vorbild für erreichbar halten.

„Gerade weil sie sich als sündige unvollkommene

Menschen und Volksgenossen eins mit Dir wissen,
werden sie den flammenden Worten, in welchen Du
unseres Volkes Schwächen und Jammer beklagst,
jene von innerster Erschütterung und Zerknirschung
getragene Anerkennung zuwenden, welche sich an die
freimüthigen Bekenntnisse einer Menschenseele heftet,
welche in eigenen Kümmernissen schwergeprüft, gleich=
zeitig dem tiefsten Weh und seliger Erlösung mit
rücksichtsloser Wahrheitsliebe nachsinnt.“

„Du verheißest mir und meinem Namen das
Größte, Rovaio! Aber richte Dein Auge höher hin=
auf, auf unsern Principe, auf den königlichen Erlöser,
Befreier und Einiger unseres Volkes! Wird er kommen,
lebendig werden, seine Bestimmung erfüllen?“ fragte
der Kranke, schwer und tief athmend. Fast klang es
wie ein, in der Besorgniß ungünstiger Antwort, aus=
gestoßener Seufzer.

„Er muß und wird kommen, lebendig werden,
sein Werk vollbringen, Bruder, dessen sei gewiß!
Aber die geläuterte Zukunft mag auch ihn mit reine=
ren Händen und reinerem Herzen zum Ziele führen,
als Du in unserer gewissenlosen Zeit Deinem Prin=
cipe beschiedest. Vergeblich suchtest Du ihn auf dem
päpstlichen Stuhle, Bruder Niccolo, denn ewig wird
Dein Wort bestehen: ,der Statthalter Petri sei

der unversöhnlichste Feind unserer Einheit und
Freiheit!'

„Unser Principe muß emporwachsen aus einem
Fürstengeschlechte, welches sich stählt und heranbildet
in den Kämpfen mit einer rauhen Natur und mit
dem weiten Umkreis lauernder Feinde. Er muß seinen
Blick weiten an den Nöthen unseres Volkes, und sein
großes Pflichtgefühl stärken an der Schmach und dem
Elend der Fremdherrschaft, welche dem zähen und
herben Fürstengeschlechte, dessen wir bedürfen, an dem
eigenen Leibe zehrt, und Ehre, Scham und verzwei=
felte Kraft in ihm empört. Aber auch diesen Fürsten
und ihrem Geschlecht wirst Du in Leben und Schrift
Lehrmeister und Vorbild sein zu ihren großen Wer=
ken, Niccolo Machiavelli!

,Nullum elogium tanto par nomini'
soll ihr und Deines befreiten Volkes Gedanke sein,
wenn sie einst an Deinen Grabstein treten!"

„Mein Principe! König des freien und einigen
Italiens, sei mir gegrüßt! Mögest Du bald kommen,
glücklich sein, und Italien glücklich machen!" rief
Machiavelli mit lauter Stimme, und die Hände fal=
tend, was ihn seit den Tagen der Kindheit Niemand
mehr hatte thun sehen.

Dann sank er zurück und war verschieden.

Ein glückseliges Lächeln spielte um die schmalen Lippen, um die geschlossenen Augen und die heitere Marmorstirn. Es schien zu verkünden, daß die Gedanken dieses verklärten Hauptes ihren siegesfreudigen Triumphzug durch die Jahrhunderte angetreten hatten.

www.ingramcontent.com/pod-product-compliance
Lightning Source LLC
Chambersburg PA
CBHW021456110726
47899CB00001BA/175